UN DESTINO DA RISCRIVERE

JEAN C. JOACHIM

Moonlight Books

I0673994

Dedica

Alla mia amica, la scomparsa Mary Johnson Schultz.

Il tuo lieto ricongiungimento con la tua famiglia natale ha ispirato questa storia.

Ringraziamenti

GRAZIE ALLA MIA REDATTRICE Laura Garland, alla mia line editor Nan Sipe e alla mia revisora, Renee Waring. Un ringraziamento speciale a Vicki Locey e Roz Lee, il cui incoraggiamento mi aiuta a restare concentrata. Grazie agli uomini di casa Joachim, Larry, David e Steve, e al più recente membro della nostra famiglia, Pam, che credono in me e mi fanno restare con i piedi per terra.

UN DESTINO DA RISCRIVERE
Copyright © 2020 Jean C. Joachim
A cura di Laura Garland
Line editor – Nan Sipe
Revisione di Renee Waring
Copertina – Dawne Dominique, Dusk to Dawn designs
Traduzione di Simona Trapani

EDITORE
Moonlight Books

UN DESTINO DA RISCRIVERE
(Serie Pine Grove #6)
Jean C. Joachim
Capitolo Uno

FLINT SENTÌ DELLE VOCI nella sua testa mentre fissava il vecchio emporio fatiscente.

"No, Flint. Non farlo!" disse la voce ritmata di un adolescente.

"Nuota, Cassie!"

Flint giurò di poter sentire ancora lo scricchiolio del vecchio molo di Cedar Lake sotto il suo peso, mentre correva fino all'estremità e saltava, mettendosi in mostra con la sua ragazza.

Poi uno splash mentre lui si tuffava in acqua. Risate, strilli e baci della ragazza più carina di Pine Grove mentre le stringeva le braccia intorno alla vita.

E lei applaudiva e ridacchiava per ogni cosa sciocca che faceva. Cazzo. Era proprio bella.

Capelli biondi come fili d'oro al sole e un sorriso che poteva migliorare l'umore più nero. E un corpo da dea.

Si asciugavano e si avvicinavano al negozio della nonna di Cassie. Li aspettavano coca cola alla vaniglia e brownies fatti in casa con gelato.

Ma questo era sedici anni fa. Lui scosse la testa, allontanando i ricordi, ritornando al presente. Il caldo sole estivo gli accarezzò la nuca. Si asciugò il sudore prima di infilare la chiave nel vecchio lucchetto del grande magazzino abbandonato.

Lo aprì, poi rimosse il lucchetto. Il vecchio pomello scricchiolò quando lo girò.

Le particelle di polvere, disturbate dallo spiraglio della porta aperta, danzavano e brillavano alla luce del sole. Flint entrò dentro.

"Si dovrebbero fare alcuni lavori. Ma la struttura è buona. Il pavimento? Qualche rifinitura." Spostò lo sguardo sugli scaffali. "Sono robusti. Vanno solo spolverati."

Parlò a voce alta, anche se non c'era nessuno.

"Dieci anni totalmente vuoto ed è ancora in piedi. È un vero miracolo."

Flint notò una palla rossa e sporca in un angolo. Si chinò e la raccolse.

"Cassie, ti darò un'altra possibilità. La tua ultima possibilità di sistemare questo posto."

Flint fece scorrere un dito nella polvere sul bancone. Starnutì, poi tirò fuori un fazzoletto dalla tasca posteriore.

"Sì, sei una grande star di Broadway. Probabilmente non ti vedrò, ma non posso demolire il negozio di Gram senza cercare di contattarti. Sabato mi troverai all'ingresso degli artisti. Come tutti gli altri uomini che hanno una cotta per te. È la tua ultima possibilità."

Flint si mise la palla sotto il braccio e lasciò l'edificio. Richiuse il lucchetto e si diresse verso il suo furgoncino. Dopo aver lanciato la palla sul retro, si mise al volante. Accese il motore, poi rimase seduto per un attimo a fissare il vecchio edificio. I ricordi felici di quando lavorava lì con Cassie gli attraversarono la mente.

Gli sembrava di sentire Gram Meacham. "Non mangiare le caramelle. Servono per venderle. Se lavori bene, te ne darò alcune delle tue preferite. Ok?"

Mentre il motore si riscaldava, lui sorrise. Aveva voluto molto bene a quella vecchia signora. Non avendo mai avuto una nonna, si era affezionato a lei come se lo fosse. Lei stravedeva per lui e gli offriva i brownies e i migliori muffin ai mirtilli del mondo. Gli venne l'acquolina in bocca ricordandoseli, ancora caldi e appena sfornati. Nemmeno i muffin del Cozy Café erano buoni come quelli di Gram Meacham.

Il suono dell'allarme antincendio interruppe le sue fantasticherie. Essendo un pompiere volontario, doveva andare. Flint mise in moto il suo furgoncino e si diresse verso la caserma dei pompieri.

A Cassie sarebbe importato qualcosa di quel vecchio posto? Probabilmente no. Ma doveva provarci, doveva dare alla sua vecchia amica la possibilità di riscattare quel posto e sé stessa. Lei aveva lasciato Pine Grove a sedici anni, per non tornare mai più, e non aveva mai più parlato con lui.

Certo, lui non le aveva mai detto quanto la amasse. Era solo una perdita di tempo, si era detto mille volte. E, negli ultimi sedici anni, il suo cuore non aveva cambiato idea. Era stato anche fidanzato tre volte, ma non era mai arrivato al matrimonio. Lui sospirò. Forse quella era anche la sua ultima possibilità.

Quando arrivò alla stazione, Gavin Dailey accese il motore del camion dei pompieri.

"Andiamo!"

Flint afferrò una giacca e un cappello da un gancio e saltò sul camion. La sua mente smise di pensare alla seducente Cassie Wells e si concentrò sul presente.

"Dai Marshall." Gavin mise in moto e premette l'acceleratore. Poi accese le luci lampeggianti e la sirena.

Il lavoro alla tipografia di Flint avrebbe dovuto aspettare. Lui alzò lo sguardo, vedendo il fumo che fluttuava nell'aria. Sembrava più grande di quanto sperasse. Il fuoco di una griglia che era sfuggito di mano sarebbe stato un gioco da ragazzi. Ma il fumo grigio si era levato in aria, coprendo metà della casa. Si preparò a combattere.

In lontananza, un altro camion dei pompieri si avvicinò rumorosamente. Recitò una breve preghiera e si preparò ad affrontare ciò che lo aspettava: un incendio troppo grande per un solo camion.

CASSANDRA WELLS ERA seduta al tavolo della toeletta nel suo camerino, nel backstage del Power Theater. Si spalmò l'olio sul viso con una spugnetta, poi sospirò. Quella era l'ultima replica di "Shooting Star," un musical romantico e ricco di suspense. Non poteva lamentarsi. Lo spettacolo aveva battuto i record al botteghino per quattro anni. Pur essendosi impegnata molto, spettacolo dopo spettacolo, come attrice di musical, non come attrice teatrale, non le mancavano le giornate estenuanti degli spettacoli che restavano in cartellone per molto tempo. Non le mancava neanche dover risparmiare la voce per mesi e poi cantare le stesse canzoni una sera dopo l'altra.

Per sedici anni, aveva mangiato, bevuto e dormito esibendosi. Alzarsi tardi, fare una colazione veloce e restare a teatro fino all'ora di pranzo era stata la sua routine. Non aveva visto un film o finito un libro dall'inizio di quello spettacolo. Era stata nominata per un Oscar per un film che aveva fatto cinque anni prima, aveva vinto un Tony per quello spettacolo e le era stato offerto quel ruolo nella versione cinematografica. Il grande successo non arrivava alle persone che perdevano tempo o si facevano una vita.

Si ricordò le parole di sua madre, che si chiedeva ad alta voce come sua figlia riuscisse a mantenere una relazione con la star del cinema britannico Basil Evans-White.

"Non riesco a credere che vi siate davvero fidanzati. Siete mai stati insieme nella stessa città per più di un weekend?"

"Non passare troppo tempo insieme ci impedisce di annoiarci."

Caroline Wells sbuffò. "E scommetto che non vi annoiate nemmeno a letto."

"Mamma!"

Cassie si era girata per nascondere il suo rossore, ma ancora una volta sua madre aveva fatto centro. Avere una madre che ti conosce così bene poteva essere grandioso ma, a volte, decisamente fastidioso.

Guardandosi allo specchio, i suoi occhi si concentrarono sulle occhiaie, accuratamente nascoste da un pesante trucco teatrale. Nessuno poteva vederle, ma Cassie sapeva che erano lì. Aveva le spalle curve sotto il peso della sua vita, come se portasse un'incudine sulla schiena.

La porta si spalancò, rimbalzando contro il muro con un botto, e il suo momento di calma svanì quando il suo fidanzato, sua madre, suo fratello e la moglie irruppero nel camerino. Occupando ogni centimetro quadrato di spazio del piccolo camerino, urtavano l'uno contro l'altro. Con il suo entourage che le risucchiava tutta l'aria, Cassie riusciva a malapena a respirare.

"Tesoro, il primo atto è andato benissimo. Ho qui il contratto da parte di Al, ma stanno arrivando altri copioni. Penso che si sia diffusa la voce che questo spettacolo è finito. Non ho avuto la possibilità di esaminarli tutti, ma ci sono alcuni musical promettenti con dei grandi registi. Scegli tu!" Sorridendo, sua madre appoggiò le sue eleganti ossa nell'unica altra sedia del camerino, accanto a sua figlia.

"Mamma. Lascia prima che finisca questo."

"Davvero, tesoro. Non farli aspettare troppo. Potrebbero rivolgersi a qualcun altro."

Cassie cercò di sorridere.

"Mamma ha ragione," disse suo fratello Brian.

Un'altra voce si unì alla loro. "Tesoro, ci deve essere qualcosa in programma a Londra. Potremmo andarci insieme," aggiunse Basil Evans-White, il suo fidanzato.

Cassie si estraniò, riducendo le loro voci stridule a un ronzio di sottofondo. Si guardò negli occhi allo specchio. *Chi è questa donna?* Non aveva una risposta. Raddrizzando le spalle, allontanò la stanchezza dal suo corpo. Avrebbe avuto molto tempo per riposarsi dopo la chiusura del sipario. Nel frattempo, doveva rassegnarsi per la milionesima volta e finire lo spettacolo.

"Per favore! Tutti. Ho bisogno di un momento. Vi dispiace?" Cassie fece un cenno con la mano.

Uno ad uno, gli altri uscirono dal camerino. Essendo l'ultimo ad andarsene, Basil le mandò un bacio e chiuse la porta. Cassie sospirò. Allungò le braccia sopra la testa, fece un respiro profondo ed espirò lentamente. Recitare il primo discorso del secondo atto la riportò al presente. Alzandosi in piedi, Cassie si esercitò mentre recitava le sue battute.

Prendendo una bottiglia d'acqua, la mando giù prima che qualcuno attirasse la sua attenzione bussando alla porta per comunicarle l'inizio del secondo atto. Espirando, aprì e chiuse la bocca, allentando i muscoli della mascella, spinse le braccia davanti a sé, le stiracchiò e rispose: "arrivo!"

Lei si fece strada tra le corde e le attrezzature dietro le quinte per mettersi dietro il sipario, in attesa del suo segnale. Quando uscì sul palco, il pubblico iniziò ad applaudire. L'adulazione stimolava Cassie. Come la droga per un tossicodipendente, l'approvazione del pubblico era ciò per cui viveva. Si immedesimava nel suo personaggio e recitava le sue battute con entusiasmo.

Non riusciva a crederci. Tre standing ovation! Estremamente stanca, voleva semplicemente che finisse tutto per infilarsi sotto le coperte. Ma il pubblico la pensava diversamente. Rimasero in piedi finché il sipario non si alzò tre volte. L'ultima volta si alzò solo per Cassie e Braden Carpenter, il suo coprotagonista. Si strinsero le mani e continuarono a inchinarsi davanti alla gente, che chiedeva sempre di più. Uno stagista salì sul palco per consegnare a Cassie un mazzo di rose rosse. Il suo coprotagonista scomparve dietro le quinte, per permetterle di fare l'ultimo inchino da sola.

Poi, il sipario si abbassò per l'ultima volta.

"Oh, grazie a Dio," mormorò lei.

Braden le si avvicinò e le diede un bacio."Ottima performance, Cassie."

"Grazie." Lei lo abbracciò, poi si diresse verso il suo camerino. Il suo entourage era tornato, affollando il piccolo spazio in attesa del suo arrivo. Tutte le persone nella stanza la abbracciarono, la baciarono, la criticarono, si congratularono con lei e le dissero cosa fare dopo, mentre lei cercava di farsi strada in mezzo a loro.

Sedendosi finalmente al suo tavolo da toeletta, prese una salvietta e si asciugò la guancia. Sua madre, Caroline Wells, che era anche la sua agente, continuava a urlare qualcosa sul prossimo film o sul prossimo spettacolo, o chissà cos'altro. Cassie non la ascoltava. Il brusio le fece venire il mal di testa. Semplicemente, non riusciva a concentrarsi sul fiume di parole che riempivano la stanza. Frammenti di conversazione si facevano strada nella sua coscienza. Caroline parlò con Brian, poi Basil intervenne.

Cassie chiuse gli occhi per un momento, si massaggiò le tempie e si strofinò il viso con la salvietta umida. Doveva allontanarsi.

"Non così forte, tesoro! Rovinerai la tua pelle perfetta," disse Caroline, prendendo il polso di sua figlia. Cassie si allontanò. Pugnalando sua madre con gli occhi, Cassie finì di togliersi il trucco da palcoscenico e si alzò in piedi.

"Fuori! Tutti! Devo cambiarmi."

"Anch'io?" Basil spalancò gli occhi.

"Sì."

"Ma, tesoro—"

"Fuori! Tutti voi." Lei li lasciò uscire dalla porta e poi la chiuse a chiave. Come se tutti potessero cercare di rientrare, lei vi appoggiò la schiena e chiuse gli occhi. Finalmente sola. Ma non sarebbe durata. Si tolse il costume di scena, lo appese con cura all'appendiabiti e indossò un paio di leggings neri e un'ampia camicia di seta bianca.

"Indossa i leggings neri, cara. Ti rendono le gambe più snelle," le aveva consigliato sua madre.

Dopo aver indossato ai piedi le scarpette da ballo, fece una pausa abbastanza lunga per mettersi un tocco di fard sulle guance e un po' di rossetto. Fuori faceva troppo caldo per indossare il suo maglione lungo. Quindi lo prese dall'appendiabiti e lo ripose nella sua borsa da danza.

Raddrizzando le spalle, Cassie si incollò un sorriso sul viso. Un ultimo impedimento prima di poter crollare: i fan la aspettavano fuori. Si diresse lì, dicendosi che era l'ultima volta. Passò di corsa davanti alla sua famiglia e aprì la porta sul retro. La gente era riunita intorno all'ingresso, applaudendo ed esultando. Lei si fermò su una piccola piattaforma di metallo, rialzata di pochi centimetri.

Qualcosa volò verso di lei. Cerco di evitarla, ma non fece in tempo. Una grande palla di gomma rimbalzò e le colpì la spalla. Lei lasciò cadere la borsa e afferrò la palla. Accidenti! Esaminandola, aprì la bocca e la richiuse. I ricordi delle partite di kickball nelle sere di fine estate le tornarono in mente.

"Posso chiederle un autografo?" Un uomo interruppe i suoi pensieri.

"Certo." Cassie si mise la palla sotto il braccio e scarabocchiò il suo nome. Poi alzò gli occhi e il suo sguardo si fece strada tra la folla, verso un uomo che stava a circa un metro di distanza.

"Oh, mio Dio. Davvero? Sei tu?" Lei si fece strada attraverso la folla entusiasta.

L'uomo ricambiò il suo sguardo.

"Flint McKay? Sei davvero tu?" Cassie si fermò, intimidita di toccarlo.

Un sorrisino gli comparve sul viso. "Cassie Wells. Felice di rivederti."

"Non sei cambiato."

"Tu sì. Hai un aspetto magnifico." Lui le strinse la spalla.

La folla si strinse di nuovo intorno a lei.

"Non andartene," urlò lei tra la folla.

"Non lo farò." Flint si spostò di lato e appoggiò una spalla alla parete dell'edificio. Lei osservò con lo sguardo il suo fisico snello e slanciato.

"Prendi questa," gli urlò, lanciandogli la palla.

Lui la prese. Lei firmò tutti gli autografi. Quando la gente se ne andò, Cassie rimase davanti a lui. "Che cosa ci fai qui?"

Lui spalancò gli occhi. "Ho bisogno di parlarti."

"Davvero? Perché adesso?"

Le voci del suo entourage, provenienti dalla porta del palcoscenico, raggiunsero le loro orecchie. Cassie agganciò il braccio a quello di Flint.

"Lui è Flint McKay. È un vecchio amico. Noi andiamo a prenderci un hamburger. Ci vediamo più tardi," disse lei, spingendolo in avanti. Lui la seguì. "Sbrigati," gli sussurrò, "prima che ci raggiungano."

Si affrettarono lungo il vicolo, scomparvero dietro un angolo e si persero tra la folla della Eighth Avenue.

"Conosco un posticino dove non va mai nessuno di famoso."

"Ottima idea."

Attraversarono il viale e scesero le scale di Tuck's Hideaway, sotto il livello del suolo. Flint le aprì la porta. Lei scelse un tavolino in un angolo buio e si accomodò su una sedia. Sedendosi accanto a lei, le prese la mano per un momento, poi la lasciò cadere.

Un cameriere appoggiò due menu sul tavolo. "Torno subito."

Cassie guardò Flint. "Ok. Allora, perché sei qui?"

FLINT SI SCHIARÌ LA gola. Aveva trascorso tutto il viaggio in autobus a pensare a cosa dire, ripetendoselo continuamente in testa. Ma davanti alla sua bellezza, in particolare a quegli occhi azzurri che fissavano i suoi, la sua mente si svuotò.

Il suo sorriso radioso illuminava la fioca atmosfera del ristorante. Lei gli toglieva il fiato, come quando erano adolescenti. Ma vivevano in mondi separati. Lui non aveva idea di come fosse la sua vita adesso, tranne per le poche notizie che aveva trovato online sui siti di gossip.

Il suo sguardo si posò sul luminoso diamante che scintillava alla luce tremolante della piccola candela sul loro tavolo. Lui deglutì. Giusto. Cassandra Wells era fidanzata con Basil Evans-Qualcosa, un attore britannico di grande successo. Allora, che diavolo ci faceva lì con lui? O meglio, che cosa ci faceva lui, Flint McKay, un perfetto Signor Nessuno, con una star di Broadway e del cinema?

"Allora?" Lei sollevò il mento, dirigendo lo sguardo verso la finestra e oltre. Lei si mise a tamburellare con le dita sul tavolo.

"Si tratta del negozio di Gram."

"In che senso?" Lei spalancò gli occhi.

"Il negozio di Gram." Dopo aver pronunciato quelle parole, lui si rese conto di quanto suonassero deboli. Dopo la morte di sua nonna, gli abitanti del paese avevano avvisato Cassie, o almeno così avevano detto. Lei non aveva mai risposto, quindi il negozio era stato messo all'asta. Flint l'aveva comprato per una miseria, il che era positivo, perché non valeva nemmeno quello che aveva pagato.

Improvvisamente, si rese conto che Cassie non era stata troppo impegnata con la sua carriera per contattare il consiglio di Pine

Grove per il negozio. Non gliene era fregato niente. L'umiliazione lo travolse. Che cosa ci faceva lì?

Convinto che lei avesse un legame emotivo con il vecchio negozio, lui si era fatto in quattro per mantenere il posto abbastanza bene da tenerlo in piedi, aggrappandosi a esso finché lei non avesse deciso di tornare per rivendicare la sua proprietà.

Gli bastò guardarla in viso per capire che semplicemente non le importava e che non aveva idea di cosa le stesse parlando. Il desiderio di scappare ebbe il sopravvento su di lui. Lui si alzò in piedi.

"È stato tutto un errore. Mi dispiace. Scusami se ti ho fatto perdere tempo."

Lei gli tirò la manica. "Dove diavolo credi di andare?"

"A casa." Lui si abbassò e le diede un bacio sulla testa. "Stammi bene. Buona fortuna. Di nuovo, scusa per il disturbo."

"Siediti!" Il fuoco le balenò negli occhi.

Lui si fermò.

"Siediti! Accidenti! Non te ne andrai finché non mi dirai cosa sei venuto a dirmi."

"È stato solo un errore."

"Ho mollato mia madre, mio fratello e il mio fidanzato per stare con te. Non puoi liquidarmi così. Non fare il coglione. Siediti."

Quando il cameriere tornò, Cassie lo guardò. "Per me un vodka tonic e un cheeseburger."

Flint si sedette. "Lo stesso per me."

"Grazie," disse l'uomo, prendendo i menu.

"Ora. Dove eravamo rimasti? Il negozio di Gram? Cosa c'entra il negozio di Gram?"

Il cameriere portò al tavolo i loro drink. Cassie bevve un bel sorso.

Flint fece un respiro profondo. È l'ora della verità. Tutta la verità.

"Quando il consiglio cittadino non ha ricevuto una tua risposta, hanno messo all'asta il negozio. L'ho comprato per pochi centesimi."

"Quindi vuoi che ti rimborsi? Quanto è costato?" Lei si mise a frugare nella sua borsetta. La mano di Flint la fermò.

"No." Se gli avesse lanciato una freccia direttamente nel cuore, non gli avrebbe fatto male come con le sue parole. Vaffanculo. Non si trattava di soldi. Neanche per sogno.

"E allora che cosa vuoi? La suspense mi sta uccidendo."

Lui infilò una mano nella tasca della giacca e mise una foto sul tavolo. La rabbia gli ribolliva nel petto, facendogli contrarre i muscoli. "Voglio sapere se vuoi il negozio. Se lo vuoi, ha bisogno di qualche lavoro. Molto lavoro. Io ti aiuterò a sistemarlo. Se non lo vuoi, lascerò che venga demolito, come vogliono fare. O lo sistemiamo o lo lasciamo andare."

"Demolirlo? Cioè distruggerlo?"

Lui annuì.

"Oh, no. No. Non credo proprio."

"Questa è la tua ultima occasione. Le parole non bastano."

"Ci vogliono soldi?" Lei alzò gli occhi e incrociò il suo sguardo.

"Tra le altre cose."

"Quanti soldi?"

"Non ne ho idea."

"Quindi sei venuto qui per non dirmi niente? Non mi hai raccontato i fatti. Torna quando potrai farlo." Lei si alzò in piedi. Il cameriere arrivò, posando il suo piatto sul tavolo. "Può impacchettarlo per portarmelo via?"

"Certo." Lui si abbassò per prendere il piatto.

"Sta solo scherzando. Vero, cara?" Flint le lanciò un'occhiataccia. "Lo mangerà qui." Lui le afferrò l'avambraccio in una presa salda. "Siediti, tesoro." La sua ultima parola trasudava sarcasmo.

Cassie obbedì.

Il cameriere mise il suo piatto davanti a Flint. "Qualcos'altro?"

"Un altro drink?" Cassie guardò Flint con un'espressione fredda.

"Certo. Non devo guidare."

MENTRE FLINT DAVA UN grosso morso al suo hamburger, Cassie prese la foto. La avvicinò alla candela per guardarla meglio. Sentì una fitta allo stomaco alla vista del vecchio negozio chiuso. La voglia di piangere le fece bruciare gli occhi. No. Non devi piangere.

"Che cosa è successo?" Lei esaminò la foto.

"Colpa del tempo. Sono passati dieci anni da quando Gram è morta e sedici da quando sei venuta lì per l'ultima volta."

"Lo so."

"Gli edifici si deteriorano se nessuno ci abita."

"Immagino di sì." Le cattive condizioni della struttura, visibili nella penombra, la scioccarono. Non aveva pensato a quel posto per anni. Brian, suo fratello, le aveva detto di dimenticarsene. Ma non era stato lui a passare ogni estate lì con la nonna biologica, lavorando nel negozio o nuotando nel lago Cedar con i suoi amici di Pine Grove.

Brian era il figlio naturale di Caroline e Parker Wells. Quando avevano deciso di averne un altro, cinque anni dopo, volevano una bambina. Così avevano adottato Cassandra. Sua madre era morta di parto e lei non aveva mai saputo chi fosse suo padre. La nonna biologica di Cassie, Frances Meacham, aveva chiesto il diritto di visita. Caroline e Parker avevano accettato di mandarla a Pine Grove ogni estate per vivere con Frances.

Quelle estati, lavorando nel negozio, erano state una magica pausa dalle lezioni di canto, danza e recitazione. Caroline aveva allevato sua figlia dall'età di tre anni per farla diventare un'attrice straordinaria e Cassie non l'aveva delusa.

A sedici anni, arrivò la prima svolta, un ruolo in un film. All'inizio della sua carriera, aveva lasciato Pine Grove, per non tornare mai più. Nelle notti solitarie nella sua piccola camera d'albergo, Cassie chiudeva gli occhi e riviveva quei bei giorni tra partite di kickball, zuccherini colorati e gelati fatti in casa, totalmente immersa nel suo primo amore, Flint McKay.

"Che cosa vuoi da me? Soldi? Contribuirò alla ristrutturazione."
Lei frugò nella sua borsetta.

"Non mi stai ascoltando."

Lei si fermò. "E allora cosa?"

"Voglio che tu venga a Pine Grove. Che tu veda il posto. Così potrai decidere, se lo desideri, se venderlo o lasciarlo demolire."

"Davvero? Potresti anche chiedermi di andare sulla luna."

"Perché è una cosa così importante? Sei qui a New York. Pine Grove è a due ore di distanza."

"Tipico di qualcuno che non conosce questo lavoro. Ho un programma da rispettare."

"Hai finito lo spettacolo. Vuoi farmi credere che non puoi prenderti un paio di giorni di pausa?"

"Bingo."

Flint si spostò sulla sedia e abbassò lo sguardo sul piatto.

"Mia madre è la mia manager. Ho impegni fino a quando avrò sessant'anni."

"È la tua vita, Cassie. Decidi tu."

Cassie sbuffò. "È quello che pensi tu. E, a proposito, nessuno mi chiama più in quel modo."

Flint inarcò un sopracciglio. "Beh, le chiedo scusa, signorina Wells."

Rimasero seduti a mangiare in silenzio. Flint finì per primo. Lui mise una mano in tasca, prese due banconote da venti dal portafoglio e si alzò in piedi.

"Lieto di averti rivista, Cassie. Buona fortuna." Mise le banconote sul tavolo e si diresse verso la porta.

"Ci penso io."

"No. Non riesci nemmeno a controllare la tua vita. Di certo non controllerai la mia."

Prima che lei potesse rispondere, lui aprì la porta e salì i gradini. Guardando la palla, corse dietro di lui, urlando per la strada.

"La palla!"

Lui la guardò. "Tienila! Come souvenir."

Lui l'aveva lasciata senza parole. Rimase a guardarlo finché non girò l'angolo. Cassie tornò al suo tavolo, ma le era passato l'appetito. Sua madre sarebbe stata orgogliosa di sapere che aveva mangiato solo un quarto del suo hamburger. *Non devi ingrassare.* Le parole di Caroline risuonarono nella testa di Cassie. Lei aggiunse dieci dollari alla mancia e si diresse verso la strada.

Era tardi. I suoi passi echeggiavano sul marciapiede umido mentre una leggera pioggia cadeva dal cielo. I suoi capelli si erano increspati e il suo umore era peggiorato. Nessuno la riconobbe passandole accanto. Grata, mantenne lo sguardo dritto davanti a sé. Nemmeno sbattere le palpebre rapidamente poté fermare la marea di lacrime che le scorrevano sul viso.

La stanchezza ebbe il sopravvento su di lei. La schiena e le spalle le facevano male. La sua suite d'albergo era a soli due isolati di distanza. Aumentò il passo, impaziente di mettersi a letto e di abbandonarsi a un sonno senza sogni.

Si rannicchiò in un angolo dell'ascensore mentre saliva all'ultimo piano.

"Ma lei non è...?" disse un uomo. Ma la donna che era insieme a lui gli tirò la manica e scosse la testa. "Oh. "Scusi," sussurrò lui.

Grazie a Dio. No, non era Cassandra Wells, star del palcoscenico e dello schermo. Era la piccola Cassie Wells, impiegata al Meacham's General Store e innamorata di un pompiere.

Capitolo Due

Flint andò alla stazione degli autobus. Intorpidito, non sentiva la pioggia. Aveva condiviso un tavolo con la famosa Cassandra Wells in un ristorantino appartato. Lui, Flint McKay, il Signor Nessuno di Pine Grove. Riusciva a malapena a respirare.

Eppure, quando lei aveva aperto la bocca, era diventata di nuovo Cassie. I sentimenti che aveva sepolto dentro di lui e che non credeva esistessero ancora erano tornati in superficie. Come un geyser, erano esplosi dentro di lui, prendendo il controllo della sua mente e del suo corpo.

Quella piccola sfacciata di Cassie Wells era bella e impertinente come non mai. Frasi che iniziavano con le parole "Ricordi quando..." gli avevano affollato la mente, ma lui le aveva ignorate. Non aveva viaggiato fino a New York per parlare dei vecchi tempi. L'aveva fatto per uno scopo, una missione, anche se non ricordava di cosa si trattasse. Oh, sì, il negozio.

Lui sbuffò. Era stato un vero idiota. Aveva davvero creduto che a Cassie importasse abbastanza di quel negozio da tornare a casa con lui in autobus. Si fermò. Casa. Sì, era ancora la sua casa, ma era stata anche la casa di Cassie. Almeno per un po'.

Lei aveva una vita, ma non poteva dire lo stesso di sé. Impegnato con la tipografia e a salvare le persone, non era stato in grado di aprire il suo cuore in sedici anni. Ci aveva provato. Era stato fidanzato tre volte e ogni volta se ne era tirato fuori.

Di certo, era diventato lo zimbello della città.

"Ho sentito dire che pioverà e che Flint McKay si fidanzerà di nuovo."

"Ho saputo che Homer fa sempre uno sconto a Flint McKay sulle feste di addio al celibato."

Ah ah.

Proprio divertente. No! Vergognandosi di ricordare, aveva persino lasciato una donna sull'altare. Il cuore di Flint McKay aveva smesso di funzionare, per quanto riguardava le donne. E ora Cassie era fidanzata con un ragazzo con cui Flint non avrebbe mai potuto competere. Quindi ogni possibilità con lei era kaput, finita, irrealizzabile, inesistente.

Non si aspettava di provare qualcosa rivedendola. In effetti, era convinto che lei non l'avrebbe nemmeno riconosciuto e non avrebbe mai immaginato che lei se la sarebbe svignata per andare a cena con lui. Certo. Lui scosse la testa. Si era ripromesso che non avrebbe mai mentito a sé stesso. No, era rimasto così ammutolito perché era ancora innamorato di lei.

Cazzo. Si fermò. Non poteva assolutamente amarla. Era un suicidio emotivo provare dei sentimenti per la famosa Cassandra Wells. Lui si rifiutò. Semplicemente non l'avrebbe amata. Entrando nella stazione degli autobus, decise di dimenticarsi di lei. E il negozio? Avrebbe deciso cosa fare quando sarebbe tornato a casa, lontano dall'incantesimo lanciato da Cassie Wells.

Sull'autobus per Pine Grove, scelse un posto accanto al finestrino e chiuse gli occhi. I ricordi di quei giorni caldi e apatici, rinfrescati dal grande ventilatore a soffitto del negozio, gli tornarono in mente. Gli venne l'acquolina in bocca mentre l'immagine dei dolcetti al caramello con ripieno di vaniglia tornava in superficie. Cambiò posizione sul sedile, guardò fuori dal finestrino è provò di nuovo ad addormentarsi.

Stavolta, un'altra immagine mentale attirò la sua attenzione. La loro ultima estate insieme era stata la più calda, in tutti i sensi. Le ondate di calore da record li avevano portati al lago.

"Ti sfido," aveva gridato Flint dall'acqua.

"Oh? Giusto. Prima tu." Cassie stava in piedi, con il suo bikini, le gambe divaricate e le mani sui fianchi.

"Allora accetti la sfida?"

Lei aveva annuito.

Flint era uscito dal lago in due secondi. Si era tolto i pantaloncini, l'aveva guardata, aveva fatto un inchino e si era tuffato in acqua.

Poi era riemerso, spostandosi i capelli dalla fronte. "Ora tocca a te."

Lei aveva esitato.

"Oh, andiamo. Adesso ti tiri indietro?"

"Io ho molto di più da mostrare. Devo togliere due pezzi."

"Già. Esattamente come piace a me." aveva detto lui ridacchiando.

Lei tirò fuori la lingua e fece un po' di spogliarello. Quel ricordo lo fece sorridere. Il suo corpo era incredibile. Da quello che aveva visto a cena, non era cambiato. Dopo essersi tolta gli slip, si era allontanata da lui per slacciarsi la parte superiore, darsi un colpetto sul sedere, voltarsi, tuffarsi in acqua e nuotare verso la boa.

Lui si era messo a ridere e l'aveva raggiunta. Lei aveva afferrato la scaletta per reggersi e l'aveva baciato fino a non fargli più distinguere il giorno dalla notte. Quella era stata la prima volta che avevano fatto l'amore. Cassie era vergine. Flint aveva fatto un paio di sveltine sul sedile posteriore della sua auto, ma non aveva idea di come fare l'amore. Durante l'estate, l'avevano imparato insieme. Lui aveva sperato che quell'estate durasse per sempre. La terza settimana di agosto, la madre di Cassie aveva ricevuto quella telefonata. Caroline era venuta a prendere sua figlia e l'aveva portata via.

Era stata l'ultima volta che l'aveva vista, tranne che nei suoi sogni.

CASSIE SI BUTTÒ SUL letto, completamente vestita. La stanchezza prosciugava la sua energia. Troppo stanca per spogliarsi, rimase semplicemente distesa. Poi qualcuno bussò alla porta. Sforzandosi per alzarsi, si trascinò verso la porta. Un flusso continuo di persone la attraverso.

"Era ora! Dove sei stata?" Caroline lanciò un'occhiata a sua figlia.

"Mamma, per favore."

"Ho alcuni documenti da farti firmare." Brian tirò fuori una penna.

"Ti lascio qui alcuni copioni." Caroline mise un mucchietto di fogli sulla scrivania.

"Giovedì parto per Londra." Basil le si avvicinò e le mise un braccio intorno alla vita. "Che ne dici di sbarazzarci di queste persone?" sussurrò lui.

"Se trovi il modo, fammelo sapere."

Il telefono squillò. Caroline rispose. "Per te, Cassie."

"Che sorpresa! Una chiamata per me al telefono della *mia* camera." Lei prese la cornetta da sua madre.

"Cassie, tesoro."

"Zio Denny?"

"Sono colpevole."

"Che bello sentirti!"

"Ho pensato che volessi scappare. Sto partendo per la costa occidentale, ma la mia suite al Pierre è già pagata per la prossima settimana. Perché non vieni qui e fuggi da tutti i parassiti che ti stanno alle costole?"

"Non è un bel modo di parlare di tua sorella."

"Adoro Caroline, ma è crudele. Allora? Verrai?"

"Sarò lì tra un'ora."

"Splendido! Dirò a George di avvisare il portiere. Abbi cura di te, tesoro. Performance meravigliosa."

"Grazie. Ti voglio bene."

"Anch'io te ne voglio, tesoro."

Lei riaggancio il telefono. "Potrei avere un po' di privacy qui?"

Le persone nella stanza sorrisero e fecero dei commenti lascivi. Basil sorrise e chiuse la porta dopo che la folla se ne fu andata.

"Va' a fare i bagagli."

"Dove vai?"

"Alla suite di zio Denny al Pierre."

"Stai scherzando?"

"Non scherzo mai sul Pierre. Fuori. Ci vediamo nella hall tra quarantacinque minuti."

Lui le diede un bacio, poi se ne andò.

Cassie volteggiò per la stanza come un tornado, raccogliendo le sue cose e lanciandole dentro le valigie. Non c'era tempo per chiamare un fattorino. Trascinò lei stessa il suo bagaglio pesante. *Forse la pesantezza era una prerogativa dei suoi bagagli?* Ridacchiando tra sé, si diresse verso la hall. Basil la stava aspettando.

"Sbrigati. Abbiamo un tavolo prenotato per le sette." Caroline strinse con forza il braccio di sua figlia. Cassie si liberò.

"No. Ci vediamo, mamma." Lei si diresse verso la porta. Seguendola, Basil trasportò le loro valigie fino alla strada.

"Che cosa intendi dire?" Caroline seguì i loro passi.

"Taxi?" Cassie fece un cenno. Un taxi giallo si fermò. L'autista saltò fuori e caricò le loro cose nel bagagliaio. Basil le tenne lo sportello.

"Lasciami andare, mamma."

"Non finché non mi dirai dove state andando." Caroline la strinse più forte.

Cassie fece una mossa difensiva, afferrando il polso di sua madre.

"Ahi!" Le prese il braccio.

"Scusa. Ciao, mamma. Ci vediamo... prima o poi." Cassie scivolò sul sedile, seguita da Basil, che richiuse lo sportello. Lui si sporse in avanti e sussurrò la destinazione al tassista. Cassie si appoggiò allo schienale, osservando sua madre battere il piede mentre imprecava.

"Tua madre è furiosa."

"Se ne farà una ragione."

"Sei molto indipendente." Basil le prese la mano tra le sue.

"Io? Stai scherzando, vero? Sono la persona meno indipendente che conosca. Sì, mamma, no, mamma. Come dici tu, mamma. Devo continuare a provare? Ma certo. Vuoi che legga un'altra sceneggiatura? Perché no?"

"Lei gestisce la tua carriera come una macchina ben oliata."

"Macchina è la parola chiave. Sono stanca, Basil. Non ne posso più. Broadway. Film. Non ho più energie."

"Allora prenditi qualche settimana di pausa e poi inizia qualcosa di favoloso. Puoi fare uno spettacolo a Londra? Potremmo stare insieme." Le mise un braccio intorno e la strinse a sé.

"No. Basta spettacoli. Basta film. Ho bisogno di riposare."

"Non vuoi fare un altro spettacolo? La famosa Cassandra Wells?"

"Stavo pensando a un altro tipo di produzione." Lei gli diede un bacio sulla guancia.

"Spero di farne parte," sussurrò lui.

"Non potrei farlo senza di te."

Il taxi si fermò davanti al Pierre. Il portiere aprì lo sportello della macchina. L'autista recuperò i bagagli dal bagagliaio.

"Deve registrarsi, signora?" le chiese il portiere.

"No. Andiamo nella suite di Denny Hardin. Siamo suoi ospiti."

"Da quella parte. Vi farò portare i bagagli."

Presero la chiave alla reception e salirono in ascensore fino alla Grand Suite Deluxe. Basil aprì la porta.

"Perché ho voglia di prenderti in braccio per entrare dalla porta?"

Cassie sorrise, si tolse le scarpe e affondò le dita dei piedi nello spesso tappeto grigio chiaro. Lei attraversò l'ampio soggiorno fino alle finestre, alte un metro e ottanta.

"Basil, che panorama! Oh, che panorama!" Lei si lasciò cadere sul davanzale della finestra.

"Un drink, tesoro?"

Lei annuì.

"Vodka tonic?"

"Stupendo." Lei sospirò.

Mentre lui preparava i drink, lei osservò le mille luci di Manhattan, tutte abbaglianti e brillanti. Un bicchiere freddo le sfiorò le dita. Lei lo afferrò e sollevò il mento. Basil le diede un bacio, poi le strinse la mano libera intorno al seno.

"Mi leggi nel pensiero, Cassandra?" La sua voce dolce e persuasiva le diede i brividi.

"Come un libro, tesoro. Come un libro." Lei appoggiò il bicchiere e si alzò per farsi stringere tra le sue braccia.

CASSIE SI STIRACCHIÒ e aprì gli occhi. La stanza sconosciuta era fredda e completamente buia. Un grugnito proveniente da un corpo caldo e nudo accanto a lei le ricordò che Basil aveva trascorso la notte lì. Rotolandosi su un fianco, lei indietreggiò verso di lui. Spostandosi verso la sua pelle calda, scacciò il freddo dalle sue ossa. Lui si voltò e le mise un braccio intorno, borbottando qualcosa di incomprensibile.

Riuscendo a malapena a restare sveglia abbastanza a lungo da fare l'amore, Cassie si era addormentata non appena Basil aveva finito. Sbattendo le palpebre, lei lanciò un'occhiata all'orologio. Erano le due del mattino. Sospirando, strinse più forte le coperte attorno a sé. Da dove diavolo arrivava quell'aria fredda?

Nessuno aprì le finestre dell'hotel, ed era luglio. Ah, forse il condizionatore? La temperatura dell'enorme camera da letto era abbastanza fredda da poter conservare la carne. Cassie scivolò sul letto king-size e prese la camicia di Basil dalla sedia. La abbottonò e tirò su le maniche prima di dirigersi verso la finestra per abbassare il condizionatore.

Basil era alto un metro e ottantacinque e Cassie solo un metro e sessanta. La camicia le arrivava fino alle ginocchia. Aprendo l'armadio, vide una coperta e la tirò giù. Sbadigliando, proseguì nel soggiorno e accese una lampada.

Prese dal tavolino il depliant che descriveva i servizi dell'hotel e si diresse verso il davanzale della finestra. La notte era buia. Le intense luci degli appartamenti erano meno di quando era arrivata, ma ce n'erano abbastanza da far brillare la città.

La fame le fece brontolare lo stomaco. Non aveva finito l'hamburger che aveva preso con Flint. Abbassando lo sguardo, sorrise vedendo che era disponibile un servizio in camera ventiquattro ore su ventiquattro. Perfetto! Trovò un menu e prese il telefono.

Ordinò un cocktail di gamberi, un altro hamburger con patatine fritte, una coca cola e un tortino al cioccolato con cuore caldo come dessert. Quando riattaccò, le venne l'acquolina in bocca. Allargando la coperta, la strinse intorno a sé sul divano e vi si rannicchiò.

Anche se c'erano riviste in abbondanza, lei iniziò a pensare alla sua vita. Mentre sua madre la spingeva a continuare la sua carriera a velocità supersonica, Cassie aveva dei dubbi sui suoi progetti. Nella quiete della notte, poteva riflettere sul suo futuro senza interruzioni.

Un bussare discreto alla porta la risvegliò. Prese una banconota da dieci dollari dal portafoglio e andò ad aprire.

"In sala da pranzo, signorina?"

"No. Sul tavolino. Grazie."

"Certamente."

Il cameriere spinse il carrello e sistemò le posate. Lei gli diede la mancia e guardò il cibo. Le sue scelte riflettevano la sua decisione. Non le importava più di ciò che mangiava perché non aveva intenzione di restare così magra. I suoi giorni come attrice erano finiti, almeno per ora. Aveva bisogno di una vita, una vita reale, come quella delle altre persone. E Basil era l'uomo che gliel'avrebbe data.

Anche se non lo conosceva da molto tempo, la chimica tra di loro era indiscutibile. Non poter mai trascorrere più di due giorni insieme si era rivelato complicato. Così, lui le aveva fatto la proposta, soprattutto per calmarle i nervi e rassicurarla che sarebbe stato lì per lei ogni volta che avrebbe potuto trovare un paio di giorni liberi.

Avrebbero avuto delle discussioni profonde sul teatro e sui film, sui registi e sui produttori. Avevano così tanto in comune che l'amore tra di loro era naturale. Ora, era arrivato il momento di portare la loro relazione al livello successivo.

Soddisfatta della sua decisione, Cassie allontanò la preoccupazione di come dirlo a sua madre e iniziò a sognare il suo futuro con il suo bel marito in una spaziosa casa di campagna. Avrebbero dovuto prenderne una in Inghilterra o negli Stati Uniti? Perché non in entrambi i posti? Magari anche la casa vittoriana gialla e bianca che aveva sognato di avere a Pine Grove quando era giovane. Lei e Basil avevano abbastanza soldi per vivere dove volevano.

Dopo aver finito i gamberi, si leccò le dita e diede un bel morso al suo hamburger. Il calore aumentò dentro di lei. Di certo, Basil sarebbe stato d'accordo con i suoi piani. Una nuova sensazione di felicità la avvolse e lei si rifiutò di metterla in discussione. Dopo aver finito il dessert, lo stomaco di Cassie protestò. Gonfia e un po' nauseata, prese un antiacido e si trascinò a letto.

Si rannicchiò sul corpo addormentato di Basil e chiuse gli occhi. Il sorriso non lasciò mai le sue labbra. Quanto era fortunata? Una carriera esplosiva, con encomi ovunque si voltasse, e anche un uomo ideale con cui costruire la sua vita. La gratitudine le scorreva nelle vene. Si addormentò, avvolta dal calore del corpo del suo uomo, dalle lussuose lenzuola di cotone e dalle eleganti coperte di lana del Pierre.

Capitolo Tre

Cassie dormì fino alle dieci. Quando si svegliò, il letto era vuoto. Aggrottando la fronte, abbassò le coperte e si sedette sul bordo del letto. Avendo ancora addosso la camicia di Basil, si alzò in piedi.

"Beh, era ora." Indossando solo l'accappatoio e sorridendo, lui si appoggiò alla porta. "Sta meglio a te che a me."

Lei scoppiò a ridere.

Lui le si avvicinò. "Ma starebbe ancora meglio sul pavimento." Appoggiandole le mani sulle spalle, si chinò a baciarla, poi le accarezzò la guancia. "Hai fame?"

"Beh, non proprio."

"Ho visto quei piatti. A che ora ti sei alzata?"

"Più o meno alle due."

"E hai fatto un pasto completo? Non hai mangiato quando sei uscita con l'uomo di Neanderthal?"

"Flint? È un bravo ragazzo."

Basil fece una smorfia. "Ogni uomo che ti porta via da me è un bastardo. Ho ordinato la colazione. Il caffè è qui. Sto morendo di fame."

Lei camminò dietro di lui fino al bagno. Gli infissi cromati scintillavano così intensamente che aveva quasi bisogno degli occhiali da sole. La stanza era enorme. *Abbastanza grande per due.* Si spazzolò i denti e si lavò il viso. Guardandosi allo specchio, vide Cassie Wells e si chiese che fine avesse fatto Cassandra Wells.

"Ecco, tesoro." Basil era in piedi sulla soglia, con una tazza di caffè in mano.

"Grazie." Lei bevve un sorso. "Paradisiaco! Perfetto. Proprio come piace a me."

"Sono bravo anche fuori dalla camera da letto." Lui ridacchiò.

Non era semplicemente adorabile e non erano la coppia perfetta? Con la sua camicia ancora addosso, Cassie si diresse in soggiorno e si lasciò cadere sul divano, facendo attenzione a non rovesciare il java.

"Che cosa dovremmo mai fare oggi, bloccati in questo magnifico hotel?" Lui sollevò le sopracciglia.

Cassie aggrottò la fronte. "Piove?"

"Questo non ci lascia altra scelta che guardare film osceni in camera da letto e fare l'amore tutto il giorno."

Prima che lei potesse rispondergli, qualcuno bussò alla porta. Basil si strinse la cintura della vestaglia e si diresse verso la porta.

Il cameriere portò il carrello con una colazione completa e la mise sul tavolo quadrato della sala da pranzo. Lei sospirò. Sì, la suite aveva la sua sala da pranzo. Lui tolse i coperchi dai piatti, contenenti uova strapazzate, pancetta, patate fritte e pane di segale tostato e imburrato. C'erano anche dei vasetti di confettura, una caraffa di spremuta d'arancia appena fatta e una ciotola di macedonia.

Nel banchetto c'era di tutto, compresa un'altra caraffa di caffè, una di tè e delle piccole brocche di panna. Basil gli diede una banconota da venti dollari e allungò la mano verso Cassie. Si sedettero e mangiarono abbondantemente.

Quando ebbero finito e lei stava bevendo la sua terza tazza di caffè, si schiarì la gola.

"Basil, dobbiamo parlare."

"Tesoro. Hai un tono molto serio." Lui aggrottò la fronte.

"Lo è. E non lo è."

"Bene, di che cosa si tratta?"

"Dei miei programmi per il futuro."

"Vuoi dire i nostri programmi per il futuro."

"Beh, sì. Ovviamente."

"Hai scoperto se una delle sceneggiature che tua madre sta esaminando sarà disponibile a Londra?" Lui appoggiò la schiena sul divano, tenendo in mano il suo drink.

"Non esattamente."

Lui sollevò un sopracciglio.

"Non sono sicura di voler fare uno spettacolo a Londra."

"Perché no? Potremmo stare insieme. Sai che ho un ruolo nello spettacolo "*L'eredità*". Ho firmato per sei mesi, in funzione della vendita dei biglietti."

"Lo so. Ed è meraviglioso per te. Ma ho pensato che potremmo dedicarci a qualcos'altro."

"Che cosa?"

Lei si leccò il labbro inferiore e distolse lo sguardo. Perché era così difficile? "Matrimonio?"

"In che senso?"

"Siamo fidanzati da alcuni mesi. Pensato che magari potremmo sposarci." Lei si mordicchiò un'unghia.

"Sposarci? Che idea meravigliosa! A Londra. Tra uno spettacolo e l'altro." Lui le prese il viso tra le mani e la baciò.

"Tra gli spettacoli?"

"Forse potremmo anche coinvolgere il pubblico. Una cosa unica. Una sorpresa! Ancora meglio." Basil si alzò in piedi e si mise a passeggiare per tutta la stanza. "Pensaci. Ci ingaggeranno per altri spettacoli."

"Sposarsi a teatro con il pubblico presente, come se fossero invitati?"

Un sorriso gli accarezzò le labbra eleganti. "Perfetto, tesoro. Sarà un'ottima pubblicità."

Cassie si alzò in piedi. "Io non voglio un matrimonio pubblico."

"Sarà enorme, favoloso. Tutti ne parleranno per gli anni a venire! Andiamo, tesoro." Basil le strofinò il collo con il naso.

Lei lo respinse. "No!"

"Perché no?"

"Voglio un matrimonio privato. Voglio indossare un abito bianco, portare un mazzo di fiori ed essere accompagnata all'altare da mio padre."

"È così, così... convenzionale."

"È quello che voglio. Quello che ho sognato per tutta la vita."

Lui sospirò. "Beh, se è quello che vuoi, tesoro, allora è quello che avrai."

Cassie gli sorrise. "Grazie."

"E proverai a cercare qualcosa a Londra?"

"Ehm, beh. Per la mia prossima produzione, avevo in mente qualcosa di completamente diverso."

"Diverso?" Lui si sfregò le mani.

"Sì. Ho pensato che potremmo produrre... ehm... potremmo produrre..." Lei spalancò gli occhi. "Dei bambini?"

Lui si fermò, si voltò e la guardò dritto negli occhi. "Dei bambini?" La sua voce era così bassa che quasi non lo sentì.

"Sì. Bambini. Ehm, due? Due sarebbero sufficienti."

"Due?" Stavolta, lui spalancò gli occhi. "Due piccoli marmocchi viziati, urlanti e puzzolenti?"

Lei aprì la bocca, ma non ne uscì alcun suono. Basil si alzò in piedi. Si diresse verso il bar, poi prese e riposò tre bottiglie diverse prima di versarsi un whisky. Mentre lui si versava da bere e ne bevve un sorso, lei serrò le labbra.

"Che cosa ti ha fatto pensare che io possa volere dei bambini?" Lui si voltò a guardarla, con il bicchiere in mano.

"La maggior parte delle persone vogliono dei bambini."

"Io no. Non ne ho mai voluti. E non ne vorrò mai. Voglio recitare. E ti voglio al mio fianco, come donna e come protagonista femminile. Come moglie. Punto."

"Niente bambini?"

Lui scosse la testa. "È troppo da chiedere? Volerti come moglie? Come unica donna per me? Magari recitare insieme in uno spettacolo?"

La pressione le strinse il cuore.

"Sono disposta a scendere a compromessi per avere un matrimonio privato. Penso che tu possa scendere a compromessi per quanto riguarda i figli."

"Uno?"

Lui scosse la testa. "Nessuno." Lui bevve un altro sorso.

Cassie si alzò in piedi, ma un'ondata di vertigini le offuscò la vista, così si resse al tavolino e si lasciò cadere di nuovo sul divano. "Non puoi dire davvero," borbottò lei.

"Oh, sì. Assolutamente. Lo dico sul serio. Tesoro, io ti voglio. Non è sufficiente?"

"No."

Silenzio.

"Solo un bambino? Potrei scendere a compromessi sull'averne due. Un bambino profumato, intelligente, facile e pieno di talento?"

Lui svuotò il suo bicchiere.

"Questa è la nostra prima lite?"

"Forse." Lui si diresse verso la camera da letto.

"Dove vai?" Lei si voltò.

"Lontano da te."

"Nessun compromesso?"

"No. Niente bambini. Punto. A te la scelta. O io o i bambini." Lui si fermò davanti all'arco della porta.

Cassie si mordicchiò il labbro. Gli occhi le si riempirono di lacrime.

"Cazzo! Non osare usare le lacrime con me. Non avranno alcun effetto. Ti amo, Cassie, ma voglio solo te. Niente figli."

"Non capisco." Lei si avvicinò alla scatola di fazzolettini sul tavolino.

"Non capisco perché vuoi delle piccole pesti. Io non ti basto? Non vuoi passare la vita a prenderti cura di me?"

"Di te? Tu puoi prenderti cura di te."

"Ma la vita sarebbe molto più bella se tu ti prendessi cura di me. E io di te."

"Oh, capisco. Sei disposto a prenderti cura di me ma non dei tuoi figli."

"Io non avrò figli miei. E neanche altri figli."

Il dolore le strinse il cuore. "Ma è il mio sogno. Sposarti. Avere un paio di bambini. Una casa..."

"E uno steccato bianco?" Lui scoppiò a ridere. "Oh, no. Non coinvolgermi in questo. Un appartamento a Londra e uno a Parigi. Una suite qui al Pierre, sempre pronta per noi, sono più nel mio stile."

"Ci vogliono molti soldi."

"Noi abbiamo molti soldi."

"Ma è un tale spreco. Due appartamenti e una suite?"

"È così che vivono le star, tesoro."

"Non io."

"Hai un appartamento da qualche parte, vero?"

Lei scosse la testa. "Viaggio troppo. Vivo in hotel o negli appartamenti di altre persone. Mai nel mio."

"Cazzo! Prendiamone uno. Domani mattina, come prima cosa." Lui appoggiò una spalla al muro.

"Io voglio vivere con te. Sposarti. Essere una moglie. Una madre. Voglio avere tutto. Ho avuto il mio successo in teatro e al cinema. Tra qualche anno sarò comunque troppo vecchia per i ruoli da protagonista."

"Allora potrai viaggiare con me. Io non sarò mai troppo vecchio."

"Prima o poi tutti diventano troppo vecchi, Basil." Lei sollevò le spalle.

Lui scoppiò a ridere. "Quando arriverà quel momento, probabilmente non mi ricorderò nemmeno il mio nome. Quindi chi se ne importa? Vieni con me. Sposami. Viaggiamo per il mondo. Solo tu e io. Per sempre." Lui le porse la mano.

Cassie lo guardò. Fissandolo negli occhi, non vide nulla. La luce dell'amore che lei aveva giurato di vedere dall'inizio si era affievolita. Uno sguardo arrabbiato prese il posto del suo sorriso gentile. Chi era quell'uomo? Una sensazione di vuoto la travolse. Lui era come una figura di cartapesta, vuoto dentro?

Lei ignorò il suo gesto. "Non posso. Non posso rinunciare al mio sogno. Ai miei figli. Solo perché tu vuoi che lo faccia."

Lui sospirò, distolse lo sguardo, abbassò la mano e la guardò negli occhi. "Non mi avevi mai detto che i bambini facessero parte dell'accordo."

"Immaginavo che li volessi. Ogni uomo vuole dei figli, no?"

"Sbagliato. Non io."

"Non me l'hai mai detto." Lei sentì una stretta al petto.

"Non me l'hai mai chiesto."

"Ma noi... avevo pensato. Voglio dire abbiamo avuto, abbiamo così tanto. Insieme." Lei si mordicchiò il labbro.

"Immagino che non ci conoscessimo bene come pensavamo."

"Parli sul serio?"

Lui annuì.

"Non ci ripenserai?" Lei si asciugò il sudore dal labbro.

"Vuoi che lo faccia? Cazzo, vorresti che avessi dei figli che disprezzerei?" Lui alzò la voce.

Lei si alzò, appoggiando un ginocchio sul divano. "Certo che no."

"Ecco, quindi. La forza irresistibile incontra l'oggetto immobile."

"Non dire così." Lei rabbrividì mentre il condizionatore raffreddava la stanza.

"Ma è la verità.

Questa è un'impasse." Lui annuì rapidamente e scomparve nella camera da letto.

Cassie si mise a singhiozzare sul divano. Il petto le si sollevava mentre il dolore la travolgeva nel profondo. Si calmò, sperando che Basil comparisse sulla soglia, si scusasse, le chiedesse perdono e cambiasse idea. Ma non tornò. Reagiva sempre alle sue lacrime. Andava da lei, la abbracciava e le sussurrava qualcosa per calmarla. E il loro disaccordo finiva così. Quindi facevano l'amore per fare pace.

Non stavolta. Un dolore al petto le fece capire l'unica cosa che non poteva affrontare: la verità. Doveva scegliere tra rinunciare ai bambini e rinunciare a Basil. Nessuna delle due opzioni le piaceva. Lui era così perfetto, divertente, affascinante, brillante e arguto. Ed era un attore affermato. Lui capiva tutti i ruoli che lei aveva accettato, tranne i musical. Basil era totalmente incapace di ballare.

Dove era finito? Perché non era al suo fianco? Il suono della doccia attirò la sua attenzione. Oh, ok. Era in bagno. Una volta uscito, l'avrebbe confortata, le avrebbe detto che aveva sbagliato, avrebbe fatto l'amore con lei e tutto si sarebbe risolto.

Ma i battiti del suo cuore non erano d'accordo. *Non questa volta*, le disse il suo cuore. Il cuore le batteva forte nelle orecchie e il suo petto si irrigidì.

Lui era serio. Non verrà. È finita.

Il suo cervello si rifiutava di dare retta alla sua fantasia. Basil avrebbe cambiato idea, assecondando ogni suo capriccio. Avere figli non era un capriccio, si disse tra sé. Lei scosse la testa. No. Stavolta non avrebbe vinto.

Il suono della doccia si interruppe bruscamente. La speranza crebbe nel suo cuore. La porta si aprì, ma lui non venne. Lei lo aspettò. E aspettò. Venti minuti dopo, lui voltò l'angolo.

"Tesoro. Non so come dirlo." Lui era alto, bello e completamente vestito sulla soglia.

Lei alzò la mano. "Allora non farlo."

Lui cambiò piede d'appoggio. "Sai che devo farlo."

Lei sospirò, si sollevò in posizione seduta e, con dei movimenti esagerati, si asciugò di nuovo il viso. Forse lui si sarebbe accorto che aveva pianto e l'avrebbe confortata. Nel momento in cui lo fece, fu sopraffatta dalla vergogna. Odiava le persone manipolatrici, eppure era lì, a usare le lacrime per controllarlo. Lei abbassò lo sguardo.

"So che sei triste. Lo sono anch'io. Pensavo di aver trovato la compagna perfetta. Ma niente nella vita è perfetto."

"Però ti amo?"

"Anch'io ti amo. Mi dispiace, tesoro. Semplicemente non siamo fatti per stare insieme."

Le immagini che lei aveva evocato nella sua testa durante alcuni fugaci momenti silenziosi in cui Basil cullava il loro bambino, giocava a baseball con loro figlio e ballava con loro figlia si frantumarono come un bicchiere lanciato contro il muro. I pezzi cadevano giù al rallentatore, portandosi dietro con ogni pezzo un'enorme ferita.

Il dolore le attraversò la testa. Un mal di testa ruggente minacciava di comparire.

In tre semplici passi, Basil fu accanto a lei. "Mi dispiace molto, tesoro. Davvero molto. Anche il mio cuore è spezzato. Ti amerò sempre. Davvero. Sinceramente."

"C'è mancato poco," mormorò lei, guardandolo con gli occhi gonfi.

"Esattamente. Il modo perfetto di vederla." Lui sorrise.

Ma non c'era mancato poco. Aveva perfettamente centrato il bersaglio. La loro relazione le aveva fatto attraversare dei giorni faticosi, noiosi e stressanti di interminabili prove, coreografie, prove costumi e qualsiasi altra cosa fosse necessaria per una favolosa performance teatrale.

Basil era stato lì per calmarla, massaggiarle i piedi e convincerla che le persone cattive e gelose avevano semplicemente torto. Ciò che pensavano non aveva importanza. Ora, sarebbe rimasta da sola.

Leggendole la mente, lui proseguì: "Hai tua madre e Brian."

"Mia madre è una sanguisuga."

"Ha solo a cuore i tuoi migliori interessi."

"Non è così." Cassie si alzò in piedi e si versò una tazza di caffè freddo.

"Certo che è così. È tua madre."

Cassie aggiunse la panna. "Ahah!"

Basil le si avvicinò. Quando la strinse tra le braccia, lei si irrigidì.

"Non fare così. Saremo sempre grandi amici."

"Non voglio essere tua amica. Voglio essere tua moglie."

"Lo so, lo so."

Lei si tolse l'enorme e luccicante anello di fidanzamento che lui le aveva regalato, poi fece un passo indietro, gli mise l'anello in mano e gli chiuse le dita. "Ecco. Prendilo."

Lui si fissò la mano per un attimo, poi alzò gli occhi per guardarla. Gli occhi gli si inumidirono di lacrime. Non era come recitare a teatro. La tristezza e il rimpianto erano reali.

Infilò una mano nella tasca della giacca e vi ripose l'anello. "Io - io, ehm..." Lui le sfiorò rapidamente le labbra con le sue. "Devo andare." Quando arrivò davanti alla porta, si voltò. "Addio, tesoro. Stammi bene. Ricorda, ti amerò per sempre."

In un attimo, se ne andò via.

ASSORDATA DAL SILENZIO, Cassie iniziò a tremare. Non sapeva cosa fare e dove andare. Guardando alla finestra, ancora bagnata dalla pioggia, si mise a camminare per la stanza, senza meta. La tensione si accumulò tra le sue spalle. Un crampo le fece contrarre il polpaccio, stringendo i suoi muscoli in dei fasci di dolore. Lei cadde a terra, stringendosi la gamba e urlando. Ma nessuno arrivò.

Dopo pochi minuti, il suo massaggio le ammorbidì i muscoli. Si alzò in piedi e zoppicò fino al letto. Mentre si coricava, si accorse di indossare ancora la camicia di Basil, così ricominciò a piangere. Pianse fino ad addormentarsi e dormì tutto il giorno.

Quando si svegliò, l'oscurità copriva la città. Fissò le luci ma, invece di portarle calore, il loro scintillio le diede i brividi. Il suo telefono iniziò a vibrare. Era la quattordicesima chiamata di sua madre. Non voleva parlare con Caroline, anche se aveva immaginato diversi scenari nella sua testa.

"Rinunciare al teatro e al cinema? Sei matta?"

"Chiunque può avere dei figli. Non tutti possono vincere un Tony."

"Per forza Basil ti ha lasciata. Come hai potuto essere così stupida? Non troverai mai nessuno come lui."

Lei non voleva parlare, ma non voleva stare da sola.

Accese la tv per guardare il telegiornale. Oh, mio Dio! Eccolo lì, Basil, come un cervo sotto le luci della hall del Pierre. Cassie raddrizzò la schiena. Il filmato era di quel pomeriggio.

"Sig. Evans-White, dov'è Cassandra Wells?"

"Non lo so," mormorò Basil, facendosi strada tra la folla di giornalisti.

Grazie, Basil.

Qualcuno mise un microfono davanti a Basil. "Cassandra Wells non c'è. Sa dove si trova?"

Basil scosse la testa e fece un altro passo verso la porta d'ingresso.

"Secondo i pettegolezzi, pare che stia in questo hotel. Puoi confermarlo o negarlo?"

"Non posso." Basil continuò a camminare, avvicinandosi alla libertà.

"So da una fonte autorevole che si nasconde in una delle suite. Perché dovrebbe nascondersi? L'ha picchiata, signor Evans-White?"

Con un'espressione infuriata, Basil si voltò verso la giornalista. "Come osa? Questa è calunnia! Non l'avrei mai picchiata. Se quella donna vuole un po' di privacy, perché non si toglie dai piedi?"

Basil spinse la reporter dalla spalla e corse verso la porta. Povero Basil! Lei sospirò. Grazie a Dio la stampa non sapeva che si erano lasciati. Lei rabbrividì al pensiero di come se la fossero bevuta. Le domande, le telefonate. E non erano affari di nessuno.

"È il prezzo da pagare per il successo in questo campo," le aveva detto sua madre migliaia di volte.

In passato, era riuscita a gestire l'invadenza del mondo, ma questa volta avrebbe protetto la sua privacy dai ficcanaso che volevano guadagnare con la sua vita. Che si fottano! Lei serrò la mascella. Stavolta avrebbe tenuto la sua vita per sé.

Cassie si lasciò cadere sui cuscini. Cazzo. Era in trappola! I reporter erano in agguato nella hall. Qualcuno li aveva avvisati. Magari anche sua madre. Qualsiasi cosa pur di stanarla. Ora quegli avvoltoi sarebbero rimasti appostati là fuori per giorni, chiedendosi perché fosse scomparsa. Nessuno pensava mai che magari volesse semplicemente un po' di pace e tranquillità? No, doveva esserci un motivo infame.

Cassie prese il telefono e digitò il numero di sua madre.

"Sto bene, mamma. Smettila di chiamare la polizia, la stampa o chiunque tu abbia chiamato. Mi sto prendendo una pausa, ok?"

"Dove sei?"

"Nascosta. Basil e io ci siamo lasciati." disse lei, con la voce tremante.

"Che cosa è successo?"

"Niente. Non posso parlarne adesso."

"Probabilmente è una buona cosa. Voglio dire, non state mai nella stessa città per più di un weekend."

La morte dei miei sogni. Grazie, mamma.

Silenzio.

"Cassandra? Sei ancora lì?"

"Sì. Io non penso che sia una buona cosa. Sono sconvolta, mamma. Nemmeno ti importa?"

"Il tuo primo cuore spezzato. Ti passerà."

"Non è il primo."

"Davvero?" Lei immaginò sua madre mentre spalancava gli occhi.

"La prima volta è successo a sedici anni." Lei allungò la mano verso la scatola dei fazzoletti.

"Acqua passata. Fattene una ragione. Basil era un brav'uomo, ma la tua carriera è alle stelle. Quante donne possono dire lo stesso? Tu sei una star!"

"Sono sola, mamma."

"Gli uomini faranno la fila dietro la tua porta."

"Non credo proprio. Pensavo che Basil mi capisse." Cassie si lasciò cadere sul divano.

"Come poteva farlo? Ti conosceva a malapena. Annega i tuoi dolori in un nuovo spettacolo. Magari la versione cinematografica dello spettacolo?"

"Magari un mese di vacanza? Magari alle Hawaii? Nel Sud della Francia?"

"Ok, tesoro, capisco che tu voglia scappare. Prenditi un paio di giorni di pausa, ma quei copioni..."

Cassie chiuse la bocca e poi spense il telefono. Aprendo il suo laptop, decise che una fuga era un'ottima idea. Dove poteva andare per seminare i giornalisti? Navigò nei siti di viaggi, ma nessuno aveva la risposta. Ah, sì. Bora Bora! Afferrò la sua borsa, cercando il portafoglio. Guardando tra le sue carte di credito, un biglietto da visita iniziò a cadere. Si fermò a faccia in giù sul letto.

McKay Press
Stampa di qualità, prezzi bassi
Flint McKay, presidente
845-226-1700

Ecco! Nessuno l'avrebbe mai trovata a Pine Grove, vero? Potevano davvero pensare di mandare qualcuno a Bora Bora, ma mai in quella piccola città a nord dello stato di New York. Era perfetto. Inoltre, lei aveva dei conti in sospeso lì. Doveva prendere una decisione sul negozio di sua nonna. Flint era stato tanto gentile da evitare che fosse demolito. Il minimo che potesse fare era prendere la situazione in mano e decidere il suo destino.

Accese il telefono e digitò il numero.

FLINT CHIUSE IL FILE del suo progetto. Anche se non avrebbe mai comprato una villa con i profitti della McKay Press, lui e suo fratello conducevano una vita agiata a Pine Grove. I suoi genitori avevano venduto l'azienda e la casa ai loro figli quando si erano trasferiti in Arizona.

Flint e Marty avevano ristrutturato la casa e chiesto un prestito commerciale alla banca per aggiornare le loro attrezzature ed espandersi. Flint aveva affidato a Marty la responsabilità dei nuovi clienti, mentre lui si occupava dei clienti collaudati e della manutenzione dei macchinari. La loro collaborazione funzionava. I due fratelli, che avevano una differenza d'età di cinque anni, stavano alla larga l'uno dall'altro. Nel loro tempo libero, facevano i volontari per la caserma dei pompieri.

"Allora? Sua Altezza ti ha detto cosa fare con il negozio o ti ha mandato a quel paese?" Il modo lento di parlare di Marty, suo fratello minore, lo infastidì.

"Non chiamarla così. È stata gentile, davvero gentile."

"Ci scommetto. Allora perché sei tornato a casa incazzato?"

"Sta' zitto, Marty."

"Sì, sì, Flint. Quando gli asini voleranno e quando l'inferno si ghiaccerà, riceverai una telefonata dalla signorina Cassandra Wells."

Vedere Cassie aveva scosso Flint. Era possibile che fosse ancora più bella di quando aveva sedici anni? Cazzo, sì. La sua espressione, il modo in cui si muoveva e i suoi occhi emanavano un'energia indescrivibile. Cazzo, quegli occhi. Erano di un blu limpidissimo, come il Mar dei Caraibi. I suoi capelli avevano ancora dei riflessi rossastri. Stare insieme a lei l'aveva eccitato. Finché lei non aveva espresso il suo distacco dal negozio. Era tanto bella quanto insensibile. Lui rabbrividì al pensiero che lei avesse voltato le spalle al suo passato.

Lo squillo del telefono interruppe i suoi pensieri.

"McKay Press. Sono Flint McKay."

"Ciao, Flint."

"Oh, ciao, Grey." Cazzo, se c'era qualcuno con cui non voleva parlare era proprio Gray Andrews.

"Secondo i pettegolezzi, sei andato a cena con Cassie Wells."

"I pettegolezzi sono veri."

"Grandioso. Allora? Quando verrà a occuparsi del negozio?"

"Beh, non abbiamo ancora stabilito una data esatta." Flint alzò lo sguardo al cielo, chiedendo perdono per una delle più grandi bugie della sua vita.

"Perché no?"

"Sai come sono gli artisti. Prove. Spettacoli." Lui iniziò a sudare sulla fronte.

"Oh. Ok. Spero che venga presto. Il consiglio comunale si sta innervosendo. Tienimi informato."

"Certamente, Grey." Flint posò il telefono e si asciugò il palmo della mano sul viso.

"Stai peggiorando le cose," disse Marty, appoggiandosi allo stipite della porta dell'ufficio di Flint.

"Lo so, lo so."

"Non sei pronto a rinunciare a lei, vero?"

"L'ho incontrata soltanto questa settimana. Merda. Concedile un po' di tempo. È molto impegnata. Non sta seduta tutto il giorno a mangiare caramelle. Si farà viva. Vedrai." Mmm, la seconda più grande bugia della sua vita.

"E così che ti ha detto?"

"Non importa cosa mi ha detto."

Marty lanciò a suo fratello un sorrisino malizioso. "Sì, giusto. Come se ci fosse ancora qualcosa tra te e lei."

"Non sono affari tuoi. Non hai telefonate da fare o qualcosa del genere?"

"Vado, vado." Marty alzò la mano. "Cazzo, puoi mentirmi quanto vuoi, Flint. Ma non mentire a te stesso."

A quelle parole, Marty sgattaiolò via. Flint guardò fuori dalla finestra. C'erano delle spizelle passerine nella mangiatoia per uccelli. Marty aveva ragione. Mentire agli altri era abbastanza brutto, ma mentire a sé stessi era ancora peggio. Sospirò e tornò a concentrarsi sul computer.

Il suo cellulare iniziò a squillare. "McKay Press. Sono Flint McKay."

"Flint?" Una vocina appena udibile sussurrò il suo nome.

"Cassie?"

Beh, merda. Gli asini possono volare e l'inferno si è ghiacciato!

Capitolo Quattro

Al suono della sua voce, le lacrime minacciarono di uscirle dagli occhi. C'era sempre stato qualcosa di rassicurante nella voce profonda di Flint McKay. E, con l'età, era solo aumentato. Se fosse stato possibile mettere il sonoro a un caloroso abbraccio, il timbro profondo della voce di Flint sarebbe stato perfetto.

"Pronto? Pronto?" Lui alzò la voce.

"Sì, Flint. Sono io." Lei si schiarì la voce. Quale attrice di teatro degna di tale nome non riusciva a proiettare la sua voce fino al retro del teatro? Per quale cazzo di motivo adesso aveva il tono di voce di un gattino smarrito? Alza la voce, ragazza. Lui non era il nemico.

"Oh, Cassie. Grandioso. Sono contento di sentirti. Tutto bene?"

"Più o meno."

"Secondo i giornali, ti stanno cercando."

"Infatti." Il suo tono di voce si fece incerto. Lei avrebbe voluto che lui ancora non lo sapesse. Lui avrebbe potuto decidere di non aiutarla.

"Ho capito, non vuoi essere trovata, vero?"

"Proprio così."

"Che cosa posso fare per te?"

"Ti ho chiamato per il negozio di Gram." Ora, oltre a tutti gli altri suoi difetti, era anche diventata una bugiarda.

"Davvero?"

"Già."

"Questa è una bella notizia. Ho sentito Gray Andrews stamattina."

"Chi è?"

"Lascia perdere. Quando verrai qui?"

"Beh, vedi, c'è un piccolo problema."

"Oh?" Riusciva davvero a sentirlo mentre spalancava gli occhi?

"Oh, sì. Pare che io sia in trappola qui."

"Qui dove?"

"Al Pierre. Mio zio mi ha offerto la sua suite mentre non la usa. Sono venuta qui per rilassarmi dopo lo spettacolo. E Basil mi ha raggiunta. Poi ci siamo lasciati. E ora i media sono accampati nella hall. Basil è finito sul notiziario locale. Tu l'hai visto?"

"Sì."

"Ha mentito per me. Ma è finita tra noi due. Non voglio essere tormentata da reporter e cameramen. Non ho un ottimo aspetto." Lei si mordicchiò il labbro, esercitando tutto l'autocontrollo che aveva.

"A me non è sembrato."

"Sì, beh, ero truccata. Senza trucco, sembro uno straccio. E poi mi chiederanno di Basil e dei miei progetti per il futuro. E mi perseguiteranno. Non voglio parlare di niente a nessuno." Lei scoppiò a piangere. Un singhiozzo seguì l'altro e le sue lacrime divennero una cascata.

"Cassie? Cassie!" urlò Flint al telefono. Ma lei l'aveva appoggiato sul tavolo. Lei allungò la mano verso la scatola dei fazzoletti. Dopo due respiri profondi, si calmò.

"Cassie! Ci sei? Tutto bene?"

"Ci sono." disse lei, con voce tremante. "Mia madre vuole che firmi un contratto cinematografico e poi per uno spettacolo teatrale o viceversa. Non me lo ricordo. Vuole che continui a lavorare. La mia vita mi sta sfuggendo di mano. Sto andando troppo veloce. Devo fermarmi."

"Quindi non si tratta del negozio di Gram, vero?"

Lei fece una smorfia sentendo il suo tono di voce deluso. "Sì e no. Non posso mentirti. Devo scappare e non ho un posto dove andare."

"Hai del denaro, vero? Va' in Europa. Nasconditi a Parigi."

Lei sospirò. "Lì mi troveranno. Mi troveranno ovunque io vada in aereo o in treno. Sono famosa. Sono a corto di nascondigli."

"Fatta eccezione per Pine Grove?"

"Come hai fatto a indovinare?"

Silenzio. Lei si mordicchiò un'unghia. Anche lui le avrebbe voltato le spalle?

"Che ne pensi di tuo fratello?"

Come poteva Flint abbandonarla? Lui era tutto ciò che aveva. "Stamattina mi ha detto che lui e sua moglie si ritireranno in una fattoria nel Connecticut. Brian vuole allevare galline e avere figli."

"Non c'è niente di male in questo."

"Dovrò trovare un nuovo business manager."

"Brian era il tuo business manager?"

"Chi altri sarebbe degno di fiducia?"

Lui sbuffò. "Suppongo che sia così."

"Non ti è mai piaciuto Brian." Lei si irrigidì.

"Non ho mai detto che mi piacesse."

"L'avevo capito." Non riuscendo a stare ferma, si alzò in piedi e andò alla finestra.

"Si è sempre comportato come se fosse superiore a te perché ti avevano adottata, ma non lo era. Non mi piaceva."

"Adesso è cresciuto. Quando ho iniziato ad avere successo, ha voluto farne parte e si è preso molta cura di me."

"Sono contento di sentirtelo dire. Quindi, che cosa vuoi da me?"

"Un salvataggio." Lei trattenne il respiro, chiuse gli occhi e incrociò le dita.

"Un cosa?"

"Un salvataggio?"

"Vuoi che venga in città, ti rapisca e ti porti qui?"

"Sì." Lei alzò lo sguardo al soffitto e pronunciò una preghiera silenziosa.

"Dopo il tramonto?"

"Oppure no. Come preferisci." Lei iniziò a passeggiare davanti alle finestre.

"E uscirai di soppiatto dalla porta sul retro chiusa in un carrello della biancheria?"

"Beh, non ci avevo pensato. Suppongo di sì, se dovrò farlo." Lei cambiò piede d'appoggio.

Flint scoppiò a ridere.

Lei arrossì in viso. "Che cosa c'è di così divertente?"

"Sembra la trama di un film. Un brutto film."

"Flint McKay, mi stai prendendo in giro?" Lei sentì una fitta al petto.

"Scusa, scusa. Non volevo, ma devi ammettere che questa situazione è un po' misteriosa."

"Ok. Forse sono un po' teatrale. L'unico modo in cui potrei arrivare lì è con un autobus pubblico."

"Vuoi che venga a prenderti? Fatto. Dimmi solo quando e dove ci vediamo."

"Davvero?" Gli occhi le si riempirono di lacrime. "Lo faresti per me? Anche dopo tutti questi anni?"

"Certo. E puoi stare da noi. Marty e io abbiamo la casa dei miei genitori. Abbiamo una bella camera per gli ospiti. È tutta tua."

"Oh, mio Dio. Non so cosa dire." Le lacrime cominciarono a scenderle lungo le guance.

"Cazzo, sono un pompiere volontario ora, Cassie. Salvare le persone è ciò che faccio. Allora, dove e quando?"

"Posso fare le valigie ed essere pronta entro domani mattina."

"Verrò a prenderti alle undici. Mandami un sms per dirmi dove ci sarò."

"Meraviglioso." Lei iniziò a saltellare su e giù. Vittoria!

"Viaggerai su un furgoncino."

"Un furgoncino? Perfetto. Nessuno sospetterà mai che Cassandra Wells fugga su un furgoncino." Lei scoppiò a ridere.

Lui si mise a ridacchiare. "Va bene. A domani, allora."

"A domani. Oh, e grazie, Flint. Grazie di cuore." Lei sorrise.

"Nessun problema. E quando sarai qui parleremo del negozio di Gram?"

"Certo. Certo. Lo faremo. Sì. Ancora grazie."

Si salutarono e conclusero la chiamata. Cassie entrò nel bagno e iniziò a riempire la vasca. Ne aveva bisogno. Grazie a Dio per Flint McKay. Ora avrebbe avuto tempo, pace e tranquillità per capire dove stesse andando e come diavolo ci sarebbe arrivata. Una bella dose del bagnoschiuma fornito dall'hotel profumò l'aria, inumidita dal vapore. Si spogliò e si infilò nell'acqua calda.

Chiudendo gli occhi, immaginò Flint McKay a diciotto anni. Forse non era sofisticato come Basil, ma era molto bello e aveva il fisico robusto di un marine. Lei sospirò. Non era cambiato molto, sembrava sempre lo stesso. Non riusciva a credere che Basil non volesse dei figli. Lei credeva che tutti gli uomini volessero dei figli. Ripensandoci, Flint era bravo con i bambini piccoli. Ne aveva persino salvato uno al lago.

Era ancora innamorato di lei? Lui era stato il suo primo ragazzo. Ingenuo e inesperto, ma entusiasta e pieno di energie. Si chiese se fosse cambiato. E lei l'avrebbe scoperto?

"Vergognati, Cassie." Si diede uno schiaffo su una coscia. "Basil è appena uscito dal tuo letto e stai già fantasticando su Flint." Rilassandosi dentro l'acqua, chiuse gli occhi e rievocò quei ricordi.

"Un amico. Ciò di cui ho bisogno adesso è un amico. E quello è Flint." Parlò ad alta voce, rassicurandosi. "Forse, non ero così innamorata di Basil, dopo tutto."

Forse aveva creduto che sposare Basil fosse il modo più semplice e veloce di avere una nuova vita. Di certo aveva fantasticato più di una volta su un'elegante casa di campagna inglese, un bambino perfetto e un marito adorabile, bello e famoso e, a un certo punto, quello era diventato il suo sogno, uno che persino sua madre avrebbe accettato.

Aveva pianto per la perdita del suo amore o per l'orgoglio ferito per il modo in cui lui aveva trasformato le sue speranze in un mucchietto di cenere? La fama l'aveva fatta abituare al rifiuto... no? Chi si sarebbe allontanato da una donna come lei? Basil l'aveva fatto. Perché aveva i suoi progetti e non si sarebbe piegato ai suoi desideri.

Umiliata, dovette ammettere a sé stessa che Basil era stato un mezzo facile per raggiungere uno scopo, una via diretta per il nuovo stile di vita che desiderava. Ma adesso era lì, con un cuore freddo e vuoto in cui aveva pensato che risiedesse l'amore.

Una vita normale era fuori dalla sua portata? Sarebbe mai diventata una madre? Adesso doveva stabilire un nuovo percorso... da sola. *Se posso diventare una star, posso fare qualsiasi cosa. È il mio sogno. E non permetterò a nulla di ostacolarmi.*

FLINT SI PASSÒ LE DITA tra i capelli. Merda, Cassie Wells stava per arrivare a Pine Grove. No, aspetta... Cassandra Wells. Si mise il telefono in tasca e andò a cercare suo fratello. Marty era in cucina e stava armeggiando con una pentola di salsa per gli spaghetti.

"Rimangiati quello che hai detto."

"Eh? Che cos'è che ti irrita?"

"Cassie Wells verrà qui."

"Che cosa?"

"Hai sentito bene. Lei verrà qui. Andrò a prenderla domani mattina."

"Mi stai prendendo per il culo." Marty appoggiò il cucchiaio di legno sul bancone.

"Non ti sto prendendo per il culo. Lei verrà qui." Flint si appoggiò al muro.

"Come cazzo ci sei riuscito?"

Flint scosse la testa. "Non ne ho idea. Oh, a proposito. Ha scaricato l'inglese con il quale era fidanzata. È single. E verrà qui."

"Dove starà?"

"Da noi." Flint si diresse verso la porta della cucina. Passeggiare lo faceva sempre calmare ed era anche un modo per evitare le domande inquisitorie di suo fratello.

Flint sapeva esattamente cosa gli avrebbe chiesto Marty e non aveva intenzione di rispondergli. Non perché non volesse, ma perché non aveva risposte. Pensava di ricominciare con Cassie da dove avevano interrotto tanti anni prima? Cazzo, no. Lui non era più lo stesso e dubitava che lo fosse anche lei.

Marty gli avrebbe chiesto se Cassie era la ragione per cui era stata fidanzato tre volte ma non era mai arrivato al matrimonio? Probabilmente sì. Flint non conosceva sé stesso, anche se aveva sempre sospettato che avesse a che fare con lei.

Le sue gambe aumentarono il ritmo. Aveva bisogno di muoversi, di sudare, di smettere di pensare a Cassie, soprattutto nel modo in cui stava pensando a lei. Immagini del suo corpo nudo baciate dalla luce della luna. Tuffi in acqua a mezzanotte e corse furtive, sgocciolando fino alla macchina perché si era dimenticata il suo asciugamano. E in macchina? Lui arrossì in viso. Cazzo, lei era sexy, anche a una così tenera età.

Il suo respiro affannoso faceva appannare ogni volta i finestrini posteriori. Un ghigno e una risatina gli sfuggirono dalla gola mentre voltava la curva, dirigendosi verso il Java the Hut per un bel bicchiere di caffè freddo. Non poteva giustamente definirlo fare l'amore, vero? Era più come armeggiare nel buio finché non succedeva qualcosa. Carne contro carne, bocca contro bocca e molto altro. Lui scosse la testa. Era stato fortunato che lei non l'avesse sostituito con un modello più esperto.

Ora, lui sapeva esattamente cosa fare in camera da letto e poteva davvero dimostrarglielo. Lui tossì. Ma questo non era nei programmi. Lei sarebbe rimasta lì solo finché non fosse stata sicura di poter tornare alla sua vita e il negozio di Gram non fosse stato in vendita. Punto. Non ci sarebbe mai stato amore con Cassandra Wells, né fisico né di altro genere. Non se poteva evitarlo. Sì, certo.

Com'è che si diceva sugli asini che volano? Flint si fermò al drive-in e ordinò la sua bevanda.

"Te la porto fuori quando sarà pronta, Flint." Winnie Briggs masticò la sua gomma mentre trasmetteva il suo ordine.

Lui si precipitò verso un tavolino di legno all'esterno del locale.

"Ciao. Come va?" Winnie gli portò il suo caffè. Lui le fece scivolare una banconota da un dollaro nella tasca del grembiule e le fece un sorriso. Lei aveva avuto un figlio, ma era morto in un incidente con il trattore subito dopo il liceo. Flint si chiedeva sempre se lei avesse mai superato la perdita. Lei lavorava al caffè da quando ne avesse ricordo. *Deve essere difficile essere vecchi e lavorare per un pugno di mosche.* Lei sorrise, poi si diresse all'interno del locale. Winnie doveva avere circa settantacinque anni. Flint scosse la testa, mando giù un bel sorso di caffè, poi si alzò in piedi.

Percorse lo stretto marciapiede verso la loro proprietà. Una bella passeggiata di tre chilometri in quella calda giornata di agosto non lo fermò. La vita in quella cittadina assonnata stava per diventare interessante, non che lui avesse qualche problema con Pine Grove. Quella era la città dove era nato e lui la amava, anche se la malediva per essere un po' arretrata e per non avere un ristorante cinese. Presto avrebbe ospitato una star del cinema. Pine Grove sarebbe riuscita a farcela? E lui?

CASSIE PREPARÒ LE SUE cose, ordinò la cena e la colazione del giorno dopo dal servizio in camera e accese la tv. Stavano trasmettendo uno dei suoi film. Lei cambiò rapidamente canale. Comparve una partita di baseball. Lei si appoggiò ai cinque cuscini sul letto e iniziò a guardarla.

Alla fine della partita, spense la tv, si rannicchiò sul davanzale della finestra e si mise a osservare la città. I suoi pensieri tornarono a Basil. Perché non aveva capito che lui non voleva bambini? Era molto premuroso ogni volta che stavano insieme e soddisfaceva tutti i suoi bisogni. Ma non il suo bisogno di farsi una famiglia. Invece, lui si aspettava che lei scegliesse i suoi progetti in base al posto in cui sarebbe andato. Lei sospirò. Seguire Basil Evans-White in tutto il mondo come un cucciolo non era nel suo stile. Tuttavia, le faceva male non avere il suo amore... o qualunque cosa lui le avesse dato.

La mattina dopo, sarebbe sgattaiolata fuori dalla porta di servizio, sarebbe salita sul furgoncino di Flint e sarebbe scappata verso Pine Grove. Sarebbe riuscita a restare anonima lì? Ci sperava. Cazzo, era arrivato il momento di riprendere in mano la sua vita e prendersi cura di sé stessa. Sua madre aveva gestito le cose, per permettere a Cassie di concentrarsi sulla recitazione, sul canto e sulla danza. Ma lei aveva trenta anni. Era ora di crescere e di andare nella direzione che voleva lei, non dove volevano sua madre, il suo produttore, il suo regista e suo fratello.

Mentre il suo sguardo rimbalzava da un grattacielo all'altro, pensò ad alta voce. "Altre persone lo fanno. Hanno una vita. Prendono le proprie decisioni. Vivono con i loro risultati. Lo fanno tutti, tranne me. È arrivato il momento. Vada come vada."

Per quanto l'idea di essere una normale cittadina la confondeva e la angosciava, la entusiasmava allo stesso tempo. Oh, mangiarsi un cono gelato ogni volta che voleva senza doversi preoccupare di mettere su un chilo! Che gioia! Non un cono gelato —no, sarebbe andata fino in fondo — un sundae con la colata di cioccolata caldo! Le venne l'acquolina in bocca al pensiero.

Il cibo arrivò in camera. Lei finì rapidamente l'hamburger, le patatine fritte, la coca cola e i biscotti con le gocce di cioccolato. Dopo aver riportato i piatti all'ingresso, Cassie si lavò e indossò una vecchia maglietta di suo padre. Scivolò sotto le coperte e spense la luce. Chiudendo gli occhi, immagini di gelati alla menta con scaglie di cioccolato, alla panna e biscotto e al burro di noci pecan iniziarono a danzarle nella mente. Leccandosi le labbra, si addormentò e dormì, senza sognare, per tutta la notte.

Alle otto, i raggi del sole le sfiorarono gli occhi. Lei sbadigliò e si stiracchiò. Dopo una doccia veloce, indossò un soffice accappatoio di spugna e si diresse verso il salotto. Qualcuno bussò leggermente alla porta. Il servizio in camera le consegnò la colazione puntuale.

"Signorina," disse il giovane cameriere, spingendo il carrello nella stanza. Lui posò i piatti sul tavolino davanti alla televisione.

"È tutto, signorina?"

Cassie osservò il tavolino. Macedonia di frutta, una gigantesca caraffa di caffè con lattiera e zuccheriera. Un cestino di croissant freschi. Lei sollevò la cupola di metallo per scoprire un vassoio di uova fritte, bacon e patatine fritte fatte in casa, poi lo ricoprì per tenere il cibo al caldo. Un'elegante ciotolina di budino al caramello completava il banchetto.

"Sembra di sì. Grazie." Lei prese dalla tasca una banconota da dieci dollari e la porse al ragazzo. Lui la ringraziò e se ne andò. Il cameriere le aveva versato il caffè. Lei vi aggiunse un po' di panna montata, che aveva ordinato al posto del solito latte scremato. Poi aggiunse un cucchiaino di zucchero per rendere perfetta la bevanda. Appoggiando la schiena, iniziò a sorseggiarla, poi scoprì i croissant.

"Burro vero!" Volendo osare, imburrò il croissant, poi tolse la cupola dal piatto principale. Seduta a gambe incrociate sul divano, guardò il telegiornale del mattino mentre mangiava.

Comparve una portavoce di Celebs R Us.

"Bene, bene, sembra che il fidanzamento tra Basil Evans-White e Cassandra Wells sia finito. Le nostre spie hanno visto il signor Evans-White fare colazione con la molto single Catarina Hernandez da Seconds, un ristorante molto elegante. Ci chiediamo con chi stia facendo colazione la signorina Wells stamattina."

Cassie lanciò un cornetto contro lo schermo. "La signorina Wells sta facendo colazione da sola oggi, se vi interessa così tanto!"

FLINT RUPPE QUATTRO uova nella padella. Toccava a lui preparare la colazione. Marty si occupava della cena e ognuno preparava il pranzo per sé. Lui controllò il bacon nel forno e si versò una seconda tazza di caffè.

Anche se la bilancia gli diceva che non aveva perso nemmeno un chilo, lui si sentiva felice e pieno di energie. Si era fatto la barba fischiettando allo specchio, prima di rendersi conto che un uomo non poteva fischiettare e radersi allo stesso tempo. Lui ridacchiò e si accarezzò la mascella.

"Ancora uova?" Marty guardò il contenuto della padella.

"Che cosa sono io? Un cuoco specializzato in piatti veloci?"

"Non possiamo mangiare pancake o waffle qualche volta? Qualcosa, qualsiasi altra cosa, oltre alle uova fritte?"

"Smettila di lamentarti o prepara tu la colazione per te."

Marty aprì lo stipetto. "Ascolta. Ho comprato il preparato per pancake. Basta aggiungere un paio di cose, mescolare tutto e bam! Pancake!"

"E suppongo che li vorrai con i mirtilli o con le gocce di cioccolato."

"Beh, ora che mi ci fai pensare..."

"Beh, merda, fratellino. Preparali tu." Flint divise le uova in due piatti, rompendo i tuorli mentre lo faceva.

"Non c'è bisogno che ti arrabbi." Marty tirò fuori gli utensili.

Dimenticando quello che stava facendo, Flint prese la padella del bacon senza la presina. Un ululato di dolore e il rumore della padella che cadeva attirarono l'attenzione di Marty.

"Te l'ho detto mille volte, usa una presina!" Marty aprì il congelatore, afferrò due cubetti di ghiaccio e li spinse nella mano di suo fratello. "Hai versato il grasso del bacon?"

"No. Mi sono soltanto fatto una cicatrice permanente sulla mano. Niente di cui preoccuparsi."

"Chi è che si sta lamentando adesso?"

"Io ne ho motivo. Tu non ne hai bisogno."

Marty scoppiò a ridere.

"Il bacon è pronto." Flint si avvicinò ai fornelli.

"Me ne occupo io," disse Marty, spingendo suo fratello da parte e prendendo una spessa presina.

Il silenzio regnò durante la colazione. Flint ne fu felice. L'ultima cosa che voleva era che gli facesse domande su Cassie Wells. Sapeva che Marty avrebbe puntato esattamente su ciò di cui Flint non voleva parlare. Suo fratello aveva un talento per questo. Flint non la conosceva dopo tutti quegli anni. La vita l'aveva fatta diventare ciò che era adesso, proprio come era successo a lui. Niente ti fa alzare la guardia come un paio di calci nei denti.

Cassie era stata una ragazza dolce, timida e disponibile. Avevano riso insieme un'estate dopo l'altra, lavorando al grande magazzino, rinfrescandosi nel lago nei giorni torridi e trovando gioia nell'esplorazione reciproca dei loro corpi.

Era stato innamorato? Cazzo, aveva diciotto anni quando lei se ne era andata. Lui non conosceva ancora molte cose della vita, figuriamoci il vero amore. Marty non era d'accordo.

"Per quanto sembri stupido, sei ancora innamorato di lei. Sono passati sedici anni. Faresti meglio a lasciar perdere, fratello, o sarai ancora scapolo a sessant'anni."

L'ultima cosa di cui Flint aveva bisogno quella mattina era un'altra diatriba con suo fratello su quanto potesse essere una pessima idea innamorarsi di Cassie Wells. Lui lo sapeva perfettamente, anche senza che suo fratello si intromettesse. Lei era il suo criterio di riferimento e nessun'altra poteva essere alla sua altezza. Avrebbe fatto meglio a superarla per trovare una vera ragazza e farsi una vita. *Sì, certo. Ecco di nuovo gli asini volanti.*

Marty imburrò il suo toast. "Quando andrai a prendere sua maestà?"

"Non chiamarla così."

"Perché no?"

"Perché lo dico io." Flint finì il suo cibo.

"Beh, scusami. Stai diventando arrogante anche tu adesso?"

"Marty, devi imparare quando tenere la bocca chiusa."

Marty scoppiò a ridere. "Supponiamo che tu abbia ragione. Allora, quando ci andrai?"

"Devo essere lì alle undici."

Marty annuì e diede un morso al suo pane.

"Lo so, lo so. Adesso vado." Flint sciacquò il suo il piatto e lo mise in lavastoviglie.

"Rilassati adesso."

"Io me la caverò."

"Lo so. Era così per dire."

Flint prese le chiavi del suo furgoncino dal tavolo dell'ingresso, poi si guardò allo specchio, si passò le dita tra i capelli scuri e si diresse verso il vialetto. Mentre guidava verso l'autostrada, lanciò un'occhiata alla selezione di cd disponibili per il viaggio. Troppi su amore perduto e cuori infranti. Non era una buona idea percorrere quella strada.

Invece, lasciò la radio spenta e iniziò a vagare con la mente. Lui possedeva tutti i film che lei aveva fatto e aveva visto tutti i suoi spettacoli a Broadway, un paio anche più di una volta. Marty lo aveva preso in giro per essere un cucciolo bisognoso d'amore. Ma che cosa poteva farci se aveva buon gusto con i film?

Si mise a ridacchiare. Forse Marty aveva ragione. Cassie aveva recitato in una varietà di ruoli, ma com'era stare in mezzo a tutto quello sfarzo e quel glamour? Chi era Cassie Wells? Non ne aveva idea, ma immaginò che lo avrebbe scoperto molto presto, nel bene e nel male.

Capitolo Cinque

Cassie si guardò allo specchio. Senza trucco, sembrava orrenda. Sorrise. Perfetto. Frugando tra le sue cose, tirò fuori una sciarpa. Appoggiandola sui suoi capelli biondi, si legò il tessuto di seta sotto il mento.

Controllando l'orologio, aveva altri quindici minuti prima di raggiungere la porta sul retro. Cassie chiuse la valigia e si diresse verso la hall. Si fermò accanto all'ascensore, poi inviò un messaggio a Flint.

Cassie: *sto arrivando.*

Lui le rispose.

Flint: *sono accanto all'idrante antincendio.*

La porta si aprì al primo piano. Guardando a sinistra, notò due giornalisti seduti sulle sedie nella hall, con le telecamere nascoste sotto le braccia. Con la testa bassa ma gli occhi rivolti verso l'alto, voltò a destra, dirigendosi sul retro dell'hotel. Eccola lì, la scritta USCITA, in grandi lettere rosse. Lei sorrise e spinse la maniglia, ma la porta non si aprì.

Lei continuò a provarci. *Era chiusa a chiave? Era possibile? È un'uscita di sicurezza. Non dovrebbe essere sempre aperta? Almeno dall'interno?* Lei gli mandò un messaggio.

Cassie: *La porta è chiusa!*

Flint: *l'uscita di sicurezza?*

Cassie: *Sì.*

Flint: *è una violazione.*

"Mi scusi, signorina. Sta andando da qualche parte?"

Oh-oh. Un uomo grosso e corpulento con i baffi incrociò le braccia sul suo impressionante petto.

"Fuori."

"Questa non è un'uscita. Non per lei. Che cosa ci fa qui? È un'ospite? Non sembra un'ospite. Di chi è questa valigia? L'ha rubata?"

La paura ebbe il sopravvento su Cassie. Quel tizio l'avrebbe portata in galera tra un minuto. Lei fece un respiro profondo, gonfiando il petto, raddrizzando le spalle e spostando lo sguardo su di lui. Facendosi forza, entrò nel personaggio. "Agente. Questa è una porta antincendio. È chiusa a chiave."

"Sì, per bloccare i ladri come lei."

"Io non sono una ladra. Sono un'ospite. Chiudere a chiave una porta antincendio è una violazione. Le persone potrebbero morire, se ci fosse un incendio. Non potete chiudere a chiave questa porta. La apra immediatamente o lo riferirò alla polizia." Cassie fece per tirare fuori il cellulare e comporre il numero.

"No, no. Aspetti un minuto. Non può farlo." Lui cercò di prenderle il telefono. Lei se lo avvicinò al petto e si allontanò da lui.

"Oh, non posso? Forse dovrei chiamare prima i giornalisti. Raccontare loro di aver evitato un'enorme tragedia al Pierre facendo sbloccare questa porta antincendio. Apra subito!"

L'uomo iniziò a sudare in volto. "Ok, ok. Mi giura che questa è la sua valigia?"

"Sì, certo. La porta. Subito!"

Lui prese un enorme portachiavi dalla cintura, armeggiò un po', poi prese la chiave giusta. Sbloccò la porta, la spinse e gliela tenne aperta. Cassie passò nello spazio ristretto.

Dov'è? Iniziò a sudare in mezzo ai seni. *È così che si sente un rapinatore di banche in attesa dell'auto per la fuga?*

La guardia socchiuse gli occhi, riempiendo l'uscio con la sua mole.

Un furgoncino rosso brillante si fermò davanti a lei. Flint balzò fuori, prese il suo bagaglio e lo lanciò nel bagagliaio come se non pesasse nulla. Aprì lo sportello del passeggero e la aiutò a salire. La sua sciarpa era già semicaduta.

"Aspetti un attimo. Lei non è Cassandra Wells?" L'uomo si avvicinò al veicolo.

"Dicono di sì. Mio marito pensa che sia divertente. Ciao." Cassie fece scivolare il sedere sul sedile mentre Flint batteva lo sportello.

"No, no. Lei è Cassandra Wells." L'uomo si strofinò il mento.

"Ta-ta," disse lei, agitando la mano mentre Flint premeva l'acceleratore. Lei si avvicinò a lui. "Un furgoncino rosso? Perché non mi hai detto che il tuo furgoncino era rosso?"

"Non me l'hai chiesto."

"Un furgoncino rosso." Lei scosse la testa.

"Ottimo per gli affari. Pubblicità su quattro ruote. Come hai fatto a cavartela con il gigante Golia?"

"Recitando."

"Ottimo lavoro." L'apprezzamento fece brillare i suoi occhi castani.

"Prossima fermata Pine Grove?" Lei finì di togliersi la sciarpa.

"Sì." Flint svoltò a destra sulla rampa verso Henry Hudson Parkway.

Cassie appoggiò la schiena al sedile. "Grazie per quello che stai facendo."

"Nessun problema."

Lei sospirò. "Sono stanca. La fuga è perfetta."

"Ti riconosceranno in città."

"Hai detto a qualcuno che sarei venuta?" Lei lo guardò.

"Solo a Marty."

"Bene."

"Le cose sono cambiate a Pine Grove. Abbiamo alcuni nuovi posti dove mangiare, alcuni nuovi negozi..."

"Homer è ancora lì?"

Lui annuì.

"E il negozio dell'usato?"

"Sì."

Lei sorrise. "Ti prenderò un hamburger al bacon da Homer."

Lui scoppiò a ridere. "Con patatine fritte?"

"Con tutto."

"Affare fatto."

Lei appoggiò la testa sul sedile e, nel giro di un minuto, si addormentò profondamente.

FLINT SI CONCENTRÒ sulla strada. Il lieve profumo del mughetto si fece strada verso di lui, attirando la sua attenzione. Afferrò la sciarpa appoggiata con noncuranza sul sedile e se la avvicinò al viso. Un respiro profondo confermò la sua ipotesi.

Come cazzo sarebbe riuscito a starle lontano con lei in casa sua? Allontanò dalla mente il pensiero di scontrarsi con lei uscendo dalla doccia o di urtare per caso contro il suo bel seno in cucina.

Aveva delle stronzate di lavoro di cui occuparsi e un fratello da tenere d'occhio. Non aveva bisogno che lei gli incasinasse la vita, stravolgendola in tutti i sensi. Nossignore. Cassie Wells era l'ultima cosa che aveva in programma. Ma era lì, dolce, carina e vulnerabile, addormentata nel suo furgoncino. Non riusciva a capire se quello che sentiva pulsare fosse il suo cuore o il suo cazzo. Aspetta un minuto. Sì. Era il suo cazzo.

Si ricordò che lei gli avrebbe tolto un grosso peso, quel maledetto negozio. Lei poteva fare quello che voleva con quel posto. Poteva anche bruciarlo, per quanto gli importava. Ma doveva essere lei a decidere se demolirlo o ristrutturarlo, non lui. Solo Dio sapeva che quel maledetto negozio gli avrebbe portato via molto tempo, quel tempo che lui non aveva. Lei aveva tempo, a meno che non si allontanasse per fare un film o una commedia. Lui pregò che non lo facesse, scaricando di nuovo il peso del negozio sulle sue spalle.

Doveva mettersi solo una cosa in testa. Lei non sarebbe venuta per stare con lui. Lui era solo un semplice ragazzo di campagna per una grande star come Cassie Wells. L'aveva capito. Chi sapeva con quale uomo sarebbe stata dopo? Forse un duca o un conte? O uno sceicco. C'erano ancora degli sceicchi o erano stati spazzati via dalla marea del tempo?

Lui scoppiò a ridere. Di certo Cassie Wells non avrebbe preso ordini da nessuno sceicco. Aveva intimidito quell'enorme idiota della sicurezza in hotel. Lui era il doppio di lei, ma lei l'aveva fatto tremare come una foglia in una tempesta primaverile. Cassie era una donna incredibile.

L'asfalto e il cemento della città si sciolsero, sostituiti dalla bellezza caotica dell'ambrosia, delle querce frondose e dei pini alti e slanciati. Flint abbassò tutto il finestrino. Il caldo di settembre contrastò la sua aria condizionata. Lui la spense e lasciò che l'aria calda e umida gli ricordasse che l'estate si stava attardando a finire. Cazzo, erano rimaste solo due settimane e non aveva ancora nemmeno fatto il bagno nudo nel lago Cedar.

Aveva portato Rhonda Smith al cinema un paio di volte, sperando di ammorbidirla all'idea di unirsi a lui, nuda, nelle fresche acque del suo lago preferito. Lei si teneva sempre in forma e lui sbavava alla prospettiva di possederla tutta nuda sul molo.

"Sei arrapato. E non riesci nemmeno a impegnarti. Tre fidanzamenti e nessun matrimonio. Chi ne ha bisogno?" Lei l'aveva scaricato dopo aver finito i suoi popcorn e la sua bibita.

Flint dovette ammettere che aveva ragione. Sembrava che sistemarsi non fosse nel suo sangue, o era il suo tempismo? Non potevano essere le ragazze. Loro andavano bene e Alice, cazzo, non c'era nessuna donna più dolce di lei. Quindi, qual era il suo problema? Lui aggrottò la fronte. Perfino sua madre aveva smesso di inventare scuse per lui e si era limitata a scrollare le spalle e ad allontanarsi l'ultima volta che aveva lasciato una donna sull'altare.

Non che avesse intenzione di umiliare qualcuno. Flint aveva semplicemente pensato che sarebbe stato meglio per lei se non l'avesse sposata. Quale donna voleva un uomo che non voleva esserci? Che non voleva vivere il resto della sua vita con lei? Non era una cosa onesta andarsene? L'aveva salvata da una vita di torture, cercando di convincerlo ad amarla quando lui sapeva che non sarebbe mai successo.

Ma le ragazze di Pine Grove non erano esattamente d'accordo. Da allora, non era riuscito a convincere nessuna donna ad avere un terzo appuntamento con lui. Dopo i primi due, qualche ficcanaso la avvertiva del suo passato e lei scappava via da lui come se avesse avuto la peste.

Lanciò un'occhiata a Cassie. L'attore britannico era stato il terzo, no, aspetta, forse il quarto o il quinto ragazzo con cui era finita. Forse Flint e Cassie avevano in comune la fuga? Sembrava che non riuscissero a far durare una relazione.

Suo padre l'aveva capito. Aveva sentito per caso i suoi genitori che parlavano una sera.

"È bloccato."

"Che cosa intendi con bloccato?" gli aveva chiesto lei.

"Bloccato con quella ragazza. Quella raffinata."

"Intendi Cassie? Aveva diciotto anni, Marcus."

"Lo so, lo so. Ma una brava donna, la donna giusta, resta con te. Che tu abbia diciotto anni o ottanta. Io sapevo che tu eri l'unica. E avevo solo diciassette anni."

"Ma eri un diciassettenne maturo."

"Immagino sia ereditario."

"Non può aspettarla. La aspetterà per sempre."

"Immagino che sia così che va la vita. Flint è ancora innamorato di lei. Ha visto tutti i suoi film. Va a New York a vederla al teatro. Che cosa pensi?"

"Penso che sia figlio di suo padre," aveva risposto lei, ridendo.

I suoi ricordi furono interrotti quando Cassie aprì gli occhi e stiracchiò le braccia.

"Siamo già arrivati?"

"Quasi. Altri quaranta minuti."

Lei annuì e si appisolò di nuovo. Voleva spostarle dal viso una ciocca di capelli che rimbalzava col movimento del furgoncino, ma resistette all'impulso.

"Tieni entrambe le mani sul volante," borbottò tra sé, mentre metteva la freccia per svoltare a destra.

IL RITMO MUTEVOLE DEL furgoncino che rallentava svegliò Cassie. Lei sbadigliò e aprì i suoi occhi stanchi. Inspirò profondamente l'odore indimenticabile dell'erba appena falciata, che le ricordava la felicità dei giorni passati.

"Siamo arrivati?" Lei sbatté le palpebre e girò la testa, alla ricerca di un punto di riferimento familiare.

Flint scoppiò a ridere. "Sì. Siamo arrivati. Ti ricordi Pine Grove?"

"Non molto. Il ristorante di Homer. Il lago. Com'è che si chiama?"

"Cedar Lake."

"Giusto. E il negozio di Gram. Una piccola casa. Due camere da letto, un po' come una roulotte?"

"È stata venduta e demolita."

"Davvero?" Un'ondata di tristezza le attraversò il corpo. Anche senza Gram, Cassie immaginava che la sua casetta avrebbe conservato i ricordi dei pasti, abbondanti e intimi, dei giochi e dei film. Ricordò il piccolo portico sul retro dove aveva trascorso delle serate tranquille. Naturalmente, senza Gram, la casa non sarebbe stata la stessa. Tuttavia, era un simbolo delle sue estati spensierate e del dolce rapporto che aveva con sua nonna.

Flint allungò il braccio per stringerle brevemente la mano. "Lo so. Ma hai ancora il negozio."

"Giusto."

Avrebbe comunque trascorso più tempo nel negozio che in casa. "È messo molto male?"

"Non così tanto."

Lei lo guardò di traverso. "Bugiardo."

A un segnale di stop, lui premette con forza il freno e la guardò. "Che cosa vuoi che ti dica? È in condizioni perfette? Puoi entrare, rispolverare il bancone e venderlo per un milione di dollari?"

"Non c'è bisogno di diventare ostile." Lei raddrizzò la schiena sul sedile.

"Aspetto che tu ti interessi a quel maledetto posto da dieci anni, Cassie. Non aspettarti molto. È un disastro. Ma può essere recuperato."

Lei si strinse le braccia al petto e guardò fuori dal finestrino. *Andare lì era stato un errore.* "Avrei dovuto lasciartelo demolire."

"Aspetta prima di vederlo. Potresti cambiare idea."

Lei socchiuse gli occhi. "Giusto."

Lui accostò al marciapiede e parcheggiò il furgoncino. "Ascolta. Se ti dà così fastidio stare qui, posso tornare indietro e riportarti in hotel." Il suo sguardo si rabbuiò e il suo viso si rannuvolò. Lei allungò la mano e strinse le dita intorno ai suoi bicipiti.

"Mi dispiace. Non voglio fare i capricci. Sto solo riflettendo ad alta voce, sai?"

"Se fossi venuta al funerale di Gram, sapresti tutto a riguardo."

"Non potevo. Ero a Londra per uno spettacolo."

"Immagino." Lui spostò lo sguardo sulla strada e si allontanò.

"Apprezzo che tu abbia acquistato il negozio e abbia impedito che venisse distrutto."

"Io non ho fatto molto."

"Ti prometto di occuparmene. Qualunque cosa significhi." Lei si mordicchiò il labbro.

"Hai intenzione di demolirlo?" Lui aggrottò la fronte. Gli importava davvero ciò che avrebbe deciso? Perché?

"Non lo so. Prima devo vederlo."

"Se vuoi restaurarlo, e magari venderlo, ti aiuterò."

"Non devi lavorare?" Lei osservò il suo profilo, ancora così bello.

"Possiedo una tipografia. Il mio tempo è mio."

"Bello. Posso contare su di te?"

"Sì. Direi di sì." Lui sollevò le spalle.

"Non travolgermi con il tuo entusiasmo." Lei spalancò gli occhi. Lui scoppiò a ridere. "Ok, ok. Ti aiuterò."

"Bene. Penso che non ci riuscirei da sola." Lei si voltò verso il finestrino.

"Gram significava così tanto per te?" Lui spalancò gli occhi e la guardò.

Lei annuì. L'odore dell'erba fresca riportò in superficie altri ricordi più deliziosi, come l'aroma della cannella nel grande barattolo di caramelle rosse e il profumo di biscotti alla melassa appena sfornati. Il suo stomaco protestò per la fame.

"Il ristorante di Homer è proprio dietro l'angolo. Forse è meglio che ci fermiamo per il pranzo prima di andare a casa."

"Per me va bene." Del resto, quando aveva mangiato l'ultima volta?

Lui rallentò mentre si fermava nel parcheggio del ristorante. Entrarono insieme. L'odore di carne fritta e cipolle le fece brontolare lo stomaco. Aveva bisogno di cibo. Il miglior hamburger al mondo, cosparso di cipolle saltate, era proprio lì da Homer. Era stato il suo cibo preferito insieme alle patate dolci fritte. Le venne l'acquolina in bocca.

"Fanno ancora hamburger e cipolle fritte?"

"Sì. È ancora il loro piatto tipico."

"E le patate dolci fritte?"

Lui annuì e aprì la porta. Homer salutò Flint.

"Oh, mio Dio. Guarda chi abbiamo qui!" urlò lui, in modo che tutti potessero sentire. "È la famosa Cassandra Wells, una vecchia abitante di Pine Grove."

Cassie arrossì in viso per l'imbarazzo, ma sorrise.

CON LA PANCIA PIENA, salì nel furgoncino.

"Viviamo in Windham Street."

"Viviamo? Vivi con una ragazza?"

"Con mio fratello Marty."

"Oh, sì, sì. Scusa. L'avevo dimenticato." Ricordava una seria casa bianca con delle brutte persiane verde lime. La casa era dipinta di blu marino con le finiture e le persiane color avorio. "Questa è casa tua?"

"Marty e io l'abbiamo comprata dai miei genitori. L'abbiamo modernizzata." Tirò fuori i suoi bagagli dal furgoncino e la seguì su per i gradini anteriori. Trasportando il carico pesante, si trascinò verso il retro della casa. "Sei tornata qui."

"E tu... dove?"

"Al piano di sopra."

Lei annuì. Flint mantenne la distanza di sicurezza. Probabilmente era una buona idea. Perché iniziare qualcosa adesso se lei non aveva idea di dove sarebbe andata tra due settimane?

"Bene." Lo seguì lungo il corridoio ed entrò in un'incantevole stanza con delle tende bianche a occhiello e un tappeto peloso viola scuro. "L'hai fatto tu?"

"Nah. Mia madre."

"Capisco." Lei fece scorrere il palmo della mano lungo la trapunta lavanda e viola fatta a mano, accarezzando il soffice tessuto. "È carino."

"La stanza degli ospiti." Appoggiò la sua valigia più grande sopra un vecchio baule di quercia ai piedi del letto. "Il bagno è proprio qui." Lui aprì una porta. "Ti va bene?"

Lei passò la mano sulla superficie liscia del cassettone bianco, poi prese un libro dalla borsa e lo appoggiò su uno dei comodini accanto al letto matrimoniale. "È perfetta." Lei si mordicchiò il labbro inferiore. *Vivere in casa sua sarebbe stato perfetto?*

"Domani è sabato, quindi svegliamoci presto. Che ne dici di cominciare subito dopo la colazione?"

"Per me va bene."

"La colazione è alle otto. Marty prepara la cena. Mangiamo alle sei."

"Grazie."

Flint esitò davanti la porta della sua stanza. Lei si avvicinò di soppiatto. "Dov'è Marty?"

"Al lavoro."

"Oh, certo. Era un bambino quando me ne sono andata. Immagino che lo vedrò stasera."

Flint scoppiò a ridere. "A volte è ancora un bambino. Quanto hai intenzione di restare?"

"Almeno finché non avrò finito il negozio. Per te va bene?"

"Oh, giusto. Sì. Sì. "Lui esitò. Si era avvicinato un po' e si era allontanato o era la sua immaginazione? Voleva baciarla e aveva cambiato idea? Lei lo guardò negli occhi. Sorpresa dalla passione e dal desiderio che vide nel suo sguardo, fece un passo indietro. Cazzo, no, non se l'aspettava. Non dopo tanti anni di lontananza.

"Se hai bisogno di qualcosa, fammi un fischio. Disfa le valigie. Riposati. Ci vediamo a cena." Lui aprì la porta.

"Flint, io..."

Lui si fermò. "Che cosa?"

"Lascia perdere." Lei si mise le mani in tasca.

"No, dai. Volevi dirmi qualcosa?" Lui le strinse le dita intorno alle braccia.

"No. Davvero. No." Lei scosse la testa.

Stavolta lui si abbassò e le sfiorò le labbra con le sue. Abbassò le mani e si voltò per andarsene. A metà della porta si voltò a guardarla. "Se ti aspetti che mi scusi, non lo farò."

"Oh. Beh, bene allora." Lei annuì e si toccò il labbro inferiore con la punta del dito.

Poi lui se ne andò.

Cassie sistemò le valigie e poi si buttò sul letto. Girandosi su un fianco, fissò fuori dalla finestra. L'aria umida di inizio settembre le accarezzò il corpo. Una farfalla indugiò fuori dalla sua finestra. Le sue ali arancioni e nere rallentarono il loro battito mentre l'insetto si avvicinava. Quando lei si mosse, la farfalla iniziò a svolazzare e si allontanò con disinvoltura dalla sua vista. Una leggera brezza agitò le foglie dell'acero, stanche di stare ferme. Il canto di una cincia echeggiò nella stanza.

L'uccello si avvicinò in volo e atterrò sulla zanzariera, impigliando i suoi piccoli artigli nelle maglie. Inclinando la testa, fece di nuovo il suo verso familiare, poi si allontanò sul ramo di un grosso acero.

Le cince erano i suoi uccelli preferiti quando viveva a Pine Grove. Non ne aveva più vista una da allora. La minuscola creatura le fece venire le lacrime agli occhi. Con una vita così frenetica, si era persa una buona parte della vita quotidiana, perché ogni suo momento era sommerso dalle responsabilità, tra le prove, gli allenamenti, le lezioni e gli spettacoli. Quanto aveva vissuto preparandosi per il futuro, sempre in previsione del prossimo spettacolo o del prossimo film?

Sebbene gli alberi fossero molto più alti, c'erano gli odori familiari, le case che ricordava e il suono della quiete che aveva amato.

Pine Grove non era cambiata molto. Lei sorrise, si tolse le scarpe e si mise sotto le coperte. Accartocciandosi il cuscino sotto la testa e appoggiandosi sul braccio, osservò le nuvole vaporose muoversi lentamente, come dei giganteschi batuffoli di cotone. Lei amava i colori del cielo, persino il grigiore di una giornata piovosa, quando le nuvole arrabbiate facevano piovere le loro frustrazioni su di lei. Ma il tramonto era il suo momento preferito. Con Gram, guardava il sole tramontare e lo spettacolo di luci nel cielo, che diventava prima rosa, poi arancione, fondendosi nel turchese.

Cassie sospirò, costringendo le sue pesanti palpebre a rimanere aperte finché il suo corpo non chiese riposo. Il giorno dopo avrebbe avuto un'altra possibilità di osservare uccelli e farfalle e di annusare il dolce profumo dell'erba.

Capitolo Sei

F lint sbadigliò e si grattò il petto mentre scendeva le scale per andare a fare colazione.

"Era ora." Marty stava versando l'acqua nella macchina del caffè.

"Come mai sei così scontroso oggi?" Flint si fermò sulla soglia.

"Vieni a fare colazione così?" Marty indicò i boxer che indossava suo fratello.

"Così come?"

"Non abbiamo compagnia?"

"Oh, merda!" Con gli occhi spalancati, Flint salì gli scalini a due a due. Si era dimenticato di Cassie. Nella sua stanza, frugò in un cassetto disordinato e tirò fuori una maglietta, spiegazzata ma pulita. Prendendo i jeans da una sedia, ci infilò le gambe e tirò su la cerniera, poi raggiunse le scale.

"Ora va meglio."

"Accappatoio? Non pensavo che tu ne avessi uno." Flint prese tre tazze dall'armadietto.

"L'ha lasciato papà."

"Immagino."

"Che cazzo vuol dire?" Marty guardò suo fratello.

"Niente."

"Il caffè è pronto. Versati il tuo, coglione."

"È un po' presto."

"Sei già di cattivo umore e non sono nemmeno le sette." Marty si riallacciò la cintura della vestaglia a quadretti, mangiucchiata dalle tarme.

"Quella vestaglia è patetica." Flint si appoggiò al bancone e guardò suo fratello.

"Tu sei patetico. Sei innamorato della ragazza che dorme nella stanza degli ospiti e sei troppo vigliacco per dirglielo. Questo è patetico." Marty aggiunse latte e zucchero.

"Chiudi quella cazzo di bocca. Non lo sono." Flint incrociò le braccia sul petto.

Marty scoppiò a ridere. "Vuoi davvero parlarne? Sai che stai negando l'evidenza, vero?"

"Ti giuro che se non chiudi quella cazzo di bocca, io..."

Il rumore della porta della stanza degli ospiti attirò la loro attenzione. Un momento dopo, Cassie si appoggiò all'arco della porta.

"Accidenti, ragazzi. Che cosa sta succedendo?" Strofinandosi gli occhi, lei entrò in cucina. Indossava una camicia da notte corta di seta color avorio, con le spalline di raso, che non lasciava nulla all'immaginazione. Flint deglutì a fatica.

"Buongiorno, Cassie. È bello averti con noi." Marty si avvicinò al bancone. "Caffè?"

"Grazie."

Flint la guardò inarcando un sopracciglio. "Non hai un accappatoio o qualcosa del genere?"

Lei gli lanciò uno sguardo assonnato. "O qualcosa del genere?"

Accidenti. Sembrava che lei non avesse capito cosa volesse dire, così lui indicò la camicia da notte sexy che evidenziava tutte le curve del suo corpo. "Marty si farà degli strani pensieri."

Marty scoppiò a ridere. "Io? Sei tu quello che si fa strane idee. E non hai nemmeno bisogno di una camicia da notte sexy per fartele."

"Sta' zitto, Marty," borbottò Flint.

"Oh, questa? Ok. Certo. Torno subito."

Flint diede a suo fratello un pugno sul braccio. "Se non starai zitto, la prossima volta te lo darò nelle palle."

"Dico solo la verità. Non puoi negarla prendendomi a pugni."

"Vuoi scommettere?"

"Ragazzi, ragazzi. Andiamo. Che cosa c'è per colazione?" Cassie aveva aggiunto una vestaglia in seta coordinata, ma quella maledetta cosa rivelava quasi quanto copriva.

"Solo uova e pane tostato stamattina. Flint avrebbe dovuto preparare la colazione, ma si è alzato troppo tardi, e io ho un appuntamento a New York. Ehi, fratello, potresti occuparti tu del pane tostato?"

"Ci penso io." Cassie spinse via Flint. "Dov'è il pane?"

Marty glielo indicò. Mentre apparecchiava, Flint la guardò lavorare. Marty preparava le uova strapazzate.

"Flint, quante fette vuoi?"

"Due vanno bene."

"Marty?"

"Anche per me."

"Voi ragazzi siete semplici."

Cassie bruciò le prime, poi spalmò a fatica il burro freddo sulle due fette successive.

Flint soffocò una risata dietro la mano, poi si avvicinò a lei. "Hai bisogno d'aiuto?"

Lei gli strappò la fetta di pane dalla mano. "Sono in grado di fare un po' di pane tostato, Flint. Che cosa credi? Che io sia un'idiota?"

Lui indietreggiò e sorrise. "Assolutamente no. Continua."

"Le uova sono pronte." Marty distribuì le uova su tre piatti e le mise sul tavolo.

"Succo?" Flint aprì il frigorifero e prese una bottiglia di succo, poi riempì tre bicchieri e ne mise uno davanti a ogni piatto.

"Certo." Cassie finì di imburrare l'ultima fetta di pane, le mise su un piatto e raggiunse i ragazzi a tavola.

I tre mangiarono in silenzio per un po'.

Marty rivolse lo sguardo a suo fratello. "Andrai in ufficio oggi?"

"Pensavo di portare prima Cassie al negozio."

"Perché non vi procurate una bomba e lo fate esplodere?" Marty aggrottò la fronte.

Cassie alzò lo sguardo. "È messo così male?"

"Puoi ancora salvare quel posto. Ma ci vorrà molto lavoro. E denaro."

Cassie aggrottò la fronte mentre spezzava a metà una fetta di pane tostato.

Flint le diede una pacca sulla mano. "Ce la faremo. Vedrai."

Dopo essersi vestiti, i tre si separarono.

"C'è un po' di strada a piedi da qui. Abbiamo comunque bisogno del furgoncino per portare roba al negozio."

Cassie entrò nel veicolo e Flint si sedette dietro il volante.

"Quale roba?"

"Roba per pulire. Forse una levigatrice. Un po' di vernice."

Lui accese il motore. "A proposito, ecco." Lui mise una mano nel taschino e tirò fuori una chiave. "È per la casa." Poi tirò fuori un'altra chiave dalla tasca dei pantaloni. "E questa è per il negozio."

"Grazie. Apprezzo che tu faccia tutto questo per me. Ne ho bisogno. Devo fermarmi per un po'. Respirare un po'. Mi capisci?"

"In realtà, non lo so. Quando ho bisogno di rallentare, vado a pescare per un paio di giorni. Non ho idea di come sia la tua vita."

"Non mi fermo mai. Prima uno spettacolo. Poi, quando finisce lo spettacolo, un film. Poi un altro film. Poi un evento di beneficenza. Prove di danza, lezioni di canto. Corro sempre da una parte all'altra. Se rallenti in questo settore, le persone pensano che tu sia finito."

Flint spalancò gli occhi. "Davvero?"

Lei annuì.

"È dura. Perché lo fai?"

Lei scoppiò a ridere. "Davvero, non lo so più. Un tempo era tutto ciò che desideravo. Ma non adesso." Lei sollevò le spalle.

Flint entrò in un parcheggio nella strada davanti al negozio.

"Reggiti forte." Aiutò Cassie a scendere dal furgoncino.

"Perché?"

"Potrebbe essere un po' scioccante."

Lei annuì. Le prese la mano e la condusse verso la parte anteriore. C'erano delle tavole di legno inchiodate alle finestre. La vernice non più bianca sulla facciata anteriore era graffiata in alcuni punti e scrostata in altri. Il rosso acceso della porta d'ingresso era diventato un color anguria sbiadito. Lei ebbe un sussulto e si coprì la bocca con la mano.

"Abbiamo messo le tavole di legno alle finestre per evitare che i bambini rompessero i vetri lanciando le pietre. Ma questo non impedisce del tutto alla luce di entrare."

Flint inserì la chiave nella serratura e la girò. Quando aprì la porta, i cardini scricchiolarono come in un film di Halloween. Un'ondata di polvere cosparse il vialetto. Flint la mandò via con la mano, ripulendo l'aria.

"Marty avrebbe dovuto accendere l'impianto elettrico ieri."

Lei trattenne il respiro per un momento. Lui allungò una mano e premette l'interruttore. La luce inondò il negozio. Lei esitò sulla soglia. Forse non voleva vedere l'interno.

"Andiamo, tesoro. Non è così male." Lui le porse la mano.

IL SUDORE LE SGOCCIOLAVA tra i seni e sul labbro superiore. Di che cosa aveva paura? Audacemente, lei spinse via la sua mano e oltrepassò la soglia. Ecco! Ora era entrata e non era stata colpita da un fulmine.

La brezza che entrava dalla porta aperta spargeva polvere nell'aria. La luce del sole splendeva attraverso le fessure delle finestre sbarrate, illuminando le particelle come piccole stelle. L'aria luccicava tra pareti sporche, sedie rotte e barattoli di caramelle vuoti.

Quando le puntine scintillanti si posarono sul pavimento, Cassie vide i resti di un negozio un tempo solido e florido, con una cornucopia di oggetti in vendita. Dalle piccole cose, come aghi e fili o grandi sacchi di carbone o ghiaia, Cassie si ricordò che il Pine Grove General Store di Gram vendeva un po' di tutto.

Cassie si trascinò sul pavimento sporco fino al bancone. Cinque grossi vasi vuoti aspettavano di essere riempiti di zuccherini colorati. Lei si voltò a guardare la pila ormai vuota di piccoli scaffali che avevano ospitato i tessuti tartarugati per i quilt.

"Gram, mi insegni a fare i quilt?"

"Finisci la scuola con dei buoni voti e sarà proprio quello che faremo l'anno prossimo."

Ma l'estate prossima non arrivò mai. La madre di Cassie l'aveva portata via per farla diventare Cassandra Wells, un'attrice straordinaria.

Andando dietro il bancone, vide una vecchia calcolatrice. Gram l'aveva usata per fare le somme, controllare i suoi calcoli o calcolare il costo del tessuto che vendeva a metraggio. Il vecchio registratore di cassa, acquistato di seconda mano e già obsoleto quando l'aveva acquistato sua nonna, era ancora una presenza rigida, che padroneggiava sui display.

"Sembra tutto come prima, eppure è cambiato così tanto."

Flint annuì. "Vado a prendere i prodotti per pulire."

Quando lui uscì, la porta con la zanzariera si chiuse sbattendo, come faceva sempre.

"Devo riparare quella maledetta porta," diceva Gram almeno due volte al giorno.

Soffocando per la polvere, Cassie tossì finché il suo viso non si arrossò. Andò ad aprire la porta sul retro. Aveva bisogno d'aria. Appoggiandosi allo stipite della porta, guardò fuori verso il cortile disordinato. Le erbacce avevano preso il controllo ed erano diventate alte negli anni in cui non erano state tagliate. C'era almeno un po' d'erba? L'asteracea era fiorita a chiazze. Lei dovette ammettere che era comunque carino. Sembrava un campo nomadi. Lei rabbrividì. Perché diavolo aveva accettato, comunque? Quel vecchio posto non valeva nemmeno due centesimi. Probabilmente non poteva guadagnare nulla nemmeno vendendo gli impianti. Il legno logoro e il vetro sporco sfidarono i suoi dolci ricordi di quei giorni d'oro. Il frigorifero del latte era così sporco che non riusciva a vedere dentro. Non importava, perché non c'erano cartoni di succo di frutta fresco o latte in attesa di placare una sete estiva.

"Il cortile non è tremendo come sembra. Strapperemo le erbacce, zapperemo il terreno e pianteremo dell'erba. Vedrai, prima della primavera avrai un bel prato e un posto dove coltivare un giardino. Potrai anche coltivare e vendere le tue erbe."

"Che cosa ti fa pensare che mi trasferirò qui per gestire questa sottospecie di negozio?"

Lui spalancò gli occhi. "Se non hai intenzione di farlo, che cosa ci fai qui?"

"Sono qui per toglierti questo fastidio. Lo comprerò da te, lo renderò presentabile e lo venderò il più velocemente possibile."

Lei si voltò per entrare. Lui le afferrò il gomito. "Non resterai?"

"Non ho mai avuto questa intenzione. Tu mi hai detto di sistemare questo vecchio negozio e venderlo. Non di restare qui, sprofondare nell'oblio e gestire un negozietto."

"Pensavo che ti piacesse. Ti piaceva quando lo gestiva Gram. Dicevi che un giorno te ne saresti occupata."

"Davvero? Vedi quanto successo ha avuto la mia idea?"

"Pensavo che volessi fuggire dalla tua vita."

"È così. Davvero. Ma non per sempre. Voglio avere una vita, ma non voglio essere Gram."

"Perché no? Era una donna felice."

"Non ne sono così sicura. Sua figlia è morta. Sua nipote l'ha abbandonata. Non sembrava così felice."

"A me sì."

"Ah, bene. Concordiamo sul nostro disaccordo. Io voglio di più dalla vita."

"Non lo vogliamo tutti? Tu che cosa vuoi esattamente?" Lui era lì, con le gambe divaricate e le braccia incrociate sul petto.

"Bella domanda. Non lo so." Lei lo guardò. *Non dirgli che vuoi una famiglia e dei figli.* "Spero di scoprirlo qui."

Lui sbuffò. "Perché dovresti? "Lui aggrottò la fronte e il suo viso si oscurò. "Qualunque cosa tu voglia, di certo non è qui, vero?"

Lei allungò una mano e gli toccò l'avambraccio. "Sinceramente? Non so. So solo che ho bisogno di un po' di tranquillità per capirlo."

La sua espressione si addolcì. "Scusa. Non volevo farti pressione."

"Sì che volevi. L'hai sempre fatto. Probabilmente, è la cosa migliore. Anche se mi fa venire voglia di darti un pugno."

Lui scoppiò a ridere. "Certe cose non cambiano mai."

Lei sorrise. "Andiamo." Lei entrò nella sala principale e si guardò intorno. "Cazzo, non so nemmeno da dove cominciare."

Flint le lanciò un rotolo di carta. "Prendi questo. Io vado a riempire il secchio."

Quando lui tornò, aprì un pacchetto di spugne e gliene porse una.

"Prima il bancone. Così potremo appoggiarci le cose." Cassie immerse la spugna nell'acqua, calda e insaponata.

"Giusto." Poi iniziò a strofinare. Prima che potesse battere ciglio, il secchio era diventato tutto nero per la sporcizia. "Non posso lavare via dieci anni di sporco con un secchio."

Flint iniziò a dirigersi verso il lavandino, ricordandole *l'apprendista stregone.* Avanti e indietro, riempiva il secchio, prendeva una nuova spugna, svuotava il secchio e ricominciava da capo. Cassie scrostò il sudiciume dalle ante dell'armadietto di vetro. "Ecco. Guarda! Adesso puoi vedere all'interno."

"Ricordo che quegli scaffali erano pieni di cibo in scatola e confezioni di preparato per il budino." Flint si fermò a guardare.

Cassie aprì l'armadietto, ripulì lo scaffale e poi ci passò la mano sopra. "Gram nascondeva una confezione di preparato per il budino al caramello nella parte posteriore."

"Davvero?"

Gli occhi le si velarono di lacrime. "E quando mi comportavo bene e lavoravo sodo, lei lo prendeva e lo preparava per cena."

"Il caramello è il tuo preferito?"

"Sempre."

"Anche il mio. Lo faceva anche mia madre."

"Prepara un bel pranzo della domenica?"

"Un tempo lo faceva. Adesso ne dubito. I miei genitori vivono in Arizona. Solo loro due."

"Quando vivevano ancora qui, ci andavi ogni domenica?"

"No. Ho una vita."

"Ho sentito della tua vita. Sei uno sposino professionista!"

Un'espressione di rabbia comparve sul viso di Flint. Poi i suoi occhi scuri iniziarono a brillare. Lui immerse la sua spugna in un secchio di acqua pulita e schiumosa e gliela lanciò addosso.

"Oh! Brutto scemo!" Lei prese una manciata d'acqua e gliela gettò.

Lui si vendicò, asciugandole una mano bagnata sulla guancia. Dopo pochi secondi, cominciarono una lotta con l'acqua. Cassie si nascose dietro il bancone, con una scorta di tre spugne intrise d'acqua. Flint aveva il controllo di ciò che era rimasto nel secchio. Alcune bolle di sapone gli si attaccarono al viso ispido. Cassie lo indicò e scoppiò a ridere.

Lui mise una sedia sul tavolino al centro della stanza. "Attenta. Sono più alto di te."

"Sì, ma io sono più veloce."

"Non più."

"Sì, invece."

Cassie gli lanciò rapidamente le spugne una dopo l'altra mentre si dirigeva verso la porta. La sorpresa rallentò Flint. Lei si precipitò fuori e corse giù per la strada, verso il lago. I suoi capelli bruniti si staccarono dalla molletta che li teneva fermi e svolazzarono liberamente. Corse verso il lago, con le gambe che pulsavano forte mentre respirava la fresca aria di campagna.

Non essendo più una diciottenne ossuta, Flint le corse dietro. Con dei movimenti fluidi, lui guadagnò terreno. Lei si guardò indietro e urlò. Il sudore le increspava la maglietta sul petto e gli shorts sul sedere. Le sue suppliche di compassione non lo fermarono. Le persone in macchina si fermavano a guardare sul ciglio della strada.

"Lei sta bene?" sentì dire Cassie a una donna.

"Va' a prenderla, Flint! Stai recuperando su di lei," disse un uomo.

E poi eccolo lì. Il lago. L'acqua era così fresca, calma e serena. Il calore le attraversò il corpo finché anche le orecchie non le diventarono calde. Raggiunse il bordo del lago, si tolse i sandali e si tuffò.

Flint si fermò di colpo, si tolse i jeans, le calze e le scarpe e la seguì.

QUANDO RIEMERSE, CERCÒ Cassie. Sebbene la sua testa fosse visibile, lei annaspava in acqua. Gli indumenti bagnati appesantivano qualsiasi nuotatore, anche uno bravo.

"Tutto bene?" Lui si fermò accanto a lei.

"No," balbettò lei.

Lui le mise un braccio intorno alla vita e la sollevò tenendola accanto al suo fianco. "Aspetta."

Lei si aggrappò alla sua maglietta. Lui si diresse lentamente verso la scaletta. Afferrandole l'avambraccio, la aiutò ad avvicinarsi finché lei non riuscì ad afferrare uno scalino. Aspettando, lei inspirò a pieni polmoni.

"Tutto bene?"

Lo afferrò per la camicia, tirandolo verso di sé, e lo baciò. Non fu un bacio appassionato, più un ringraziamento. Ma a lui non importava. Avrebbe accettato qualsiasi bacio che fosse riuscito a ottenere. Poi lei lo spinse sott'acqua. Lui riemerse, scuotendo la testa e ridendo.

"Non sei cambiata."

"Ti ho preso alla sprovvista, eh?"

"Tutto ciò che fai mi prende alla sprovvista." I loro sguardi si incrociarono.

Lei arrossì sulle guance. "Sì, beh, non farci l'abitudine." Lei si portò le ginocchia al petto e si sollevò sulla scala. Con un saltello, salì sul molo, con i vestiti inzuppati che le rivestivano il corpo come una seconda pelle. Lei si tirò i vestiti, ma ritornarono al loro posto.

"Grazie per aver migliorato il panorama. "Flint stava in piedi accanto a lei.

Sarebbe mai riuscito a togliersi dalla testa l'immagine del suo corpo quasi nudo, sgocciolante, in piedi davanti a lui, che lo invitava ad amarla? No. Impossibile. Quell'immagine era scolpita nel suo cervello. Snella ma invitante era il modo in cui l'avrebbe descritta. Il suo cazzo era pronto, disponibile e in grado di accettare un invito proprio in quel momento.

"Anche a te," disse lei, fissandogli prima il petto e poi il cazzo. I suoi boxer non nascondevano nulla.

"Cazzo!" Lui raccolse i suoi vestiti, tenendoseli davanti all'inguine. "Andiamo." Lui si voltò a guardare per assicurarsi che lei fosse dietro di lui, poi si diresse verso il negozio. Cassie, tenendo il braccio sul petto e le scarpe davanti alle parti intime, lo seguì.

Essendo il primo a entrare, Flint si mise in piedi dietro il bancone, si tolse i boxer e infilò le gambe bagnate nei jeans. Faticò per far passare i jeans sui fianchi umidi.

"Niente male. Davvero niente male." Cassie si chinò fissandogli il sedere e sorrise.

Non essendo abituato a stare nudo, Flint si spostò il cazzo di lato per evitarsi un'orrenda agonia tirando su la cerniera e chiuse i pantaloni. Si tolse la camicia e la appese sullo schienale di una sedia. Il calore del suo sguardo attirò la sua attenzione. Quando si voltò, vide il suo viso tutto rosso e i suoi occhi spalancati.

L'aveva sorpresa mentre lo osservava. Lui sorrise. Essere osservato da una ragazza come Cassandra Wells era il sogno di ogni uomo. Lui cambiò piede d'appoggio.

"Senti freddo?"

Lei si abbassò immediatamente lo sguardo sul petto.

"No, no. Non è quello che intendevo. Stai tremando."

"Fa freddo qui dentro."

"Soprattutto quando sei bagnato fradicio. Andiamo a casa, cambiamoci, pranziamo e per oggi lasciamo perdere qui."

Lei annuì. Lui prese la camicia dalla sedia e si guardò intorno. "Abbiamo rimosso circa metà del primo strato di sporcizia."

"Su circa la metà delle cose che ci sono qui dentro."

"Ottimo inizio. Andiamo." Lui le aprì la porta e la seguì. Sua madre gli aveva insegnato a essere educato, "prima le donne" e tutto il resto. E inoltre aveva il vantaggio di poter guardare Cassie da dietro e concentrarsi sul suo delizioso sedere, piccolo, stretto e dannatamente carino con quegli shorts aderenti e bagnati. Lui assaporò quel momento, quasi scontrandosi con lei quando raggiunse il furgoncino.

"Scusa." Una sensazione di calore gli risalì lungo il collo. L'aveva sorpreso a guardarla? Lui aprì lo sportello, gettò la camicia sul sedile posteriore e scivolò dietro il volante. Guidarono in silenzio per un po'.

"Non ho più fatto una lotta con l'acqua da quando sono andata via da Pine Grove." Lei si passò le dita tra i capelli.

"Non c'è niente di meglio in una giornata calda." Lui teneva lo sguardo sulla strada.

Lei allungò il braccio e appoggiò la sua mano fredda sul suo avambraccio caldo. Lui la guardò. Gli occhi le si inumidirono di lacrime. Distogliendo lo sguardo da lui, lei sbatté rapidamente le palpebre.

"Qualcosa non va?"

"Niente. Mi ero dimenticata le cose che mi piacevano di Pine Grove." Lei si premette la base del pollice sugli occhi.

Lui sorrise. "Ci divertivamo."

"Ci divertivamo. Sì. Ci divertivamo. Non mi sono divertita molto negli ultimi sedici anni."

"No?" Lui aggrottò la fronte.

"No. Solo lavoro. Lavoro, lavoro, lavoro. Lezioni di ballo. Lezioni di canto. Le prove. Le persone mi stanno col fiato sul collo ogni singolo momento."

"Anche Basil?"

Lei scoppiò a ridere. "Oh, sì. Anche lui mi stava col fiato sul collo, ma per motivi diversi."

Ancora una volta, lui la vide arrossire sulle guance. Lui scoppiò a ridere. Basil era fuori dai giochi adesso, giusto? Ehi, non doveva farsi nessuna idea. Non importava quali ricordi avesse di quando stavano insieme, perché ora la signorina Cassandra Wells era fuori dalla sua portata. Rispetto. Doveva rispettare ciò che era diventata e non trattarla come l'adolescente carina che gli faceva ribollire il sangue.

"Le persone crescono. La vita si mette in mezzo."

"Esattamente. La vita si è messa in mezzo. La mia vita. E forse è arrivato il momento di cambiare." Lei appoggiò la schiena, continuando a coprirsi il petto, e guardò fuori dal finestrino.

Un impulso del suo cazzo attirò la sua attenzione. Entrambi dovettero ignorare ciò che lei aveva appena detto. Il cambiamento non comprendeva lui. Cassie doveva mettere ordine nella sua vita e decidere cosa voleva. E lui avrebbe scommesso ogni centesimo che lei non lo volesse.

Capitolo Sette

Una volta a casa di Flint, Cassie decise di lasciargli prendere il controllo della cucina. "Dato che pensi che io non riesca a distinguere un'estremità dell'apriscatole dall'altra, puoi occuparti tu di preparare il pranzo." Lei tirò su col naso.

"Ok, ok. Mi rimangio quello che ho detto."

"Troppo tardi, signore." Lei si avvicinò al frigorifero. "Io mi occuperò delle bevande."

"Va bene." Lui aprì una scatoletta di tonno con l'apriscatole.

"Adoro i sandwich al tonno!"

"Adularmi non ti porterà da nessuna parte," borbottò lui.

Cassie si mise a ridere mentre riempiva due bicchieri dalla brocca di tè freddo in frigorifero.

Portarono il loro pranzo sul portico, per mangiare fuori, con il calore di mezzogiorno. Lui spostò il tavolino all'ombra di un acero.

"Perché non sei sposato?" gli chiese.

Lui alzò lo sguardo, incrociando il suo. Cassie raccolse metà del suo sandwich, desiderando di non aver parlato. Era meglio tenere il cibo in bocca e restare zitta prima di rovinare qualcosa di buono.

"Perché me lo chiedi?"

Beh, sei stata tu a tirare fuori l'argomento, Cassie; non puoi tirarti indietro adesso. Lei deglutì. "Ormai la maggior parte degli uomini sono sposati."

"Non io. Non ancora, comunque. Solo alcune false partenze. Non vuol dire nulla."

"Che cosa intendi con *false partenze*?"

"Niente, davvero. Sono stato fidanzato un paio di volte. Niente di importante." Lui prese un bastoncino di carota. "Tu non lo sei stata?"

"Io? No. Una volta, sì. Una volta. Sì, cambiare la situazione non aveva funzionato per lei. "Quindi un paio di volte, eh?"

"Che differenza fa?" Flint diede un morso al suo sandwich.

"Che cazzo è successo?" Lei riprese a mangiare.

"Niente." Lui fece un gesto di incredulità con la mano. "Ho fatto la scelta sbagliata. Non sono andato fino in fondo, quindi nessuno si è fatto male."

"Nessuno si è fatto male? Fino a dove ti sei spinto?"

"Che importa?" Prendendo il suo bicchiere di tè, lui evitò il suo sguardo.

Lei lo guardò. "Non sei arrivato fino in fondo... per due volte?"

Lui si schiarì la gola mentre prendeva un altro bastoncino di carota. "Ehm, tre volte."

"*Tre* volte? Pensavo che avessi fatto la proposta due volte, ma tre? Porti tutto questo a un nuovo livello."

Lui le lanciò un'occhiata. "Chi te l'ha detto?"

"Marty."

Flint strinse il pugno. "Lo ammazzo."

"Sei arrivato sull'altare *tre* volte?"

"Solo una volta prima di cambiare idea."

Lei spalancò la bocca. Il suo cervello rimase concentrato sul numero *tre*.

"Ok, ok. Lo so." Lui si spostò sulla sedia. "Possiamo cambiare discorso?"

"No. E le altre due volte?" Lei proseguì il suo interrogatorio.

"Sono tornato in me prima che cominciassimo a organizzare il matrimonio."

"Grazie a Dio. Tre volte? Wow."Lei scosse la testa. "Tre volte. Cazzo."

"Non mettere il dito nella piaga. Ho già dovuto subire le conseguenze di tutto questo. Non serve aggiungere altro."

"Chi erano queste donne?"

"Nessuna che tu conosca." Lui riempì di nuovo il suo bicchiere e quello di lei.

"Nessuna della scuola?"

"No. Beh, no. Non esattamente. Becky Lawson è arrivata a Pine Grove all'ultimo anno delle superiori."

"Becky? Becky? Non mi ricordo di una Becky." Lei finì l'ultimo boccone della metà del suo sandwich.

"Tu non la conoscevi. Ogni estate, faceva l'istruttrice al campo estivo."

"Era sexy?"

"Erano tutte sexy. Pensi che avrei sposato qualcuna che non lo fosse?" Lui alzò la voce.

"Non arrabbiarti. Era solo una domanda. Non un'accusa. Inoltre, alla fine non le hai sposate."

"Non perché non erano sexy."

"Oh? Allora perché?"

"Quando lo capirò, te lo farò sapere. Sei piuttosto curiosa oggi. Finisci e torniamo al lavoro."

"Certo, certo. Capisco sempre quando mi nascondi qualcosa."

"Davvero?" Lui sollevò un sopracciglio.

"Sì. Una volta. E riuscivo sempre a tirarti fuori la verità. Stavolta non sarà diverso."

"Le cose cambiano, Cassie. Non sono lo stesso ragazzo sciocco e ingenuo. Non sono più manipolabile, né nelle tue mani né in quelle di nessun'altra donna."

"Capisco. Tre fatte fuori dopo essere stati fidanzati."

Lui si rabbuiò in viso. "Chiudi quella bocca, ok?"

Lei sollevò le mani. "Ok. Scusa. La smetto. Non ne parlerò più."

Lui sbuffò. "Come se tu riuscissi a evitare di punzecchiarmi su qualsiasi cosa finché non ottieni quello che vuoi."

"Buona memoria. La smetterò. Nemmeno io sono più la stessa adolescente rompipalle che ero prima."

"Sono contento di sentirtelo dire." Lui si mise l'ultimo boccone in bocca, prese un bastoncino di carota e si alzò in piedi.

Quando tornarono in cucina, Cassie caricò i piatti nella lavastoviglie e, quando ebbe finito, Flint aggiunse i bicchieri. Poi lui intrecciò le dita con le sue e si diresse verso la porta.

Una volta nel furgoncino, lui la guardò. "Basta domande. Ok?"

"Ok."

Lui accese il motore e si diresse verso il negozio.

Quando entrarono, Flint andò a frugare nel retro. "Ho trovato un altro secchio. Dividiamoci le cose da fare. Quale vuoi, il pavimento o il frigo del latte?"

"Il pavimento. Ho bisogno di esercizio."

"Affare fatto." Lui le porse uno straccio. Lei riempì il secchio e lo portò in un angolo.

"Musica?" Flint appoggiò il telefono sul bancone.

"Che cosa ti piace?" Lei mise lo straccio nell'acqua calda e insaponata.

"La musica del suo ultimo spettacolo." Lui armeggiò con il suo cellulare finché lei non sentì la sua voce, forte e chiara, che cantava "Be My Man."

Lei rimase pietrificata. "Come fai a conoscerla?"

"Se parli, rovini la canzone."

Lei aspettò che finisse, poi la interruppe. "Come fai a conoscerla?"

"Sono andato a vedere lo spettacolo."

"Dici davvero?"

"Due volte." Lui uscì dalla stanza. Il suono dell'acqua che batteva sul fondo del secchio echeggiò nella stanza vuota.

Lei si sentì travolta dalle emozioni. Allontanandosi dalla porta, fissò lo straccio. Flint era venuto a vederla a Broadway? Perché non era venuto nel backstage? Perché non aveva provato a mettersi in contatto con lei?

Un nodo grosso come un'anguria le si formò in gola. Aveva fatto quello spettacolo quattro anni prima. A Flint importava così tanto da avere la sua musica? Gli importava ancora? Gli importava abbastanza da lasciare tre donne a causa di Cassie? Quando lui tornò, canticchiando piano il testo della canzone successiva, lei lo guardò.

Non fu abbastanza veloce da asciugarsi una lacrima prima che lui la notasse.

"Qualcosa non va?"

Le parole le si affollarono in gola, ma non riuscirono a superare il nodo. Semplicemente non riusciva a parlare. Sbattendo le palpebre per allontanare le lacrime, lei distolse lo sguardo dal suo e si concentrò sullo straccio. Chinandosi, spostò il pezzo di metallo fino a strizzare tutta l'acqua in eccesso dallo straccio. Poi si raddrizzò e iniziò a lavare il pavimento.

"Come?"

Lei riuscì solo a scuotere la testa.

NEL MOMENTO IN CUI lui tornò con il secchio e vide il suo viso, lo capì. Capì che lei lo sapeva. Cazzo! Era proprio un coglione. Perché aveva messo la sua musica? Che cosa pensava, che lei fosse un'idiota? Che non riuscisse a fare due più due? Nessun altro l'aveva capito. Beh, a parte Marty.

Quando aveva guidato fino a New York o aveva preso l'autobus per andare a vedere i suoi spettacoli, Flint aveva detto a tutti di dover andare a Manhattan per affari riguardanti la tipografia. Ma Marty aveva capito la verità. E Flint aveva visto tutti i suoi spettacoli e i suoi film. A volte, andava in un'altra città per rivedere qualche suo film.

E i film tratti dai suoi musical. Cazzo, conosceva ogni parola della colonna sonora. Sotto la doccia, si metteva a cantarla. Lui amava la musica, ma soprattutto la sua voce. Aveva un dolcissimo timbro da soprano. O era l'unico a sentirlo? Nah. Era per questo che i suoi spettacoli e i suoi film avevano tanto successo. Cassie aveva un dono e lo condivideva con le persone di tutto il mondo.

Forse aveva rovinato la sua copertura, ma non l'avrebbe mai ammesso. Le avrebbe lasciato il dubbio. Lui non avrebbe mai ammesso che Cassie Wells fosse responsabile dei suoi tre fidanzamenti falliti. Avrebbe preferito morire piuttosto che ammetterlo. Ogni volta, si rimproverava e si prendeva a parolacce. "Stupido, scemo, idiota, coglione, fottuto imbecille di un fan."

Non importava quanto si arrabbiasse con sé stesso, il suo cuore aveva altre idee. Non poteva ragionare con lui, ingannarlo o trovare un accordo. Aveva avuto tre donne carine, dolci e intelligenti, tranne per il fatto che si erano innamorate di lui, e ogni volta lui si era allontanato.

Avrebbe lasciato Cassie nel dubbio. L'avrebbe ostacolata in tutti i modi. Lei non avrebbe mai saputo la verità. Lui si diresse verso il bancone e mise il ragtime jazz di Scott Joplin.

"Ti piaceva questa musica."

"Mi piace ancora," borbottò lei, distogliendo lo sguardo da lui.

Come un agile giocatore di football, rimedio al suo stesso errore. Cassie si mise a danzare con lo straccio. Gli piaceva guardarla ballare. I suoi movimenti aggraziati attirarono la sua attenzione. Mentre le sue mani avrebbero potuto lavorare al caso, il suo sguardo la seguì per tutta la stanza.

"Pensavo che non ti piacessero le prove."

"Queste sono prove improvvisate. Nessuna pressione."

"Ok. Giusto."

Dopo il suo errore con la musica, la loro conversazione si era prosciugata. Ascoltando il jazz, continuarono a lavorare e a pulire.

Dopo poco tempo, Flint riuscì a vedere dei progressi. Rimossero la sporcizia dalle superfici di quel luogo trascurato, riportando alla luce un po' del fascino dei tempi passati.

"Hai del lucido per il legno?" Cassie strizzò lo straccio e andò nel ripostiglio.

"Nel furgoncino. Torno subito." Flint recuperò una scatola con altri prodotti per la pulizia: detersivo per vetri, lucido per il legno e detergente per l'argento. Cassie frugò nella scatola finché non trovò quello che voleva.

"Oh, sì! I prodotti Old English! Come prima cosa, mi occuperò di questi graffi. Poi userò il lucido." Lei si abbassò sulle mani e sulle ginocchia, tamponando amorevolmente i profondi graffi sul pavimento, come se fossero tagli e abrasioni sulla pelle di un bambino.

Flint finì di pulire il secondo espositore e tirò fuori la bottiglia di detersivo per i vetri dalla scatola. Brillò il bicchiere finché non brillò.

"Ha un aspetto magnifico," disse lei voltandosi.

"Grazie. Adesso sono piuttosto puliti. Devo accenderli?"

"Perché no? Possiamo tenere l'acqua fredda lì dentro."

"Ottima idea." Lui si chinò e inserì la spina. Il motore prese vita. Flint sorrise. Forse quel vecchio posto non era una causa persa, non ancora.

"Funziona! Non posso crederci." Lei si alzò in piedi.

Ho un paio di bottiglie d'acqua nel furgoncino."

Trascorsero il resto del pomeriggio a lavare, lucidare e ricordare.

"Dove sono tutte le caramelle a basso costo che Gram teneva dentro questi cosi?" Cassie allungò una mano per pulire uno dei grossi barattoli di vetro.

"Le abbiamo mangiate." Flint si mise a ridacchiare.

"Quello era il migliore. Le Tootsie Rolls erano le mie preferite."

"Davvero? Le mie erano le Starburst."

"Ti ricordi quando ho messo un pezzo di fegato dentro la carta di Tootsie Roll e l'ho dato a Cabot Tremont?"

"Ha vomitato per una settimana."

Cassie si chinò, fingendo di vomitare per imitarlo. Flint scoppiò a ridere. Lavorarono, parlarono e scherzarono fino alle sei passate. Il suo cellulare iniziò a squillare. Flint riconobbe il numero di Marty.

"Dove cazzo sei?" gli chiese suo fratello.

"Siamo al negozio. Qual è il problema?" Lui si asciugò una mano bagnata sui jeans.

"La cena è pronta tra un quarto d'ora. Ed è meglio che torniate entrambi qui."

"Ok. Scusa, Marty."

"Hai sentito?"

"Sì. La cena sarà pronta tra un quarto d'ora. Abbiamo perso la cognizione del tempo."

"Risparmiami quello che stavate facendo, ok? Riportate qui il culo."

Clic.

Cassie e Flint rimasero davanti alla porta a osservare il negozio.

"Sembra molto meglio di prima." Lui sorrise.

"Sì, ma è ancora in pessimo stato."

"I muri hanno bisogno di lavoro." Flint cambiò piede d'appoggio.

"Già, vernice fresca." Cassie si mordicchiò il labbro.

"I pannelli di legno devono essere rifiniti."

"Anche il pavimento."

"Un nuovo registratore di cassa?" Flint inarcò un sopracciglio.

"Ho intenzione di buttare questo modello del medioevo."

"Andiamo. Adesso dobbiamo andare."

Salirono sul furgoncino e tornarono a casa di Flint in cinque minuti.

"Oh, mio Dio. Voi due dovete fare una doccia prima di sedervi a mangiare. Guardatevi. Sembra che siate caduti in una pozza di fango."

"È così. Nella pozza di fango di Gram." Cassie sorrise.

"Andate. Terrò la cena in caldo ancora per un po'."

Flint annusò l'aria. "Sformato greco?"

"Sì. Sbrigatevi!"

Cassie si precipitò nella sua camera da letto e chiuse la porta. Flint salì gli scalini a due a due.

VERSO LE NOVE, FLINT tirò fuori una brocca di vetro dal frigorifero. "Tè freddo?"

"L'hai fatto tu?"

"Sì. Con la menta del giardino. Fa caldo qui. Usciamo."

Lui riempì tre bicchieri e li mise su un vassoio. Cassie gli tenne la porta aperta. Sul portico panoramico anteriore c'erano quattro sedie a dondolo di vimini bianco, affiancate da tavolini in vimini coordinati. Cassie si lasciò cadere su una sedia, appoggiando i piedi nudi sulla ringhiera del portico. Flint si sedette accanto a lei. La porta si spalancò sbattendo e Marty prese la terza sedia.

"Fa fottutamente caldo in cucina."

"Ti dico sempre di grigliare fuori nei giorni caldi."

"Come mi dici di fare ogni cosa." Lui lanciò un'occhiata a Flint.

"Ragazzi, ragazzi. Andiamo. Fa troppo caldo per litigare." Cassie sorseggiò la bibita fresca, assaporandone il gusto e i ricordi che rievocava. "Cavoli, è stata tua madre a insegnarti a farlo?"

"Dato che me lo chiedi, sì. È stata lei." Flint bevve un sorso.

"Preparava il tè alla menta migliore del mondo."

"Mi ha insegnato a cucinare perché Flint non voleva imparare," intervenne Marty.

"Ho imparato le cose più importanti. Tè freddo, brownies e un mojito spettacolare."

Cassie ascoltò i grilli e osservò l'impressionante allineamento di stelle scintillanti. Il cielo notturno era sereno. La luna rotonda e luminosa dominava l'oscurità. Le sembrava che, se avesse allungato la mano, avrebbe potuto toccarla.

Le giornate calde temperate dalle notti fresche le ricordarono le estati trascorse a Pine Grove. Il sole splendeva finché semplicemente non ne poteva più, riscaldando e bruciando tutto sul suo cammino fino al sollievo del crepuscolo. I giorni di pioggia portavano con loro il riposo, le letture e il lavoro al negozio.

"Lo farò," disse lei tra sé e sé.

"Farai cosa?" le chiese Marty.

"Sistemerò il negozio. Lo riporterò in vita."

"Davvero? Costerà tantissimo," precisò Marty.

"E allora? Posso permettermelo. A tribute to Gram."

"Se non hai intenzione di gestirlo, perché te ne preoccupi?" le chiese Flint.

"Mmm. No. Non posso gestirlo. Lo venderò. Dopo averlo sistemato, non dovrei avere problemi a trovare un acquirente, giusto?"

"Oh, certo. Le persone faranno la fila tutto l'isolato per comprare un negozietto in una piccola città in mezzo al nulla e lavorare ventiquattro ore su ventiquattro."

Cassie schioccò la lingua. "Flint, il solito pessimista."

"E se non lo vendessi?"

"Parli come mio padre." Lei imitò la sua voce profonda. "E se non ottenessi la parte?"

"Lui ti diceva così?" le chiese Marty.

"Ogni volta. E ottenevo sempre la parte. Beh, quasi sempre." Lei ridacchiò. "Tutte quelle importanti."

"Quindi, riuscirai a elaborare un piano alternativo se non troverai un acquirente?" Flint la guardò.

"Mio fratello mi ha insegnato a non preoccuparmi in anticipo. Lui mi direbbe che avrei molto tempo per preoccuparmi di non avere un acquirente se non ne trovassi uno. Non devo preoccuparmi in anticipo."

Il silenzio cadde nel piccolo gruppo. Si dondolavano e bevevano, ognuno perso nei propri pensieri.

"Conosco il ragazzo perfetto per fare i lavori." Marty posò il bicchiere.

"Chi?" gli chiese Flint.

"Will Lennox, il fratello di Jess."

"Oh, sì. Certo. Ho sentito dire che Nate Travers lavora con lui. Sono bravi. Ma lascia perdere Nate, ok?"

"Perché?" Cassie spalancò gli occhi.

"È un rubacuori." Lo sguardo di Flint si incrociò con il suo.

"Oh, e tu non lo sei? Dopo aver rotto tre fidanzamenti? Immagino che tra simili ci si riconosca."

Marty scoppiò a ridere.

"Va bene. Vuoi infastidirmi? Pensaci da sola. Pensa a tutto da sola." Flint si alzò in piedi e si diresse verso la porta.

Cassie balzò in piedi per fermarlo. "Scusa. Non avrei dovuto dirlo."

"No, non avresti dovuto. Non sai nulla di me o della mia vita negli ultimi sedici anni. Smettila di giudicarmi."

"Ok. Hai ragione. Mi dispiace." Il suo tono di voce si addolcì. Lei gli appoggiò la mano sulla guancia.

"Ti perdono. Per stavolta. Ma non farlo più."

"Chi gestirà la nostra attività mentre sistemi il negozio?" Marty lanciò uno sguardo sospettoso a suo fratello.

"Will e Nate si occuperanno del restauro. Io aiuterò Cassie con la supervisione."

"Oh, capisco. Sì. Giusto." Marty scosse la testa.

"Non puoi prenderti qualche giorno di ferie?"

"Certo. Ma sii sincero. Non far finta che sarai in ufficio quando non lo sarai."

"Ok, ok. Non incazzarti."

"Non lo sto facendo. Sono il tuo socio."

"Posso farcela. Purché possa contattarti telefonicamente in caso di problemi. Posso occuparmene. Ho sempre a che fare con produttori e registi." Cassie finì la sua bevanda.

"Non vuole lasciarti da sola con Nate Travers, Mister Seduzione."

"E qual è il problema?" Flint lanciò un'occhiataccia a suo fratello.

"Sii sincero, Flint. Dille che è perché la vuoi tutta per te. Hai aspettato sedici anni per dirglielo. Quindi diglielo, cazzo!" Marty si alzò in piedi, attraversò il portico e si diresse verso la casa, sbattendo la porta alle sue spalle.

"NON È VERO. PENSA DI sapere tutto. È un vero rompiscatole." Flint si strofinò la fronte, nascondendo gli occhi. Come poteva affrontare Cassie, ora che la verità era venuta fuori? Non voleva che lei lo sapesse. Cazzo, aveva il suo orgoglio, no? In passato, lei lo leggeva come un libro aperto. Non era mai riuscito a nasconderle nulla. Era ancora così? Non aveva affatto intenzione di scoprirlo. Il suo sguardo penetrante l'aveva messo a nudo più spesso di quanto non gli andasse di ricordare. Si aspettava che lei diventasse un avvocato, non un'attrice.

Mentre il silenzio calava, l'atmosfera tra di loro si fece più pesante. Lei cambiò posizione sulla sedia, poi guardò l'orologio.

"Adesso andrò a leggere un po', poi mi metterò a dormire. L'aspettava una giornata pesante. Buonanotte, Flint."

Lui sospirò. Grazie a Dio, lei gli aveva dato una via d'uscita. "Certo, certo. Buonanotte."

Lei si alzò dalla sedia, prese il bicchiere vuoto di Marty e il suo, poi entrò in casa. Lui si diresse verso i gradini e fece una passeggiata nell'aria fresca della notte. La testa gli ronzava per i pensieri che la attraversavano alla velocità della luce. Non sarebbe riuscito a dormire adesso.

Si incamminò lungo la strada tranquilla. Fattorie color pan di zenzero, scialbe case in stile Cape Cod e piccole case vittoriane dai colori vivaci, rifinite di bianco, sorgevano pacificamente l'una accanto all'altra. La casa McKay, blu scura con rifiniture e persiane bianche, dominava un terreno più grande, con un maggiore spazio vitale. Passò davanti alla sua casa preferita: un'alta casa vittoriana gialla con le rifiniture bianche.

Quando era adolescente, Flint aveva fatto qualche lavoretto per la coppia che viveva in quella casa. Insieme alla consegna dei giornali, guadagnava abbastanza da invitare le ragazze a un appuntamento per un hamburger o un film. Essendo un tipo indipendente anche da ragazzo, Flint amava guadagnare i suoi soldi. Lui e Marty avevano messo insieme i loro soldi extra e avevano iniziato una raccolta di figurine del baseball.

Marty! Da quando era diventato così chiacchierone? Flint strinse i pugni sui fianchi. Il suo fratellino poteva escogitare nuovi modi per indurre Flint a prenderlo a pugni. Se Flint non avesse detto nulla, Marty l'avrebbe fatto per lui. Ma questa era la cosa peggiore.

Non aveva detto a Marty ciò che provava per Cassie. Suo fratello era piuttosto intelligente e doveva aver messo insieme i pezzi. Cazzo, Flint non l'aveva capito prima di rompere il suo ultimo fidanzamento. Certo, provava dei sentimenti per Cassie da anni, ma lei era famosa e lui non aveva alcuna possibilità. Perché una cotta persistente doveva impedirgli di sposarsi con un'altra? Doveva smetterla di fidanzarsi per poi rompere il fidanzamento. Dopo essersi scervellato per un paio di mesi, alla ricerca del motivo per cui continuava a tirarsi indietro, aveva immaginato che il modo migliore per scoprirlo fosse andare da uno psicologo. Di nascosto, aveva iniziato ad andare da un terapista.

Il dottore l'aveva capito piuttosto velocemente. Flint non aveva mai dimenticato Cassie.

"Lei sta idealizzando Cassie. Aspettandosi che altre donne la facciano sentire come faceva lei. Prenda in considerazione di ricontattarla. Forse passare del tempo con lei farebbe capire che lei non è più la stessa persona e forse potrebbe ottenere la chiusura di cui ha bisogno per voltare pagina."

Davvero? Era più facile a dirsi che a farsi. Come poteva mettersi in contatto con un'attrice famosa e di successo? "Mi scusi, signorina Wells, le dispiacerebbe passare un fine settimana con me per rendermi conto che lei è una vera stronza e disinnamorarmi di lei?" Lui ridacchiò a quel ricordo. Ma il dottore aveva trovato la causa, anche se non aveva una soluzione semplice.

Il silenzio della notte lo calmò. Amava Pine Grove, non solo perché era familiare, ma perché era semplice vivere lì, in mezzo a persone che si guadagnavano da vivere dalla terra o si scontravano con gli elementi, lottando per sopravvivere, prosperare e trovare la felicità. Pine Grove era una cittadina senza pretese, che non si dava arie, o comunque la si volesse definire. Cazzo, quel posto era autentico: con la sua bellezza, le sue imperfezioni e tutto il resto. E lui ci contava, ogni giorno della sua vita.

Flint non ci mise molto a capire che camminare lungo l'isolato non avrebbe risolto il suo problema, quindi tornò a casa, dove trovò suo fratello sul portico. Marty si alzò in piedi.

"Ma che cazzo vuoi? Non hai già fatto abbastanza danni?"

Marty afferrò il braccio di Flint. "Ascolta, mi dispiace. In un certo senso."

"In un certo senso?" Flint inarcò un sopracciglio.

"Sì. Non avrei dovuto rivelare il tuo segreto, ma forse è un bene che sia venuto fuori. Affrontalo e superalo."

"Davvero? Far sentire Cassie come se fosse responsabile della mia vita incasinata?"

"Dai, Flint. Non fare il coglione. Sai cosa intendo dire. Ora puoi parlarne con lei. Capire cosa prova."

"Io so già cosa prova, Marty. Era fidanzata con un altro fino a cinque minuti fa. Non ti viene in mente in quella tua zucca vuota che lei non si sta esattamente struggendo dal desiderio per me?"

"Ok, ok. Forse. Adesso è libera. Ed è qui."

"Oh, e ti aspetti che il negozio in rovina e questa povera cittadina le facciano un incantesimo, convincendola a rinunciare alla sua bella vita, a indossare una tuta e a diventare la moglie di un campagnolo?"

"Se la metti così, non sembra plausibile."

"Ma davvero?" Flint si scrollò di dosso la mano di suo fratello. "Me ne vado a letto."

"La verità è meglio dei segreti. Negare le cose non ha mai stato una donna o portato la pace. Non puoi saperlo. E se lei provasse ancora dei sentimenti per te?"

"Sì? E forse un giorno le aquile diventeranno vegetariane. Bel tentativo. Buonanotte, Marty."

Ancora furioso, lui si trattenne a malapena dal picchiare suo fratello. E gli stupidi ragionamenti di Marty. Che fottuto idiota! Come era possibile che fossero fratelli? Flint entrò in casa sbattendo la porta e salì i gradini a due alla volta.

Capitolo Otto

Il rumore della porta non svegliò Cassie perché non stava dormendo. Forse Marty aveva ragione? Flint teneva ancora lei, la amava? Sentì i brividi lungo il braccio. I ricordi del suo rimpianto per aver lasciato lui e la piccola città che aveva imparato ad amare le inondarono la mente.

Aveva pregato sua madre di restare un'altra notte prima di andarsene.

"I produttori non aspetteranno, Cassie."

"Per favore, mamma. Solo un'altra notte."

"Per fartela trascorrere con quel contadino?"

"Lui non è un contadino."

"Potrebbe esserlo. Nel tuo destino ci sono cose migliori e più grandi."

"Non conosci Flint. È dolce e gentile."

"Sì, sì. E so come funzionano gli ormoni quando si hanno sedici anni. Vedrai, tra un mese non ti ricorderai nemmeno il suo nome."

"Non dire così! Non lo dimenticherò mai. Per favore, mamma."

"Ok, ok. Mi inventerò qualcosa. Giovedì, alle otto in punto, partiremo per New York."

"Affare fatto."

"Me lo prometti?"

Cassie si era passata un dito sul cuore. "Te lo prometto."

Non era riuscita a dire a Flint che quella sarebbe stata la loro ultima notte insieme. E se lui l'avesse supplicata di restare, magari anche proponendole di sposarlo? Che cosa gli avrebbe detto? Come poteva spiegargli che sarebbe andata a fare qualcosa per cui aveva studiato fin da quando era piccola? L'avrebbe capito? Ne dubitava. Voleva andarsene? Non aveva avuto la possibilità di scegliere. E se lui le avesse fatto la proposta... lei aveva allontanato quel pensiero dalla sua mente.

Aveva preparato uno spuntino di mezzanotte ed erano sgattaiolati via alla ricerca di un campo vuoto dove potevano stare da soli. In quella fresca notte di agosto, avevano fatto l'amore tre volte. Sdraiata su una coperta, rannicchiata nel suo corpo caldo, era rimasta ad ascoltarlo mentre faceva progetti per il loro futuro.

"E poi avremo un bambino. Magari due o tre. Sarai una mamma fantastica."

Le si era spezzato il cuore sentendo il suo tono di voce sincero. Fino a quando sua madre non aveva ricevuto quella telefonata, il suo futuro nello spettacolo era stato un sogno a occhi aperti. Avrebbe messo la mano sul fuoco con Flint, credendo in lui. Lui era sincero, i suoi progetti erano reali ed erano qualcosa su cui lei poteva contare. Con una telefonata, tutto era cambiato e lei non aveva il coraggio di dirglielo.

Erano rimasti svegli tutta la notte. Lui l'aveva riportata nel suo letto alle sei. Sua madre l'aveva svegliata alle sette. Avevano verso le valigie in macchina ed erano partite. Due giorni dopo, Cassie aveva provato a scrivergli, ma non era mai riuscita a trovare le parole giuste. Aveva urlato contro sua madre.

"Tu hai un grande futuro. Sei un'attrice di talento e hai la voce di un angelo. Non buttare via tutto, tesoro. Puoi essere qualcuno, fare fortuna e avere una vita bellissima. Se Flint ti ama davvero come dice, non ti ostacolerà. Ti sosterrà e ti augurerà di avere successo."

Lei aveva creduto a sua madre. Ma sua madre si era sbagliata su una cosa. Cassie non aveva mai dimenticato Flint. Lui occupava posto speciale nel suo cuore e di tanto in tanto ripensava a lui. Dov'era Flint? Era sposato con sei figli? Aveva immaginato che lui avesse trovato un'altra donna con la quale condividere il suo sogno. Sebbene questo la ferisse un po', sperava solo che fosse felice.

Ma ora stava tornando al suo vecchio ruolo. Flint poteva ancora amarla? Era rimasto segretamente innamorato di lei in tutti quegli anni? Lei era ferma a un bivio, non sapendo quale strada prendere.

La sua mente tornò alla loro ultima notte. A quel punto, Flint era diventato un buon amante. Ricordò la tenerezza del suo tocco, il modo in cui la faceva eccitare rapidamente e la portava all'orgasmo in modo così altruista. Ricordò la durezza del suo corpo, i suoi pettorali e gli addominali, così tesi e potenti. Chiuse gli occhi e lasciò che la sua mente ricreasse la sensazione di sentirlo dentro di lei. Oh Dio, tutto il suo corpo si riscaldò e i suoi fianchi si contrassero a quel pensiero.

Spostando le coperte per rinfrescarsi, si chiese come sarebbe stato andare di nuovo a letto con lui. Lui aveva un bell'aspetto, migliore di quando aveva diciotto anni. Si era irrobustito, il suo petto era diventato ampio e leggermente coperto di peli scuri. I suoi bicipiti si erano un po' gonfiati e gli riempivano le maniche della maglietta. I capelli scuri gli cadevano disordinatamente sulla fronte. Cazzo, era proprio bello.

All'improvviso, capì. *Immagino di non aver mai amato davvero Basil. Come potrei, se sono così attratta da Flint? Basil mi ha fatto un favore. Il matrimonio con lui, con uno senza figli, sarebbe stato un disastro.*

Riportando i suoi pensieri su Flint, lei immaginò che ormai era probabilmente diventato un vero esperto di sesso. L'idea la eccitò. *Non se ne parla! Sono qui per sistemare il negozio, venderlo e tornare alla mia vita in città.*

Lei digrignò i denti ripensando alle infinite prove, alle persone che le dicevano cosa fare, alla dieta, al controllo del peso, a sua madre che la tormentava e la assillava continuamente e alla mancanza di sesso. Non voleva più la sua vecchia vita, ma quale vita voleva? Non ne aveva idea. Dopotutto, quella era l'unica vita che conosceva da anni.

Lei sbadigliò. Le sue palpebre si fecero pesanti. Il giorno dopo, avrebbe avuto un sacco di tempo per capirlo. Come Rossella O'Hara. Avrebbe pensato alla sua vita e a Flint McKay il giorno dopo.

LA MATTINA DOPO, ALLE otto e un quarto, Flint bussò con forza alla sua porta, svegliando Cassie. "Alzati e risplendi, principessa."

Lui ridacchiò alla sua risposta ovattata. "È ora di alzarsi."

La porta si spalancò. Una donna scompigliata e assonnata, avvolta in una coperta, lo guardò.

"Ho chiamato Will Lennox. Ci vediamo al negozio alle nove. Sto preparando i pancake. Vestiti. Abbiamo del lavoro da fare."

"Ok," borbottò lei, poi gli chiuse la porta in faccia.

Sapere che Cassie dormiva nuda gli fece contrarre il cazzo. Cazzo. Lei era nuda dall'altra parte della coperta. Se le fosse scivolata, lei avrebbe mostrato ai suoi occhi affamati tutto il suo corpo, in tutto il suo splendore sensuale e sinuoso. Quell'idea lo turbò. Si voltò sui talloni, implorò mentalmente il suo cazzo di dimenticare ciò che aveva visto e tornò in cucina.

"È già sveglia? Sta venendo?"

"Sì."

"Il primo che arriva viene servito per primo." Marty mise tre pancake dorati su un piatto e lo porse a suo fratello.

"Devo darlo a te. Nessuno li fa buoni come li fai tu."

"Grazie. Hai chiamato Will?"

"Lui e Nate verranno alle nove e mezza."

"Pensavo che avessi detto a Cassie alle nove."

"Infatti. In questo modo, si darà una mossa."

"Furbo. Molto furbo." Marty riempì un altro piatto e lo mise accanto a Flint, poi ne prese tre per sé.

Dieci minuti dopo, Cassie si sedette sulla sedia accanto a Flint. Indossava una maglietta scollata e un paio di jeans attillati. Lo sguardo di Flint esaminò il suo corpo come un dispositivo in cerca di mine. Lui indugiò con lo sguardo sul suo petto. Ricordò quanto erano belli i suoi seni, ben formati, pieni e sodi. Le sue dita formicolarono leggermente al ricordo della sua pelle liscia e del suo capezzolo rigido. Lui tossì, poi si schiarì la gola, mentre cercava di allontanare gli occhi dalle sue curve.

"Non stai male, vero?"

Lui scosse la testa. No, non ci sarebbe stato niente di male a strapparle i vestiti e fare appassionatamente l'amore con lei non l'avrebbe guarito.

Finirono di mangiare e misero nel furgoncino altri asciugamani di carta e sapone. Arrivando alle nove, Cassie portò dentro le provviste e si guardò intorno.

"Dov'è il costruttore?"

"Non verrà prima delle nove e mezza."

"Mi hai mentito?"

"Non ti ho esattamente mentito. Ho solo modificato un po' le cose. Non immaginavo che riuscissi a prepararti così in fretta."

Lei scoppiò a ridere. "Con tutti i rapidi cambiamenti che ho dovuto fare sul palco, sono la persona più veloce a vestirsi che tu abbia mai conosciuto."

Qualcuno suonò al campanello della porta anteriore e due uomini entrarono nel negozio. Un uomo, biondo e di bell'aspetto, parlò per primo.

"Sono Will Lennox. Lui è il mio socio, Nate Travers. Tu devi essere Cassandra Wells."

Lei gli strinse la mano. "Piacere di conoscerti."

Gli occhi di Nate si illuminarono mentre si sporgeva per stringerle la mano. Lui gliela strinse troppo a lungo. Cassie si allontanò per prima. *Stupido coglione. Non capisce cosa non fare.* Flint ridacchiò tra sé. Forse Nate non sarebbe stato una grande minaccia, dopo tutto.

Minaccia? Cazzo, Flint non aveva alcuna pretesa su Cassie. Non era nemmeno più interessato a lei, vero? Chi voleva una moglie famosa? Andare a cena fuori per essere continuamente interrotti da persone che richiedevano un autografo? O i suoi viaggi in Europa o in altri posti romantici con altri uomini per fare un film? Non lui. Cazzo, no. Impossibile. Lei non era più la stessa ragazza dolce e incontaminata della quale si era innamorato, vero? Lui sospirò. Forse tutta quella cosa di essere innamorati era finita?

"Che cosa vuoi che facciamo?" le chiese Will, tirando fuori un quaderno e una penna. Flint andò a prendere quattro sgabelli dall'ufficio. I tre uomini e Cassie si sedettero davanti al piccolo distributore di bibite. Will la guardò.

"Penso che voglia restaurare questo posto, giusto?" Flint la guardò.

"Voglio che torni com'era prima."

"Rifinire il pavimento, ridipingere le pareti. Che altro?"

Esaminarono punto per punto le modifiche necessarie. Will prendeva appunti mentre Nate sbavava su Cassie. Flint la osservò, provando un nuovo rispetto per lei e per il modo in cui riusciva a gestire Nate. Non flirtava con lui, ma nemmeno si arrabbiava. Lo manipolava con il suo sorriso.

Se Nate Travers pensava che il suo atteggiamento significasse qualcosa che lei non intendeva trasmettere era solo un suo problema. Lui osservò l'attrice mentre tesseva la sua tela invisibile intorno al ragazzo, che non aveva idea di cosa stesse succedendo.

"Questo è tutto?" Will rimise la penna nel taschino.

"Penso di sì."

"Faremo un preventivo e te lo invieremo per e-mail." Lui si alzò.

"Dopo faremo il 15% di sconto, come gesto di cortesia," aggiunse Nate.

Will lanciò un'occhiataccia al suo assistente, che non se ne accorse. "Andiamo, ragazzo innamorato. Andiamo." Will si alzò e si diresse verso la porta.

"Quanto tempo ci vuole per il preventivo?" Cassie li seguì all'esterno.

"Una settimana?"

"Permette di avere il tempo di sistemare il negozio," intervenne Flint.

Cassie annuì. Dopo che Will e Nate se ne furono andati, Flint chiuse a chiave la porta.

"È andata bene." Lui si appoggiò alla porta.

"Pensi davvero che ci faranno uno sconto del 15%?"

"Se Nate ha voce in capitolo, sì. Ti stava mangiando con gli occhi."

"Mmm. Strano. Interpreto il ruolo di uno dei miei film e i ragazzi sembrano mettersi in fila, come i cani che aspettano un croccantino."

"Sei stata brava. Non l'hai ancora fatto con me, vero?" Flint inarcò un sopracciglio.

"Non ce n'è bisogno."

Lui scoppiò a ridere. "Sono facile da manovrare?"

"Ragionevole."

"Grazie."

Lei fece un inchino.

"Se non ti dispiace, faccio un salto in ufficio per vedere cosa succede. Ritorno nel pomeriggio. Ok?"

"Certo. Apprezzo il tempo che mi hai dedicato. Questo non è un tuo problema. È mio. Hai già fatto molto più della tua parte."

"Torno presto." Lui chiuse delicatamente la porta dietro di sé.

GUARDANDOSI INTORNO, lei sospirò e si sedette su una sedia dietro al bancone. Girandosi, guardò il negozio vuoto. Le particelle di polvere non brillavano più al sole. Riusciva a respirare bene. Il lucido si era asciugato sul pavimento di legno e il vecchio frigorifero sembrava stanco.

C'era una parete di scaffali che aveva costruito suo nonno. Lei non l'aveva mai conosciuto. Era morto prima che lei entrasse in contatto con la sua famiglia naturale. La vernice sugli scaffali era sbiadita. La combinazione di colori del negozio era composta da allegro e luminoso accostamento di bianco e blu. Ormai sbiadito, il blu aveva perso la sua lucentezza e il bianco era diventato grigio, per lo sporco e l'età.

"Blu e bianco. Che cosa ne pensi, Gram? Forse, beige e bianco, adesso? Qualcosa di più moderno?" Lei sorrise. "Beige e nero? Finiture beige e nere?"

Poteva andare bene. Lei mise l'album del suo ultimo musical di Broadway sul suo telefono, per poter cantare mentre lavorava. Dopo aver riempito il secchio di acqua calda e insaponata, lei premette play, afferrò la spugna e salì sulla scala a pioli per raggiungere gli scaffali più alti.

Prima ancora che finissero le prime due canzoni, l'acqua era nera per la sporcizia. Lei scese dalla scala, prese dell'altra acqua insaponata e salì di nuovo. Trascorse la mattinata cantando, pulendo e salendo e scendendo dalla scala. A mezzogiorno, la libreria era abbastanza pulita da essere carteggiata e verniciata.

Cassie si lavò la faccia e le mani e poi si mise a camminare per l'isolato, alla ricerca di un posto dove pranzare. Vide il Cozy Café. Dopo essersi asciugata le mani sui jeans, entrò nel locale.

"Oh, mio Dio, Cassie Wells! Che io sia dannata se non è lei." Laura Dailey si asciugò le mani sul grembiule e abbracciò la ragazza.

"Piacere di vederti, signora Dailey. Stai ancora cucinando?" L'aroma di burro e zucchero le fece brontolare lo stomaco.

"Puoi dirlo forte. Chiamami Laura adesso. Sei cresciuta. Affamata? Ho appena tirato fuori gli scones dal forno. Siediti, siediti." Laura porse a Cassie un menu.

"Sto morendo di fame." Cassie si sedette a un tavolo per due vicino alla finestra, già apparecchiato con acqua e posate. Il sole splendeva su Cedar Lake. Un'aquila si librò sull'acqua in cerca di cibo.

"Ti consiglio il croissant al roastbeef. Amy prepara il roastbeef personalmente e lo taglia a fettine molto sottili."

"Puoi unirti a me?" Lei si mise sulle gambe il tovagliolo di stoffa a quadretti bianchi e verdi.

Laura tornò in cucina per un momento. "Amy mi ha dato il via libera. Non ci vediamo da molti anni. Ma ho seguito la tua carriera. Siamo molto orgogliosi di te." Laura si sedette sull'altra sedia.

"Grazie."

"Che cosa farai dopo?"

"Sto sistemando il negozio di Gram." Cassie sorseggiò la sua acqua.

"Davvero? Per gestirlo o per venderlo?"

"Per venderlo." Cassie postò lo sguardo sulle pareti. Dipinti ad olio di scene da fattoria conferivano fascino alla caffetteria.

Laura annuì. Amy portò loro il cibo.

"Quei dipinti sono stati realizzati da artisti del posto. Abbiamo molti talenti a Pine Grove." Laura era raggiante d'orgoglio.

"Bello." Lei iniziò a mangiare. "Mmm. Questo è il miglior sandwich al roastbeef che io abbia mai mangiato."

Amy sorrise, poi lasciò cadere il conto sul tavolo. Cassie allungò il braccio per prenderlo, ma Laura ci mise sopra la mano per prima.

"Sei mia ospite."

"No, Laura. Davvero."

"Non discutere con una donna anziana. Come va con il negozio?"

"Ho bisogno di vernice." Lei controllò l'orario sul telefono.

"Lo dipingerai tu?"

Cassie annuì.

"Hai mai dipinto prima?"

"No." Cassie si alzò in piedi.

"Va' alla ferramenta di Peter. Hanno assunto un nuovo ragazzo. Molto bello. Sa tutto sulle vernici. Si chiama Brady Atchison. Digli che ti ho mandato io." Anche Laura si alzò in piedi.

"Ok. Grazie."

Cassie lasciò cadere una banconota da dieci dollari sul tavolo e abbracciò Laura. "È stato bello rivederti."

"Tua nonna sarebbe stata così orgogliosa. Continua così." Laura sorrise.

Cassie si diresse verso il negozio di ferramenta. Quando aprì la porta, suonò un campanello. Quando entrò, un paio di occhi blu la guardarono da dietro un libro mastro sul bancone.

"Salve. Posso aiutarla?" Un uomo bellissimo dal sorriso abbagliante la fermò.

"Sto cercando Brady Atchison."

"L'ha trovato. Che cosa posso fare per lei?"

Cassie riuscì a malapena a distogliere lo sguardo dalle sue spalle larghe e dalla sua maglietta attillata. Ben rasato, con i capelli corti e biondi, Brady fece un passo da dietro il bancone.

"Ho bisogno di vernice." Cassie balbettò le sue parole.

"Che tipo di vernice?" Lui le si avvicinò.

"Eh. Non lo so."

"Da interni o da esterni?"

"Da interni," rispose lei.

"Dipingerà lei o lo farà qualcun altro?"

"Dipingerò io. Almeno credo."

"Ha mai dipinto prima?"

"No. Ma quanto può essere difficile?"

Lui scoppiò a ridere, con una profonda risata baritonale proveniente dalla sua figura di un metro e ottantotto. Cassie pensò che si sarebbe sciolta.

"Può mostrarmi quello di cui ho bisogno?"

"Signorina, non solo posso mostrarglielo, ma posso anche dirle come dipingere."

"È un esperto?"

"Ho una certa esperienza." Lo sguardo di Brady la travolse come una coperta calda. "Lei ha un'aria familiare."

"Non ci siamo mai incontrati."

"Devo averla già vista da qualche parte."

Cassie gli fece il suo sorriso più smagliante. "Allora, che ne dice di mostrarmi come si dipinge?" Lei si avvicinò e lo guardò negli occhi.

FLINT BUSSÒ ALLA PORTA. Quando posò gli occhi su Cassie, la sua bocca si spalancò.

"Che cazzo ti è successo?"

"Ho deciso di dipingere gli scaffali. Non sono bellissimi?" Lei si spostò dalla fronte i capelli sporchi di vernice.

"Sei tutta sporca."

"Lo so. Non l'avevo mai fatto prima d'ora. Brady mi ha mostrato come. Non penso che ci sia un modo pulito per dipingere, in ogni caso." Lei attraversò la stanza a piedi nudi, macchiati di vernice beige. Sedendosi su una sedia accanto al distributore di bevande, lei osservò il suo lavoro.

"Brady?"

"Sì. Il ragazzo carino del negozio di ferramenta."

Flint fece una smorfia. "Non ti sei innamorata delle sue parole, vero?"

"Abbiamo parlato di vernice. Mi ha fatto uno sconto perché gli piacciono i miei film. Che cosa pensi?"

Flint sospirò. Poi si mise a ridacchiare. "Che abbini perfettamente gli scaffali. Resta lì. Va' avanti. Ora sei perfettamente mimetizzata."

Cassie si guardò i jeans e la camicia. "Oops."

"Oops è la parola giusta. Spero che tu abbia comprato una vernice a base d'acqua." Lui prese una spugna bagnata e gliela passò sulla schiena. Lei ebbe un sussulto. "Ehi!"

"È un test per vedere se va via con l'acqua."

"E?"

"Hai comprato le cose giuste."

"Ho bisogno di una doccia." Lei gli prese la spugna e si asciugò le mani.

"E i tuoi vestiti devono essere lavati."

"Che cosa ci fai qui?"

"Volevo invitarti a cena, ma..."

"Probabilmente mi ci vorranno due ore per lavarmi. Perché non ordiniamo una pizza?"

"Per me va bene." Flint tirò fuori il telefono.

"Dovrei anche farti qualche domanda."

"Che cosa vuoi?" Lui si appoggiò il telefono all'orecchio.

"Polpette, funghi e peperoni."

Lui ordinò, aggiunse una confezione da sei lattine di birra e ripose il cellulare. "Ok. Che cosa vuoi sapere?"

Cassie si appoggiò su una sedia alta e lo guardò.

"Che cosa è successo alla casa di Gram?"

Flint si sedette sulla sedia accanto a lei. "Quando si è ammalata, ha dovuto chiedere molti prestiti per pagare le bollette. Quando è morta, l'avvocato l'ha venduta per estinguere il debito con la banca. È rimasta solo la cifra sufficiente per coprire i costi del funerale e della sepoltura."

Cassie annuì. Gli occhi le si riempirono di lacrime. Lui allungò il braccio e le strinse la mano.

"Volevo tornare per il funerale, ma stavo facendo uno spettacolo a Londra."

"Lo so. A Gram non importava. Era già morta."

"Non ho mai avuto modo di dirle addio." Una lacrima scivolò lungo la guancia di Cassie prima che lei se la asciugasse.

"Sapeva che miravi al successo. Aveva accettato che i tuoi giorni qui fossero finiti."

"Davvero?" Lo sguardo di Cassie incrociò il suo.

"Certo. Si vantava continuamente di te."

All'improvviso, gli venne in mente una conversazione che aveva avuto con la nonna di Cassie.

"Non preoccuparti, Flint. Cassie è una grande star adesso. Ha cose più importanti da fare che restare qui. È troppo grande per questa piccola città. È diventata qualcuno. È andata bene, considerando l'inizio della sua vita."

"È orgogliosa di lei."

"Puoi dirlo forte."

"Immagino che lei abbia preso la decisione giusta," le aveva detto Flint.

"Per averla lasciata andare?" Gram inarcò un sopracciglio. "Mi manca, ma non me ne pento. La miglior decisione che abbia mai preso. Dopo la morte di sua madre, non potevo tirarla su nel modo giusto. Darle ciò di cui aveva bisogno. I suoi genitori le hanno dato il mondo e le hanno permesso di coltivare i suoi talenti naturali. Pensi che sarebbe diventata una grande star se avesse vissuto con me? Cavolo, no."

"Era estremamente orgogliosa di te."

"A volte, mi chiedo come sarebbero andate le cose se non mi avesse data in adozione."

"Ricordo che diceva che fosse la decisione migliore che avesse mai preso."

"Davvero?" Cassie lo guardò con un'espressione speranzosa.

Lui appoggiò la mano sulla sua. "Lei sapeva di non poterti dare molto. Me l'ha detto. Deve essere difficile non aver conosciuto i tuoi genitori biologici."

Lei annuì. "Almeno so chi era mia madre. Gram mi parlava sempre di lei. Mi sembrava di conoscerla. Ma non mi parlava mai di mio padre. Diceva sempre di non sapere chi fosse. Ma io non le credevo. Gram sapeva essere evasiva."

Flint scoppiò a ridere. "Oh, sì, sapeva proprio esserlo. Quando voleva sapere qualcosa, non si fermava finché non riusciva a fartelo dire. Ma ricambiare il favore? Mai. Lei non spettegolava. E scommetto che conoscesse i segreti di tutti."

Cassie scoppiò a ridere. "Ci scommetto."

Qualcuno li interruppe bussando alla porta. Flint pagò per la pizza e la birra. Appoggiò tutto sul bancone. Cassie tirò fuori i piatti di carta dalla borsa. Presero le loro fette e mangiarono in silenzio. Dopo aver finito la prima fetta, Flint iniziò a parlare.

"C'era una cosa."

"Che cosa?"

"Alla fine. Ha detto qualcosa che non sono riuscito a capire."

"Che cosa?"

"Ha detto: 'nascosto' e poi 'dillo a Cassie,' ma non è mai finito la frase."

"Eri con lei quando è morta?"

"Non proprio alla fine. Ma andavo a trovarla all'ospizio."

Cassie si appoggiò la testa sulle braccia e scoppiò a piangere. Con la voce ovattata, gli disse: "È stato molto gentile da parte tua. Davvero molto gentile. Speciale. Grazie."

"Lei mi piaceva. Molto. Era davvero buona con me." Flint si avvicinò e strinse Cassie tra le braccia. Lei si mise a singhiozzare sulla sua spalla.

"Avrei voluto essere qui."

"Non è colpa tua. Lei lo capiva."

"Forse."

Cassie si allontanò dall'abbraccio di Flint. Lui prese un fazzoletto dalla tasca posteriore e glielo porse.

Lei si asciugò il viso. "Te ne comprerò uno nuovo."

"Lo metteremo in lavatrice."

"Come vuoi."

Presero entrambi un'altra fetta.

"È buonissima. Non mangio mai la pizza."

"Perché no?"

"Il mio peso."

"Sei troppo magra."

"Grazie." Lei gli diede un pugnetto sul braccio.

"Dico sul serio. Il dottor Flint prescrive una fetta di pizza ogni giorno."

Cassie bevve un sorso di birra. "Non bevo nemmeno la birra. Troppo ingrassante. È così buona!"

Flint tenne la bocca chiusa riguardo alle sue abitudini su cibo e bevande e continuò a mangiare. Quando lui ebbe quasi finito, lei iniziò a parlare.

"Mmm. Mi chiedo che cosa volesse dire Gram con la parola 'nascosto.'"

"Volevo chiederglielo, ma poi sono le infermiere e non ho potuto. Ho dovuto andarmene."

"Gram amava i vecchi film. Mi raccontava delle storie su di loro. A volte recitava l'intera trama."

"L'intera trama?" Lui spalancò gli occhi.

"Sì. E un giorno mi ha detto: 'nei film nascondono sempre le cose nello stesso posto.'" Cassie inclinò la testa. "No. Non poteva voler dire... O forse sì?" Lei si alzò in piedi. "Qui ci sono ancora gli stessi mobili?"

"Sì."

"Tutti quanti?"

"Credo di sì. Perché?"

"Vieni con me." Lei gli prese il dito e si diresse sul retro del negozio. Attraversando la porta ad arco, c'erano diverse stanze. Una aveva una porta. Era uno spazio piccolo, ma abbastanza grande per una scrivania, una sedia, una lampada e un archivio. Cassie si fermò davanti alla scrivania. Flint si appoggiò allo stipite della porta.

"Ok. Allora?"

"Ha detto che nei film nascondono sempre le cose nello stesso posto. Attaccano la busta con le prove incriminanti sul fondo di un cassetto. Diceva che nessuno guardava mai lì, tranne l'eroe." Cassie allungò una mano sotto il cassetto centrale. Le sue dita toccarono qualcosa.

"Oh, mio Dio. No. Impossibile. No." Lei scosse la testa.

"Oh, andiamo. Non poteva averlo fatto." Flint si mosse nella stanza. Lei tirò fuori il vecchio cassetto dalla scrivania e lo capovolse, rovesciando vecchi francobolli, monetine, graffette e puntine di vari colori. Una busta ingiallita era appoggiata al legno. Lei la strappò via.

"Cassie Wells," lesse sulla parte anteriore della busta.

"Continua. Aprila." Flint le rimase accanto mentre lei faceva scorrere un dito lungo il bordo, poi si fermò.

Cassie scosse la testa.

"Perché no?"

"Non lo so. Penso che forse sia qualcosa che non voglio sapere."

"Spero che non sia un altro testamento. Vuoi che la apra io?"

Lei annuì.

Flint la prese, passò un dito sotto il bordo e la aprì. Dentro c'era un foglio di carta. Lo tirò fuori, lo aprì e glielo porse. Lei si sedette su una sedia per leggere. Flint stava in piedi dietro di lei, leggendo da sopra la sua spalla.

A Cassie,

Mi dispiace di avertelo tenuto nascosto. Avrei dovuto dirtelo molto tempo fa. Spero che mi perdonerai. Ho sempre saputo chi era tuo padre.

È morto prima di tua madre. È stato un incidente con il trattore. Lei diceva che lui si stava organizzando per sposarla, ma poi è morto.

Mi vergogno di dire che, dopo la sua morte, non l'ho mai detto ai suoi genitori. Non volevo che mi ostacolassero per la tua custodia. Con il test del DNA, avrebbero potuto dimostrare che appartenevi alla loro famiglia tanto quanto alla mia. Mi dispiace di averti privata di un'altra coppia di nonni e forse anche di alcuni cugini. Non so quanti siano nella loro famiglia, ma sapevo che dovevo essere io a crescerti. O almeno ad assicurarti di vivere in una bella casa.

Ed è ciò che ho fatto. Ho incontrato alcune famiglie prima di scegliere i Wells per te. E ho fatto una buona scelta. Non vedevo l'ora di ricevere la tua visita ogni estate. Ero molto orgogliosa di come sei venuta su, della tua felicità e del tuo talento. Sapevo di aver fatto la cosa giusta.

Probabilmente tu lo scoprirai solo quando io non ci sarò più. Quindi non c'è nulla di male a dirti adesso chi era tuo padre. Si chiamava Charlie Briggs. Aveva solo diciassette anni quando è rimasto ucciso dal trattore. Tua madre mi ha confessato che era lui. Per quanto avessero cercato di nasconderlo, li vedevo insieme, quindi avevo immaginato che fosse lui. Lei mi aveva fatto promettere di non dire nulla. Ma credo che adesso tu abbia il diritto di saperlo.

I suoi genitori, Charles Sr. e Winona Briggs, potrebbero vivere ancora a Pine Grove. O potrebbero essersi trasferiti. Mi dispiace di avertelo nascosto per così tanto tempo. Avevo molta paura di perderti.

Adesso sceglierai tu cosa fare. Mi dispiace tanto che Charlie e tua madre non ti abbiano mai conosciuta. Sarebbero molto orgogliosi della bellissima, dolce e talentuosa figlia che hanno messo al mondo! Io lo sono.

Per favore, perdonami. Se li troverai, spero che ti accoglieranno.

Con amore,

Nonna

La firma "Gram" era stata scritta da una mano traballante. Cassie si lasciò cadere sul pavimento, fissando il foglio.

"Cazzo," borbottò Flint.

"Esattamente."

Capitolo Nove

Il tempo si era fermato. L'aria si era appesantita e respirare era diventato difficile. Lei si accasciò sullo schienale della sedia, guardandosi intorno nella stanza mentre cercava di elaborare le informazioni che aveva appena letto.

"Mio padre? Diciassette anni." Lei fissava il foglio, non riuscendo a muoversi.

"Tutto bene?" La grande mano di Flint le strinse la spalla.

"Charlie Briggs." Nella sua mente, sentì la voce di sua nonna che leggeva le parole della lettera. Dolcemente, Cassie ripeté ogni parola, sforzandosi di accettarla.

"Cassie?"

"Eh?"

"Basta."

Lei lo guardò. Flint si avvicinò alla finestra anteriore e si fermò.

"C'è una Winnie Briggs che lavora part time al Java the Hut." Lui si strofinò il mento irsuto.

"Winnie? Come l'abbreviazione di Winifred?"

"O Winona?" Flint la guardò.

"Oh, mio Dio! Lei è qui. Ancora qui." Cassie si coprì la bocca con la mano. I suoi occhi si riempirono di lacrime.

"Ma non conosco nessun Charles. Cerchiamolo su Google." Flint tirò fuori il cellulare dalla tasca posteriore. Lui scrisse qualcosa sulla tastiera. "C'è un necrologio di un certo Charles Briggs Sr."

"Oh, no! Me lo sono perso?"

"Sembra di sì. Ma Winnie. Se è davvero Winona, è ancora viva ed è ancora qui."

"Lavora al Java?"

Flint annuì.

"Che cosa stiamo aspettando?" Cassie balzò in piedi, infilò la lettera in tasca, prese la borsa e si diresse verso la porta.

"Non pensi di doverti lavare un po' prima di andarci?"

"Oh, sì. Certo. Andiamo a casa." Lei spinse la porta così forte da farla sbattere.

"Dammi la chiave." Flint chiuse a chiave la porta e salirono sul suo furgoncino.

"Briggs. Quindi il mio vero cognome è Briggs."

Flint guidò in silenzio. Durante il tragitto, Cassie cercò di elaborare ciò che aveva saputo. Dopo cinque minuti, arrivarono a casa di Flint.

"Aspettami. Sarò veloce."

"Sì, giusto. Sii accurata. Devi fare una buona impressione."

"Sono Cassandra Wells. Faccio sempre una buona impressione."

Lui ridacchiò.

Fedele alla sua parola, dopo quindici minuti le erano rimaste solo alcune macchie di vernice sulla gamba o sul collo.

"Mi accompagni lì?" Lei si mise una felpa sul braccio.

"Non me lo perderei per niente al mondo."

Lei lo guardò. "Perché dici così?"

"Perché migliorerai la giornata di quella donna."

"Lo pensi davvero?"

"Ci scommetterei dei soldi, e non sono il tipo che fa scommesse." Lui aprì lo sportello del furgoncino e Cassie si precipitò dentro. Prima di mettere in moto, lui iniziò a parlare.

"Hai la lettera?"

Lei diede una pacca sulla sua borsa. "Proprio qui."

"Bene."

Rimasero in silenzio per tutto il tragitto. Lui entrò nel parcheggio e spense il motore. Cassie gli mise una mano sul braccio. "Aspetta."

"Che cosa?"

"Verrai con me, vero?"

"Ti ho già detto che l'avrei fatto."

"Oh, sì. Giusto."

Lui le lanciò un'occhiata di traverso. "Nervosa?"

"Terrorizzata."

"La donna che ha recitato davanti a milioni di persone sul palco e sullo schermo?"

"Nulla ha mai avuto la stessa importanza di questo."

"Lo capisco." Lui scese dal furgoncino e le porse la mano. Cassie la prese e la strinse. "Ehi! Mi stai bloccando la circolazione."

Lei gli lasciò la mano.

"Proviamo di nuovo." Lui intrecciò le dita con le sue. "Ecco. Ok?"

Lei annuì.

Lui aprì la porta e Cassie entrò. L'aroma pungente del caffè appena preparato la accolse, avvolgendola con il suo profumo paradisiaco come una morbida coperta. C'era un bancone da un lato del piccolo negozio e alcuni tavoli dall'altro. Due donne, una giovane e una più anziana, andavano avanti e indietro freneticamente.

Cassie guardò la donna più anziana, esaminando il suo viso e la sua figura. Non c'era nulla di familiare in lei.

"Ciao, Flint. È da tanto che non ci vediamo," disse la donna. "Che cosa posso portarti?" Lei prese una penna da dietro l'orecchio e tirò fuori un taccuino dalla tasca del suo grembiule.

"Un Java speciale medio." Poi lui si rivolse a Cassie.

"E tu, signorina?" chiese la donna, con lo sguardo fisso sul taccuino mentre scarabocchiava qualcosa.

Cassie continuò a fissare la donna. La signora sistemò i suoi indisciplinati capelli grigi, mettendoseli dietro le orecchie, poi si stirò il grembiule con le mani. Lei le guardò le mani e i piedi. "Qualcosa non va?"

"Ehm, beh..." Flint cambiò piede d'appoggio.

"Vuole ordinare qualcosa o vuole continuare a fissarmi?" La sua voce aveva un tono acuto che non aveva quando parlava con Flint. "Ascolti, mi sta facendo perdere tempo qui. Vuole ordinare o no?"

"Io sono sua nipote," sbottò Cassie.

La donna socchiuse gli occhi. "Non credo proprio. Ho due nipoti. Entrambi maschi. Che cos'è questa storia?"

"Winnie, prende quello che ho preso io. Ok?" Flint spinse Cassie verso un tavolo, ma lei non riusciva a distogliere lo sguardo dalla donna dietro il bancone. "Ehm, forse non è stata una buona idea."

"Lei pensa che io sia matta, vero?"

"Forse."

"Accidenti." Cassie si lasciò cadere sulla sedia.

Winnie portò le loro bevande. "Ecco qua."

Cassie tirò la manica della donna. "Io sono sua nipote. Ho una lettera. Lei è la madre di Charlie Briggs?" Lei guardò la donna negli occhi.

Winnie inspirò a pieni polmoni. "Charlie? Se ne è andato molto tempo fa. Lei che cosa sa di Charlie?"

"So che era mio padre."

Lo sguardo di Winnie incrociò quello di Cassie. "Sta mentendo. Charlie è morto a diciassette anni. Non ha mai avuto figli. Non era sposato. Era un bravo ragazzo." Lei si voltò per allontanarsi.

"No, aspetti! Davvero. Guardi. È una lettera di mia nonna, Frances Meacham."

"Frances Meacham? Anche lei è morta un po' di tempo fa. Che cosa fa? Comunica con i morti?" Winnie spalancò gli occhi.

Flint allungò il braccio e prese la mano di Winnie. "Forse faresti meglio a sederti."

"Mi licenzieranno se lo faccio."

"Ti spiegherò tutto." Cassie cercò di sorridere.

"Al mio capo non importa un fico secco se volete che io mi sieda. Capito?"

"Sono Cassandra Wells."

"Certo, come no!"

"È vero. Davvero. Credimi."

In quel trambusto, il direttore sbirciò fuori da una stanza sul retro, poi si avvicinò a Winnie.

"Che cosa sta succedendo qui?"

Cassie si alzò in piedi. "Salve, sono Cassandra Wells. Complimenti per il locale. Ottimo caffè! Posso parlare un momento in privato con la signora Briggs? Le andrebbe bene se lei si unisse a noi, solo per pochi minuti?"

"Accidenti, lei è Cassandra Wells, vero? Non sembra la stessa senza trucco, se non le dispiace che io lo dica." La donna si mise le mani sui fianchi.

"Niente affatto." Cassie tirò fuori il suo talento nella recitazione per ignorare il gesto rude della donna e mantenere un'espressione piacevole.

"Nessun problema, signorina Wells. Certo, Winnie. Puoi fare una pausa adesso. Ok?" La donna sorrise e indicò il tavolo vuoto.

"Grazie." Winnie si sedette rapidamente, come se stesse giocando al gioco delle sedie e la musica si fosse fermata.

La donna tornò sul retro del negozio.

Winnie indicò la lettera. "Mi faccia vedere."

"In primo luogo, mi prometta di non strapparla."

Winnie prese un'altra sedia. "Ok, ok. Me la dia."

Cassie le porse la lettera. Winnie si leccò le labbra un paio di volte mentre leggeva. Il respiro di Cassie divenne debole. Sentì il suo battito aumentare sempre più rapidamente. Se la donna si fosse rifiutata di credere a Gram, Cassie non avrebbe potuto fare nulla.

Pochi istanti dopo, Winnie posò il foglio. Gli occhi le si riempirono di lacrime. "Quindi sei davvero la figlia di Charlie?"

Cassie annuì, con la bocca totalmente asciutta.

Winnie la fissò. "Sembra che tu abbia gli stessi occhi azzurri di Charlie."

"Può dirmi qualcosa su di lui?"

"Ho una sua foto, nella mia borsa sul retro. Immagino di non conoscere mio figlio come pensavo. Perché non me l'ha detto?"

Cassie si strinse nelle spalle. "Non importa adesso."

"A me importa. Quindi, Frances ti ha tenuta tutta per sé, eh? Escludendo me e Charlie Senior?"

"Immagino di sì."

"Già. E guardati adesso. Una grande star del cinema?"

"Beh..."

"Non lo sembri affatto."

Cassie si strinse nelle spalle. "Non sono truccata."

"Che cosa vuoi da me? Sei cresciuta. Non posso portarti al circo o niente del genere. Non abbiamo nemmeno un circo qui. Come sono i tuoi genitori? Ti trattano bene?"

"Molto. Vorrei solo conoscerla meglio. Vorrei sapere qualcosa in più su Charlie, mio padre."

"Continui a dirlo e sembra così strano."

"Lo so."

"Suppongo che abbiamo qualcosa in comune." Winnie guardò l'orologio. "La mia pausa è finita."

"Vuole venire a cena con me?" Cassie strinse un fazzoletto di carta in mano.

"A cena?"

"Lascia che la inviti a cena. Da Homer, magari?" Le parole le uscirono dalla bocca troppo in fretta.

Winnie sollevò le spalle. "Perché no?"

"Domani sera?"

"Ok. Finisco di lavorare alle sette e mezza. Troppo tardi?"

"È perfetto. Possiamo vederci da Homer?" Lei si mise il fazzoletto in tasca e sorrise.

"Certo."

"A proposito, come vuole che la chiami?"

"Che ne dici di Winnie? È il mio nome."

Cassie abbassò leggermente le spalle.

"Voglio dire, non posso farti sedere sulle mie ginocchia o niente del genere. Capisci quello che intendo? Una nipote? Sei una donna adulta."

"Nessuno è mai troppo grande per i nonni." La voce di Cassie tremò leggermente.

"Immagino di sì. Ci vediamo alle sette e mezza." Winnie si alzò in piedi e tornò al bancone.

"Per favore, porta una foto di Charlie, mio padre." Cassie appoggiò la sua tazza di caffè, lasciò una generosa mancia sul tavolo e si alzò per andarsene.

Flint finì di bere il suo. "Pronta?"

Lei annuì. Quando tornarono a casa di Flint, Cassie salì nella sua stanza e chiuse la porta. Totalmente esausta, si lasciò cadere sul letto e si addormentò all'istante.

"VUOI CHE VENGA CON te?" le chiese Flint.

Cassie scosse la testa. "No. Posso farcela."

"Ne sei sicura?"

"Sì. Ma puoi venire a prendermi?"

"Certo. Mandami un messaggio quando sei pronta."

Lei annuì. Guardandosi di nuovo allo specchio, rimase soddisfatta. Si era truccata per convincere Winnie di essere davvero

Cassandra Wells. Indossava un abito bianco leggermente arricciato, con le spalle scoperte e un volant intorno alla scollatura. Maniche a tre quarti e aderente sui fianchi per evidenziare le sue curve. La gonna arrivava un po' sotto il ginocchio.

"Hai un aspetto magnifico. Appuntamento galante?" le chiese Marty, attraversando la porta d'ingresso.

"Cena con mia nonna."

"Hai in programma una seduta spiritica?"

"L'altra mia nonna. È una lunga storia. Chiedi a Flint. Devo andare adesso."

Lei salì sul furgoncino e chiuse lo sportello. Flint mise in moto e uscì dal vialetto. Le emozioni di Cassie rimbalzavano ovunque. Aveva i nervi a fior di pelle e una goccia di sudore le comparve tra i seni. L'ottimismo combatteva con il pessimismo. Winnie l'avrebbe accettata o respinta? Stava fingendo per arrivare al denaro di Cassie?

Dopo essere stata fregata più di una volta da qualche finto amico, Cassie era diventata sospettosa nei confronti degli estranei e delle persone che professavano la loro amicizia.

Flint entrò nel parcheggio di Homer e mise il furgoncino nel parcheggio. "Siamo arrivati."

"Già." Appoggiando la mano sulla maniglia dello sportello, lei esitò.

Flint si chinò e appoggiò le labbra sulle sue. I loro sguardi si incrociarono. "Tutto bene?"

Lei gli afferrò la spalla e avvicinò di nuovo le labbra alle sue. Lui aumentò la pressione e lei aprì le labbra. Il suo calore la riscaldò. Il suo petto premette leggermente contro il suo seno. I suoi capezzoli si indurirono. Cazzo, Flint riusciva ancora a mandarla in estasi in pochi secondi.

Lui appoggiò la schiena al sedile, con gli occhi carichi di desiderio. "Potrei pomiciare con te tutta la notte. Ma c'è qualcuno che ti aspetta."

"Sì. Giusto." Lei fece un profondo respiro tremante e deglutì.

Lui le accarezzò la guancia. "Andrà tutto bene."

"Va bene. Hai ragione. So che andrà bene. Forse." Lei abbassò la maniglia e scese dal furgoncino.

"Mandami un messaggio quando vuoi che venga a prenderti," le urlò dal finestrino aperto. Lei annuì e aprì la porta del ristorante.

Winnie Briggs era seduta a un tavolo per quattro vicino alla finestra, intenta a bere una birra. Le rughe sulla sua fronte erano profonde. Cassie immaginò che dovesse avere almeno settant'anni. Lei le si avvicinò e prese una sedia. Mentre le gambe della sedia strisciavano sul pavimento, Winnie alzò lo sguardo.

"Ciao. Sei venuta."

"Credevi che non venissi?" Cassie si sedette.

"Ci ho pensato. Sicuramente ci hai messo molto tempo a cercarmi."

"Non sapevo della tua esistenza prima di leggere quella lettera. Hai delle foto di Charlie, mio padre?" Cassie esitò. Aveva i nervi a fior di pelle. Prese il tovagliolo e si asciugò il labbro superiore.

"Sì. È davvero difficile credere che tu sia la figlia di Charlie. Di Charlie e di quella piccola sgualdrina. Gli avevo detto di starle lontano. Ma non mi ha ascoltata. Evidentemente." Winnie ridacchiò, lanciando un'occhiata maliziosa a Cassie.

"Quella piccola sgualdrina era mia madre. Ed è morta anche lei."

"Non voleva essere un'offesa. Ricordo di averlo letto sul giornale. Dopo l'incidente di Charlie."

"Lei amava tuo figlio. Ecco perché ha scelto di avermi invece di abortire. Gram diceva che mia madre le aveva confessato i suoi piani per fuggire con Charlie."

"Davvero? Accidenti. Sei piena di sorprese." Lei cambiò posizione sulla sedia.

"Forse perché tu odiavi mia madre."

Gli occhi di Winnie si riempirono di lacrime. "Non la odiavo. Ma Charlie era così giovane. Aveva tutta la vita davanti a sé. Era troppo giovane per sistemarsi con una ragazza." Lei sospirò. "Volevo così tante cose per lui. Che vedesse il mondo. Che trovasse il suo posto prima di sposarsi e avere una famiglia."

Cassie appoggiò la mano sull'avambraccio di Winnie e glielo strinse dolcemente.

Winnie appoggiò una mano sulla sua e sorrise. "Troppo tardi per i rimpianti. Lui ha fatto quello che ha fatto. Tu sei qui adesso. È ora di andare avanti."

"Ascolta. Se sono un disturbo, posso andare via. Voglio dire, non è come se ci conoscessimo da anni. Ho dei genitori e ho avuto una nonna meravigliosa. Non voglio interferire nella tua vita. Forse è meglio se me ne vado." Cassie spinse indietro la sua sedia. Ma la mano di Winnie sulla sua la fermò.

"Non andartene. Non badare a me. Ho portato delle foto. Lascia che ti parli di Charlie. Tuo padre. Era una persona meravigliosa."

Mentre Winnie frugava nella sua enorme borsetta, Cassie esaminò il suo viso. Aveva la pelle flaccida. Le rughe agli angoli della sua bocca si abbinavano a quelle sulla sua fronte. Winnie indossava una maglietta sbiadita e una gonna che sembrava fatta a mano, che la facevano sembrare trasandata.

Lei farfugliò qualcosa sui risultati di Charlie nello sport e sulla sua enorme cerchia di amici, mentre le mostrava una foto dopo l'altra. Il suo volto si illuminò. Cassie capì che lui era il suo orgoglio e la sua gioia. Che colpo orribile perderlo così presto nella vita! Cassie si sentì le lacrime agli occhi. E se Charlie fosse rimasto vivo? Lui l'avrebbe voluta? Avrebbe fatto un passo avanti e le avrebbe fatto da padre? Sarebbe cresciuta nella casa di Winnie?

"Che cosa vi porto?" Homer si era avvicinato al loro tavolo, con la penna e il taccuino in mano.

Winnie alzò lo sguardo. "Cheeseburger con patatine fritte e un'altra birra, Homer."

"Anche per me." Cassie gli fece un sorriso smagliante. "E portami il conto."

Winnie la guardò, poi alzò lo sguardo verso il proprietario del ristorante. "Beh, accidenti. Poi prenderò anche una fetta della cheesecake di Laura Dailey."

Cassie scoppiò a ridere. Homer prese l'ordine e se ne andò. Winnie fece oscillare la sua sedia in avanti.

"Vieni qui. Più vicino. Cominciamo dall'inizio. Charlie era il bambino più bello dell'ospedale."

La sedia di Cassie sfiorò quella di Winnie. La donna anziana faceva un commento su ogni foto. Gli occhi di Winnie brillavano ed emanavano energia.

Mentre si vantava spudoratamente, Cassie sorrise e si appoggiò allo schienale della sedia. Una sensazione di amore e di calore ebbe il sopravvento su di lei, come se suo padre fosse stato lì. Sentì la sua presenza attraverso l'amore di sua madre. Era questo che si provava ad avere un figlio? Se fosse diventata madre, avrebbe amato suo figlio così profondamente? Sentì una fitta allo stomaco.

ALLE OTTO, LE DUE DONNE avevano finito di mangiare le ultime due fette della cheesecake di Homer. Winnie si leccò le labbra. "Laura Dailey cucina proprio bene."

"La migliore cheesecake del mondo."

"E probabilmente tu hai davvero mangiato una cheesecake in tutto il mondo, no?"

Cassie si sentì arrossire sulle guance. "Sono stata in alcuni posti. Ma non ho mai mangiato la cheesecake da nessun'altra parte."

"E perché no?"

"Devo mantenermi in forma. Non posso mettere su peso."

"Se resterai qui, aumenterai di peso. Qui abbiamo il cibo migliore." Winnie si appoggiò allo schienale, mettendosi le mani sulla grossa pancia.

Homer mise il conto davanti a Cassie, che lo prese, tirò fuori una carta di credito dalla sua borsa e gliela porse.

"Ottimo cibo," gli disse, poi si voltò verso sua nonna. "Grazie per essere venuta. E per avermi raccontato tutte queste cose di mio padre."

Winnie si sporse in avanti. "Vorresti una sua foto?"

Cassie serrò le mani. "Posso?"

Winnie ne prese una manciata dalla sua borsa logora e le appoggiò sul tavolo. "Quale vuoi?"

Cassie sfogliò mucchietto di foto e si fermò a quella in cui Charlie indossava la sua maglia da football, sorridendo. "Questa. Va bene?"

"Certo. Io ne ho molte. Tu gli saresti piaciuta. Ha sempre avuto un debole per le belle donne. Tua madre era tanto bella da fermare il traffico. Non pensavo che sarebbe stata con Charlie. Una donna come lei avrebbe potuto avere tutti gli uomini che voleva."

"Sembra che lei non avrebbe mai lasciato papà."

"Non lo sapremo mai, giusto?"

Una fitta di tristezza trafisse il cuore di Cassie. Non le erano mai mancati molto i suoi genitori biologici, perché quelli adottivi erano sempre stati presenti e premurosi. Per un momento, quella sensazione di perdita le strinse il cuore. Una sensazione di vuoto ebbe il sopravvento su di lei.

"Grazie ancora per la cena." Winnie si alzò in piedi.

"Possiamo restare in contatto?"

"Certo. Io vivo qui. Ho due figlie. Entrambe hanno figli. Non so se avrebbero il tempo di conoscere una nuova nipote. Ma io e te possiamo parlare. Puoi venire al Java the Hut ogni volta che vuoi."

"Grazie. Lo farò. Lo capisco. Forse dovremmo tenere questa cosa tra noi due."

"Forse. Lascia che ci pensi."

"Certamente." Gli occhi di Cassie si inumidirono per un momento, poi lei distolse lo sguardo e prese il telefono dalla borsa.

"Stai mandando un messaggio a Flint? Non ce n'è bisogno. Ti accompagno io a casa sua. Vai a letto con lui?"

"È un vecchio amico."

Winnie scoppiò a ridere. "Va bene. Potresti fare molto peggio. Non è un attore o un regista che ha vinto il premio Oscar. Ma lavora sodo. Ha una buona azienda. Si tiene fuori dai guai ed è gentile con le persone. Potresti fare molto peggio." Lei sollevò le spalle. "Era così, per dire."

Cassie non poté fare a meno di sorridere. Tipico delle nonne: cercare di sistemarla con qualcuno di cui era già un po' innamorata.

"Ed è anche un pompiere volontario. Ha salvato un sacco di gente."

"Davvero?" Lei sorrise. "Questo non mi sorprende."

"Sì. Puoi contare su Flint." Winnie precedette Cassie fuori dal ristorante.

Salì sulla vecchia Toyota di Winnie e le diede l'indirizzo di Flint. Quando si fermarono davanti alla casa, Winnie spense il motore.

Lei sospirò, poi guardò Cassie. "Spero che tu non sia delusa."

"Delusa?"

"Sì. Per avermi incontrata. Voglio dire, non sono una persona elegante."

"No, non sono affatto delusa. Grazie per aver condiviso con me tante cose su mio padre. Mi sento molto vicina a lui adesso. So che è stato uno shock che io sia saltata fuori dal nulla. Sono grata del tempo che mi hai concesso."

"Ti piacerebbe venire a cena a casa mia domenica? Se non hanno altri programmi, potrei invitare i fratelli di Charlie."

"Sarebbe meraviglioso. Ma se non potranno venire, lo capirò." Cassie deglutì. Nel suo cuore, non era così, ma non lo avrebbe ammesso. Forse Winnie aveva cambiato idea sulla sua nuova nipote?

"Lascia che prima li senta tutti."

Le due donne si scambiarono il numero di cellulare, si abbracciarono e poi Cassie scese dall'auto. Lei rimase in piedi davanti alla porta, salutando con la mano finché Winnie non scomparve dalla sua vista.

"Immagino che la cena sia andata bene," disse una voce profonda dietro di lei.

Cassie ebbe un sussulto. "Flint McKay! Come osi cogliermi di sorpresa?"

Lui sollevò le spalle. "Ho solo aperto la porta."

"Non ti ho sentito. Sì, ci siamo divertite. Guarda. Mi ha dato una foto di mio padre."

Lei gli porse la foto.

"Bel ragazzo."

"Grazie. Giocava a football al liceo."

Flint le restituì la foto. "Vieni dentro, si sta facendo freddo. L'autunno sta arrivando in anticipo quest'anno."

"L'autunno? Le foglie cambieranno colore? Oh, cielo!" Cassie si strinse le mani davanti al petto.

"Non hai mai visto cambiare le foglie?"

"Vivevo nel sud della California. Lì non ci sono foglie che cambiano. Non sono mai stata qui abbastanza a lungo."

"Ti piacerà."

"Non vedo l'ora." Lei incrociò le braccia sul petto. Flint la strinse alla sua spalla mentre entravano in casa.

"Visto? Ti ho detto che è bello."

Finché avesse potuto condividere il calore corporeo con lui, non le importava quanto facesse freddo.

Capitolo Dieci

"VADO AD ACCENDERE IL camino." Flint si diresse verso il soggiorno.

"E io vado a prendere un maglione." I passi di Cassie echeggiarono nell'ingresso.

"Allora, quando tornerai in ufficio a tempo pieno?"

Flint si guardò alle spalle per vedere suo fratello appoggiato alla porta ad arco che collegava il soggiorno e la sala da pranzo.

"Che cosa intendi dire? Ci sono andato ieri."

"Sì. Per un'ora o due."

"Per molto di più." Flint mise tre pezzi di legno nel camino.

"No, non è vero. Sei preoccupato per Cassie."

"E allora? Posso ancora fare il mio lavoro."

"Stronzate."

"Dai, Marty. Lasciami in pace." Flint arrotolò alcuni giornali e li accese. Poi li mise nel camino per accendere il fuoco.

"Senti, se hai qualcosa da fare con lei, va bene. Ma è difficile credere che lascerà la sua grande carriera per rimanere a Pine Grove a infornare biscotti."

"Chi ha parlato di infornare biscotti? Scommetto che non sa nemmeno come si fa."

"Sai cosa intendo." Marty si lasciò cadere sul divano.

Flint spinse il giornale in fiamme sotto i tronchi e chiuse lo sportellino. Poi raddrizzò la schiena.

"Dai, Marty. "Non ho intenzione di lasciare la città. E nemmeno di rinunciare all'azienda."

"E allora che cosa *hai intenzione* di fare?"

Flint scosse la testa. "Non ne ho idea."

Prima che Marty potesse rispondere, l'allarme antincendio della città iniziò a suonare.

"È la mia giornata. Devo andare." Flint prese una giacca e le sue chiavi. "Per favore, spiegalo tu a Cassie."

"Ok."

In un lampo, lui uscì dalla porta e si sedette al volante del suo furgoncino. Guidò di corsa verso la caserma dei pompieri. C'erano altri tre uomini che indossavano pantaloni e giacche protettivi. Altri due uomini arrivarono dopo Flint. Lui si cambiò e prese posto sul camion dei pompieri.

Il veicolo uscì ruggendo dal garage e si diresse verso una fattoria a cinque chilometri di distanza. Quando arrivarono, il fumo usciva dalla finestra della cucina. Flint e i suoi amici entrarono nella casa. Due uomini si diressero verso la cucina, mentre Flint e un altro collega controllavano le altre stanze, in cerca di persone e animali domestici. Gli uomini riuscirono a contenere il fuoco, poi lo spensero. Dopo due ore sulla scena, tornarono alla caserma dei pompieri e Flint si diresse a casa.

Cassie era seduta a leggere accanto al fuoco. "Marty è andato a letto."

Flint guardò il suo viso sporco di fuliggine nello specchio dell'ingresso. "Vado a farmi una doccia e ti raggiungo."

Lui salì di corsa le scale verso il bagno. Flint fece scorrere l'acqua, aspettando che si riscaldasse. Si tolse i vestiti e li mise in una busta di plastica. Riteneva separati per non diffondere l'odore di fumo tra i vestiti di Marty. Flint ridacchiò tra sé. Marty diventava un vecchio lamentoso quando si trattava di stronzate del genere.

Lui entrò nella doccia. Nel momento in cui l'acqua calda gli toccò il corpo, si ricordò che Cassie era seduta al piano di sotto. Indossava una maglietta come camicia da notte e una vestaglia leggera e si era messa sulle gambe una coperta e si era messa sulle gambe una coperta sua madre aveva fatto all'uncinetto.

La maglietta non nascondeva il fatto che non indossasse un reggiseno. Flint notava sempre quelle cose. Snella come un filo d'erba, i suoi seni rimbalzavano ancora quando camminava. Amava guardarli e fantasticare.

Pensieri come quelli nella doccia risvegliarono il suo cazzo. Il sangue iniziò a pompare verso il suo membro trascurato. No, no, non ora. Voleva scendere di sotto, sorseggiare il tè e magari provarci con Cassie. Si era già trattenuto troppo a lungo. Era da troppi giorni che lei lo provocava in bikini o coprendosi solo con un asciugamano, scontrandosi con lui nell'ingresso. Era riuscito a malapena a trattenere il suo desiderio. Era ora di agire. Con Marty fuori dai piedi e il caminetto che emetteva un bagliore invitante, avrebbe fatto la sua mossa.

Per quanto si rifiutasse di ammetterlo con Marty, Flint aveva sempre saputo di essere ancora innamorato di Cassie. Era stato il ragazzo più orgoglioso di Pine Grove quando lei era arrivata al cinema e aveva iniziato a vincere premi e ottenere consensi. Non avrebbe mai ammesso con nessuno che era a causa di Cassie, o del suo amore per lei, che aveva mandato all'aria i suoi matrimoni precedenti.

Si lavò rapidamente, cercò di calmare il suo cazzo e afferrò un asciugamano. La donna dei suoi sogni era al piano di sotto, ad aspettarlo, che lo sapesse o no, e adesso doveva proprio andare.

IRREQUIETA, CASSIE appoggiò il libro, bevve un sorso di tè e si mise a fissare il fuoco. Guardare le fiamme gialle, arancioni e rosse che lambivano i tronchi la fece cadere in una sorta di trance. La giornata era stata faticosa ed esaltante. Una nuova energia ardeva dentro di lei.

La sua mente iniziò a pensare all'immagine di Flint sotto la doccia. Lei sospirò. E la stava facendo senza di lei. Stava aspettando che lui facesse una mossa. Era rimasta sorpresa e delusa quando lui non l'aveva fatta. Pensò che dopo tutti quegli anni la sua passione si fosse consumata, trasformandosi in amicizia.

Certo, non era Basil. Lei avrebbe scommesso che lui compensasse la mancanza di fama con la sua bravura in camera da letto. Basil era stato più innamorato di sé stesso che di lei. Ma Flint? Se ricordava bene, non c'era nemmeno una briciola di egoismo in quell'uomo. Dopo tutti quegli anni, lei pensò che lui avesse accumulato molta esperienza.

Le venne la pelle d'oca per il desiderio di lunghe notti trascorse a coccolarsi e a fare l'amore. Basil era stato affettuoso e aveva soddisfatto i suoi bisogni primari. Ora il suo letto era freddo e vuoto. Vi immaginate una famosa e bellissima star del cinema che si strugge da sola nel suo letto?

Sentendo un passo pesante, lei alzò lo sguardo. L'uomo che voleva scese le scale lentamente, con addosso un accappatoio di spugna e strofinandosi la testa con un asciugamano. Era nudo sotto l'accappatoio? Probabilmente sì. Il calore le attraversò il corpo fino alla giuntura delle cosce. Cosa poteva esserci di più romantico che fare l'amore davanti al fuoco? Deglutì mentre guardava la sua andatura lenta e rilassata.

"Brandy?" le chiese.

"Decisamente."

Lui si fermò davanti a un mobile bar e prese due bicchierini. Mentre si avvicinava a lei, con l'asciugamano intorno al collo, i capelli bagnati e arruffati e i due bicchierini di brandy in mano, Cassie rabbrividì. Ora, se solo avesse lasciato cadere l'accappatoio.

"Ecco. Questo dovrebbe riscaldarti."

Tu dovresti riscaldarmi! "Grazie." Lei prese il bicchiere, mantenendo il contatto visivo.

"Che cosa c'è? Si vede qualcosa? Ho la testa capovolta sul collo?" Lui spalancò gli occhi.

Il calore la fece arrossire in viso. Lei abbassò lo sguardo sul bicchiere e se lo avvicinò alla bocca. Flint si sedette sul tappeto accanto alla sua sedia.

"Bene." Lei si leccò le labbra.

"Papà comprava sempre ottima roba."

Lei lo vide mentre si sistemava l'accappatoio, coprendosi le parti intime. Era *nudo* lì sotto. Il calore del suo corpo raddoppiò. Lei si sporse e gli passò un dito tra i capelli.

"Non c'è niente di più sexy di un uomo che è appena uscito dalla doccia."

"Davvero?" I suoi occhi castani si oscurarono mentre incrociavano i suoi occhi blu.

"Davvero."

Lui si sollevò per baciarla. Cassie si chinò per raggiungerlo. Le mise le dita dietro la nuca, tenendola ferma mentre le sue labbra, calde e invitanti, spingevano le sue ad aprirsi. Le inibizioni si sciolsero con il calore di Flint. Lei si rilassò e si strinse a lui. Lei gli fece scivolare le mani sotto l'accappatoio e dietro il collo. Lui inclinò la testa di lato.

"Perché non vieni quaggiù? C'è più caldo."

"Ci scommetto."

Lui scoppiò a ridere. "Ti sfido a scoprire quanto."

"Una sfida? Non rifiuto mai le sfide." Lei si accomodò accanto a lui. Aprendogli l'accappatoio, gli fece scivolare le mani sul petto. Quando toccò i suoi pettorali, un suono ovattato gli uscì dalla gola. Cassie si avvicinò un po' di più.

"Ti voglio," sussurrò lui. Lui fece scorrere le labbra lungo il bordo della sua mascella.

"Il sentimento è reciproco." Lei respirò a pieni polmoni, con gli occhi spalancati.

"Davvero?"

"L'hai già detto."

Lui ridacchiò. "Sei bellissima." Lui si passò alcune ciocche dei suoi capelli tra le dita. "Vieni qui." Si sollevò sulle ginocchia e la mise sotto di sé. Il camino non poteva competere con il calore generato tra Flint e Cassie. Lei sollevò un ginocchio, appoggiandogli un piede sulla coscia.

"Sono qui. Che cosa hai intenzione di fare al riguardo?"

Una risatina sensuale gli uscì dal profondo petto. "Lo scoprirai."

Flint intrecciò le dita di entrambe le mani con le sue e se le mise sopra la testa. Sollevandosi, lui abbassò la testa finché le loro bocche non si incontrarono. Cassie si inarcò verso di lui, spingendogli il seno contro il petto. Lei sollevò leggermente i fianchi fino a sentire la sua erezione. La sua durezza accese il suo fuoco. Le fiamme del desiderio potevano essere estinte solo da Flint, prendendola intensamente e rapidamente. Lei gemette.

Lui le lasciò le mani e abbassò la testa sul suo collo. Le sue mani le aprirono la vestaglia.

"Togliitela."

"La camicia da notte?"

"E qualsiasi altra cosa indossi."

"Nient'altro."

Lui sorrise, lanciandole un'occhiata maliziosa. "Bene."

Dopo essersi sollevata, Cassie si tolse la vestaglia dalle spalle. Si tirò su la maglietta corta prima dal sedere e poi dalla testa.

Flint si sedette a guardarla, appoggiandosi sui talloni. "Sei bellissima."

Improvvisamente intimidita, lei si coprì con le mani.

"Non farlo. Mi rovini il panorama." Lui le spostò le mani, lasciandogliene cadere sui fianchi. "Potrei guardarti tutto il giorno, ogni giorno."

"E tu sei vestito? Forza, signore. Devi farlo anche tu."

Flint si tolse l'accappatoio e lo appoggiò su una sedia.

"Ti sei irrobustito un po' dai tempi del liceo." Lei guardò il suo fisico con un'espressione focosa.

"Merito dell'allenamento."

"Bello," disse lei, avvicinandosi e appoggiandogli una mano sul petto.

"Il tuo fisico è fantastico come me lo ricordavo."

"Te lo ricordi ancora?" Cazzo, lui aveva l'immagine del suo corpo nudo fissa nel cervello?

"Non l'ho mai dimenticato, nemmeno per un attimo. Il tempo che abbiamo trascorso insieme..."

"Intendi il tempo che abbiamo trascorso a fare sesso."

"Anche quello. Mi ricordo tutto."

"Tutto?" Lei sollevò un sopracciglio.

Con una mano sul ginocchio, lui le aprì le gambe e si posizionò in mezzo. "Tutto. Vuoi che te lo dimostri?"

"Pensavo che non l'avresti mai chiesto."

Lui scosse la testa. "Sei ancora una saputella."

"Sempre."

Lui si chinò per baciarla. Lei le braccia attorno al collo e spinse il seno contro i suoi pettorali, poi sollevò una gamba e gliela agganciò intorno alla vita.

"Sei protetta?" sussurrò lui, ansimando.

"Sì. Prendo la pillola."

"Grandioso!"

Le fece scivolare la mano lungo la coscia, appoggiando il pollice sulla sua fessura. Cazzo! Ma lui non si fermò lì. Lo fece scivolare lungo la sua vagina bagnata e al suo interno. Lei contrasse i fianchi. Imprecò e chiuse gli occhi. Il bisogno si accumulò dentro di lei.

Appoggiandosi sulle anche, Flint le strinse leggermente la vita. Le sfiorò le labbra con le sue, poi le baciò il collo e continuò. Quando raggiunse il suo seno, si fermò per rendere omaggio. Li baciò entrambi, succhiando brevemente un capezzolo, poi l'altro.

"Sono magnifici," mormorò, poi continuò a baciarla su tutto il corpo.

Quando raggiunse il suo monte di Venere, lui alzò lo sguardo. I loro sguardi si incrociarono. Lei fece scorrere le dita tra i suoi capelli corti. Lui sorrise, poi tornò al suo compito. Quando la sua lingua entrò in contatto con la sua carne, lei gemette, respirando affannosamente.

"Oh, mio Dio." Le parole si mescolarono in un suono gutturale proveniente dal profondo della sua gola.

Lui non si fermò. Appiattendo la sua lingua sopra di lei, per poi muovere la con movimenti circolari, la sua sensazione di calore divenne insopportabile.

"Se non ti fermi, tra poco vengo."

"Fallo."

"Ti voglio. Dentro. Prima che io..." Lei riusciva a malapena a parlare. Lui si sollevò, agganciandosi le sue gambe sulle spalle.

"Tu sei mia." Lui posizionò il suo cazzo davanti alla sua fessura e si tuffò dentro.

"Oh, cazzo!" La tensione le si accumulò nella pancia.

"Tutto bene?"

"Benissimo." Lei sbatté le palpebre, deglutì e lo fissò. Le bruciavano le viscere, poi i suoi fianchi iniziarono lentamente a spingere dentro e fuori.

"Ancora." Lei gli afferrò le spalle, premendogli le dita nella carne.

"Ehi, attenta."

"Scusa. Più veloce. Più forte."

Lui spostò il suo peso e accelerò. Dopo pochi secondi, l'orgasmo che era cresciuto dentro di lei esplose. Lei strinse forte gli occhi mentre una scossa elettrica le attraversava il corpo. I brividi provocarono delle ondate di piacere nel suo corpo, fino alla punta delle dita.

"Cazzo." La sua voce profonda la riportò sulla Terra. Lei lo guardò stringere gli occhi.

Quando Flint piegò la testa, il sudore gli sgocciolò dalla fronte alla sua. Lui gemette, poi le strinse le dita intorno alle braccia. C'era silenzio, fatta eccezione per i loro respiri affannati.

Cassie rimase distesa, appoggiando la testa sul tappeto.

"Ehi. Tu. Donna stupenda. Sei ancora la donna che mi eccita di più al mondo."

Lei abbassò la testa in avanti e sorrise vedendolo arrossire.

"Hai imparato un po' di cose."

"Lo credi davvero?" Sospirando piano, Flint uscì da dentro di lei. "Resterai con me stanotte."

"Nel tuo letto?" Lei spalancò gli occhi.

"Stanotte e tutte le altre notti. Prendi le tue cose dalla stanza degli ospiti."

"Ai suoi ordini, capitano."

Lui fece un sorrise sbilenco, ricordandole di lui a diciassette anni. "Qualcosa da obiettare?"

"No."

Dopo cinque minuti, lo raggiunse di sopra. Flint si era lavato. Aveva i capelli pettinati, il viso asciutto e roseo e i denti appena lavati. Persino il sudore sulla sua fronte era sparito. Stava in piedi a gambe divaricate, indossando solo i boxer mentre la accoglieva con un bacio. Il suo cuore ebbe un sussulto. Riusciva a malapena a distogliere lo sguardo dal suo petto. Muscoloso, con una leggera copertura di peli scuri, la invitava a toccarlo. Lei non riuscì a resistere mentre gli si avvicinava di soppiatto. Gli appoggiò le mani sui pettorali.

"Ti piace?"

"Vuoi scherzare? Sempre." Coprendo la sua manina con la sua, lui se la strinse al corpo. La sua pelle la riscaldò.

Lui le strinse le dita intorno al seno. "Non ho bisogno di un invito ufficiale."

Il suo tocco le mandò un brivido lungo la schiena. Con Flint, lei non era *Cassandra Wells, la star del cinema*. Era semplicemente la sua Cassie, la sua migliore amica e amante del passato. Flint le mise un braccio intorno ai fianchi.

"È tardi. È ora di andare a letto." Lui le prese la mano.

Cassie si mise a letto per prima, poi Flint la seguì e tirò su le coperte. Quando lui si adagiò sui cuscini, lei si rannicchiò sopra di lui. Lui aprì le braccia e lei gli appoggiò la testa sulla spalla. La strinse di più a sé.

"Bellissimo," mormorò lui.

"Questo significa che viviamo insieme?"

"Che cosa?"

"Significa che viviamo insieme?" ripeté lei.

"No, se non lo vuoi."

"Voglio dire, tecnicamente, viviamo insieme."

"Tecnicamente, sì."

"E ora condividiamo il letto."

"Sì."

"Quindi, credo di si."

"Ma tu non resterai, vero?" Lui si voltò su un fianco e la guardò.

"Intendi per sempre?" Lei si sollevò su un gomito.

"Sì. Beh, forse," rispose lui, facendo marcia indietro.

Il calore la fece arrossire in viso. Aveva pensato di restare lì per sempre? Certo. Ma non gliel'avrebbe mai detto. Inoltre, non aveva ancora deciso.

"Per sempre è molto tempo," rispose lei evasivamente.

"Certo. Lo è. Sì." Lui distolse lo sguardo.

Cassie gli prese il mento e lo fece voltare per guardarla. "Stai dicendo che vuoi che io rimanga per sempre?"

Lui rimase in silenzio. Alzò lo sguardo per incrociare il suo. Era uno sguardo caldo, interrogativo, indagatore, ma non le disse nulla.

Lei divenne impaziente. "Allora?"

"Lo vedremo domani."

"Non è una gran risposta."

"Ok, allora." Lui si sollevò a sedere. "Stai dicendo che sei pronta a impegnarti a rimanere qui per sempre?"

Tipico di Flint lasciare a lei la patata bollente. Lei si guardò le mani. "Non lo so. Non me l'hai chiesto. Quindi come posso avere una risposta?"

"E se l'avessi fatto? Diresti di *sì*?"

Lei lo guardò negli occhi. "Hai ragione. Ne parliamo domani." Lei allungò il braccio e spense la lampada sul comodino. Sdraiata a fissare il soffitto, cercò di mettere ordine tra i suoi pensieri. Era pronta a rinunciare alla carriera per cui aveva lavorato così duramente? O quella era semplicemente una vacanza? Una tregua dalla pressione, dalla pubblicità, dalla mancanza di privacy - temporanea o permanente? Ne aveva bisogno. Ma sarebbe stato per sempre? Se solo l'avesse saputo.

Flint si distese e si sollevò su un fianco. Lui le fece scivolare la mano sotto la maglietta. Passando le mani sui pendii del suo corpo, sfiorò la sua pelle morbida.

"Hai sonno, tesoro?" le chiese con un tono di voce pigro, provocante, basso e sensuale.

"Non particolarmente." Lei lo guardò.

"Che ne dici..." Lei gli mise le dita sulle sue labbra, poi appoggiò le labbra sulle sue. Come se qualcuno gli avesse acceso il motore, Flint si svegliò. Le fece scivolare un braccio attorno e la tirò indietro verso di sé finché non furono incollati insieme. Cassie sollevò una gamba e gliela mise su un fianco. Lui abbassò la mano sul suo sedere.

"Cazzo. Questa è la cosa più bella." Lui e lo strinse, avvolgendo le dita attorno alla sua natica prima di farle scivolare verso il basso per accarezzarle la vagina.

Cassie ebbe un sussulto.

"Qualcosa non va?"

"Mi hai solo colta di sorpresa."

Lui ridacchiò. "Preparati."

Lei gli strinse il braccio libero intorno al petto e sollevò il mento. Flint abbassò la bocca sulla sua. Il bisogno crebbe dentro di lei finché non riuscì a malapena a trattenersi. Sentì il suo cazzo duro contro la sua gamba mentre lui la esplorava con le dita.

"Prendimi. Cazzo. Fallo," gli sussurrò lei in bocca.

E lui fece ciò che gli aveva chiesto.

Capitolo Undici

Lui si svegliò alle tre e si diresse in cucina. Stando in boxer davanti alla finestra, si mise a giocherellare con un bicchiere d'acqua. Non era stata la sete a svegliarlo. Era stato il suo cervello.

Che cazzo gli era venuto in mente a chiederle di restare? *Lei è Cassandra Wells e io non sono... nessuno.* E per sempre? Lui scosse lentamente la testa. Era un vero idiota. Quando ieri aveva detto, lei aveva esitato. Lei aveva una carriera, una carriera di successo, e chi era lui? Un tipografo e un pompiere part-time.

Certo. Restare lì con lui per sempre. Che idiozia. In lui era il giullare, il pagliaccio che l'aveva detta. Lei se ne era accorta subito e, come un cavallo selvaggio, era scappata via all'istante.

Un uomo qualunque come Flint McKay non avrebbe messo le redini a Cassandra Wells. Nossignore. Lei aveva bisogno di correre libera, di avere qualsiasi cosa fantastica che le venisse offerta. Che cosa aveva da offrirle? La vita nell'entusiasmante cittadina di Pine Grove, un negozietto e magari un paio di bambini. Oh, e il suo amore immortale per sempre. Ma questo non si adattava a un ruolo da protagonista a Broadway o in un film, vero? Neanche per sogno.

Oh, sì. Il negozio. Dovevano completare la vendita prima di continuare con il restauro. Gli aveva offerto il doppio di quello che lui aveva pagato, ma non poteva approfittarsi di lei. Se lei avesse pagato ciò che aveva pagato lui, sarebbero stati pari.

Ma chi l'avrebbe comprato una volta restaurato? Sicuramente valeva molto di più di quanto lui l'avesse pagato. Lei aveva fatto una scelta intelligente. E anche stavolta l'aveva superato. Anche lui avrebbe potuto restaurarlo e rivenderlo, ma non ci aveva pensato, giusto?

A essere totalmente sincero, voleva renderglielo così come era, invece di sistemarlo in un modo che magari non le sarebbe piaciuto. Non avrebbe potuto renderglielo al prezzo che aveva pagato se lo avesse restaurato. Era stato bello evitare che il vecchio negozio fosse demolito ed economicamente sarebbe stato un bel colpo per una donna ricca. Era gentile, ma non era stupido.

Lui bevve un sorso d'acqua e si diresse verso l'altra finestra. Le parole "per sempre" gli ritornarono in mente. Voleva che fosse per sempre e lo voleva con Cassie Wells. E sarebbe arrivato in tempo per il matrimonio, pronto per il rock and roll.

Lui ridacchiò tra sé e sé. Non sarebbe mai successo, ma a chi faceva male se fantasticava un po'? Del resto, lei era a casa sua, nel suo letto. Lui sospirò. Un'immagine di Cassie in grembiule, che lo aspettava davanti alla porta, gli attraversò la mente. Lui scoppiò a ridere. Non sarebbe mai stata una donnina in cucina e una sirena nel suo letto. Sarebbe stata divertente, imprevedibile, intelligente, divertente e sexy. Che cosa poteva desiderare di più?

Finì di bere l'acqua e tornò in cucina. Dopo aver sciacquato il bicchiere, tornò in camera da letto. Soffocando uno sbadiglio, esitò, guardando Cassie dormire. Rilassata nel sonno, assomigliava alla dolce adolescente della quale si era innamorato. Non c'era nessun elemento di stile. Solo la sua bellezza naturale. I suoi capelli biondi sparsi sul cuscino e le sue ciglia sulla guancia attirarono la sua attenzione.

Nonostante il suo atteggiamento sicuro, una volta addormentata, la bambina dentro di lei era tornata in superficie, vulnerabile, dolce e gentile. Lui sapeva che si era indurita — aveva dovuto farlo per avere successo in un mondo così competitivo. Ma ora tutto questo si era sciolto. Quella era la ragazza che aveva amato in tutti quegli anni.

Voleva toccarla, ma non voleva svegliarla. Lei cambiò posizione, emettendo un piccolo gemito. Flint scivolò tra le lenzuola. Come per istinto, lei capì che lui era lì e gli si avvicinò di più, toccandolo. Lui si girò su un fianco e le mise un braccio intorno alla vita. Un piccolo sospiro le sfuggì dalla gola. Non importa per quanto tempo avrebbe vissuto quel sogno, ma se ne sarebbe goduto ogni secondo.

Chiudendo gli occhi, lui fece un respiro profondo. Il profumo caldo e leggermente dolce di Cassie gli stuzzicò il naso. Inspirando profondamente, lui sorrise, le baciò delicatamente i capelli per non svegliarla e chiuse gli occhi.

CASSIE AVEVA PERSO l'abitudine di dormire fino a tardi, a causa degli spettacoli di Broadway a tarda notte. Il sole fece capolino e lei lo accolse con un sorriso. Saltando giù dal letto, si avvicinò alla porta e afferrò l'accappatoio di Flint. Mettendoselo addosso, strinse la cintura e si diresse verso il bagno.

Una sbirciatina allo specchio e fu sorpresa di vedere un bagliore di felicità sul suo viso privo di sonno. Forse il tono della sua pelle aveva bisogno di un po' di trucco, ma i suoi occhi brillavano come mai prima d'ora. Era a causa di Flint McKay o semplicemente al sesso eccezionale? Forse a entrambi. O al sesso eccezionale con Flint McKay.

Ridacchiò alla sua immagine allo specchio. Dopo essersi lavata, scese al piano di sotto. Erano le sei, un po' presto per il suo amante, ma perfetto per Cassie. Lei preparò il caffè, accese la radio e fece un po' di piegamenti e di stretching a suon di musica.

Sebbene avesse delle decisioni da prendere in merito al suo futuro, non aveva senso permettere che il suo corpo in perfetta forma andasse a rotoli. Fare esercizi e stare attenta alla dieta era diventata la sua seconda natura e lei non aveva intenzione di smettere.

Facendo una pausa, riempì una tazza di caffè caldo e lo condì come le piaceva. Saltellando su per le scale, fece attenzione a non rovesciarlo. Fermandosi sulla porta, osservò Flint mentre dormiva. Accidenti, era così carino, al calduccio, vulnerabile e tutto da coccolare. Un'idea diabolica le venne in mente. Era ora di alzarsi. Posò la tazza sul cassettone e prese il telefono dalla tasca della vestaglia.

Armeggiando con Pandora, riuscì a trovare una marcia di John Philip Souza. Fece partire la musica e iniziò a camminare per la stanza. Quando i primi piatti si scontrarono, Flint si svegliò di soprassalto e si alzò dal letto.

"Ma che cazzo succede?" sbraitò lui.

"È ora di alzarsi, dormiglione. Non sprechiamo la giornata." Cassie sorrise.

"Sei un vero diavoletto." Flint la raggiunse in un nanosecondo. Cassie si mise a correre, strillando intorno al letto, mentre Flint la inseguiva. Le saltò sul materasso ma, a metà strada, lui la placcò. Lei cadde ridacchiando sul cuscino morbido. Il suo peso la spinse verso il basso. Lui intrecciò le dita con le sue e le allungò le braccia sopra la testa.

"Ma che cazzo sta succedendo? Sono le sei e mezza. Ragazza, che cosa vuoi fare?"

"Sono mattiniera."

"Ma io non lo sono. Accidenti. Ho bisogno del mio sonno di bellezza."

"Il tempo corre, Flint."

"Ah, davvero?" Lui le intrappolò le gambe tra le sue. Una scintilla di malizia gli illuminò gli occhi mentre abbassava la bocca sulla sua. Spostandole le mani, lui si mise in equilibrio sopra di lei. Cassie gli strinse le braccia al collo e aprì le labbra. La sua lingua entrò dentro di lei.

Inarcando la schiena, il desiderio aumentò nel suo corpo.

"Bene, bene, bene. Non è confortevole?" Una voce profonda interruppe i due amanti.

"Che cosa sta succedendo qui?" Flint allontanò la bocca dalla sua e si sollevò.

Marty stava lì in boxer, con le braccia incrociate sul petto. "Siete davvero carini. Avete guardato l'orologio? Che cazzo avete in mente?"

Flint si allontanò da Cassie, che si chiuse la vestaglia per coprirsi di nuovo.

"Che cosa ci fai tu qui? E che ti importa a che ora ci alziamo?"

"Non me ne frega un cazzo, Flint. Ma se ridete, urlate e fate tremare pavimento... Ci sono altre persone in questa casa."

"Persone? C'è una ragazza lì con te?"

"No."

"Allora vattene e torna a dormire."

Cassie si alzò in piedi. "Mi dispiace, Marty. Hai ragione. Non dovremmo fare tanto rumore. Volevo far alzare Flint per fare un po' di esercizio."

"Era proprio quello che stava facendo, vero, fratellino?"

Cassie si mise a ridere mentre Flint arrossiva in viso. "Sta' zitto, Marty," borbottò lui.

"Perché non torni a letto, Marty? Ci pensiamo noi adesso, giusto?" Lei lanciò un'occhiata a Flint, che annuì leggermente. "Noi prepareremo la colazione e staremo muti come pesci. Andiamo."

"Ormai sono sveglio. Hai intenzione di allenarti?" Marty la guardò.

"Certo. Vuoi unirti a me?"

"Sì. Lasciamo che il mio fratellone prepari la colazione."

"Sembra che tu abbia un piano. Ok, Flint?"

Lui borbottò delle parole che lei non riuscì a capire e si infilò una maglietta.

"Ok, allora. In soggiorno. Ho la musica giusta proprio qui." Lei armeggiò con il telefono mentre seguiva Marty giù per le scale.

"Ho bisogno di una casa tutta mia," borbottò Flint, scuotendo la testa e dirigendosi verso la cucina. "Ho davvero bisogno di una casa tutta mia."

PRIMA DELLE OTTO, FLINT e Cassie lasciarono Marty a cantare sotto la doccia mentre uscivano dal vialetto, dirigendosi verso il negozio. Fecero diversi viaggi trasportando provviste all'interno prima di svuotare il veicolo.

"Will ha chiamato ieri. Hanno finito di stuccare le pareti. Sono pronti per dipingere. Ma ho detto loro che voglio farlo io."

"Vuoi dipingere ancora?"

"Mi è piaciuto. È stato divertente. Quindi dipingerò anche le pareti."

"Dipingere le pareti. Ok."

"Hanno preso la vernice per me."

Flint scosse la testa. "Le persone fanno delle cose per te, no?"

"Io le pago."

"Vero."

"Quindi oggi dipingeremo."

"Dipingeremo?"

"Hai detto che mi avresti aiutata."

"Vero. L'ho fatto. Ok."

"A proposito, non ti ho mai pagato. Quanto vuoi per il negozio?"

"Solo quello che ho pagato."

"E cioé?"

"Trentacinquemila."

Cassie fece schioccare la lingua. "Incredibile che sia costato così poco."

"Sono stato fortunato."

Lei frugo nella sua borsetta e tirò fuori un libretto degli assegni.

"Un momento, un momento. Abbiamo bisogno dei documenti. Titolo. Atto di proprietà. E altre cose."

"Non posso semplicemente farti un assegno?"

"Puoi, ma abbiamo bisogno di un contratto e di altre stronzate perché sia legale."

"Chi chiamiamo? Che cosa facciamo?"

"Chiamerò Grey Andrews. È il presidente del comitato cittadino. Se ne occuperà lui."

Mentre Flint parlava al telefono, Cassie si guardò intorno. Dovevano dipingere rapidamente le pareti in modo che i costruttori potessero rifinire il pavimento. Lei passeggiò per il negozio, immaginando nuovi scaffali, un paio di lampade e tutto ciò di cui avrebbe avuto bisogno per esporre la merce. Esporre la merce? Che cosa ne sapeva lei di come si gestisce un negozio? Un bel niente. Forse avrebbe potuto venderlo a qualcuno, dopo averlo restaurato. Forse ne avrebbe anche ottenuto un piccolo profitto? O almeno recuperare ciò che aveva investito.

La vernice bianca all'esterno del misero negozio era tutta scrostata. Le persiane erano sbiadite. Lei fece una smorfia, poi attraversò la strada e si soffermò a guardare l'edificio. Diverse combinazioni di colori le attraversarono la mente. Anche se non viveva in una casa da anni, spostandosi da una città all'altra per uno spettacolo teatrale o per le riprese di un film, le erano piaciuti i colori delle case del New England. Stringendo gli occhi, scelse un rosso mattone scuro con rifiniture bianche e persiane nere.

Avrebbero avuto bisogno di professionisti per dipingere l'esterno. Non avrebbe mai messo a rischio la sua carriera salendo su una scala per verniciare quelle pareti. La sua carriera? Mmm. La sua mente lasciò il negozio e si concentrò sulla recitazione. Sua madre le aveva scritto un centinaio di volte per proporle nuove offerte.

Soprattutto l'offerta di portare il suo ruolo di Broadway sul grande schermo.

Le era piaciuto molto quello spettacolo e aveva sperato che le offrissero anche il ruolo cinematografico. Avrebbe lasciato Pine Grove per tornare alla vita estenuante delle riprese di un film? Lei si mordicchiò il labbro. Anche se aveva creduto di aver preso una decisione (il ruolo del film era una scelta) avrebbe potuto rinunciarci? E a che scopo? Flint non voleva stare per sempre con lei. La notte precedente, lui aveva esitato e balbettato, limitandosi a un "forse" ed evitando una risposta diretta. Non poteva contare su di lui, vero? Come sarebbe stato trasferirsi lì da sola? Era sempre stata con sua madre, suo padre o suo fratello. Il pensiero di stare da sola le diede un brivido lungo la schiena.

"Va bene." Flint interruppe i suoi pensieri. "Grey sistemerà tutto. Alla fine della settimana, incontreremo lui e Drew Armstrong, il miglior avvocato della città. Poi andremo a cena fuori per festeggiare. Ok?"

"Sembra perfetto. Stavo pensando al colore cui dipingere il negozio."

"Pensavo che stessimo già dipingendo il negozio."

"L'esterno. L'esterno è patetico. Non potrò mai venderlo in questo modo."

"Oh, quindi hai deciso di venderlo?"

"Non posso gestirlo personalmente."

"Perché no?"

"Sono un'attrice. Non so niente su come si gestisce un negozio."

Flint annuì. Lei lo fissò, ma lui non incrociò il suo sguardo. Stava succedendo qualcosa, ma non era sicura di cosa fosse.

"Quindi hai già deciso che te ne andrai?"

"Non ho detto questo."

"Vendere il negozio?"

"Non so cosa fare, Flint. Ok?"

Lui sollevò le mani. "Ehi, non prendertela con me. Non sono io a voler farti vendere il negozio. Non sono io a dirti di partire."

"Ma non mi stai nemmeno dicendo di restare. Andiamo." Lei entrò nell'edificio, si tolse le scarpe e prese un rullo. "Tu dipingi i bordi, chiusero il rullo."

"Ai suoi ordini, capitano." Flint fece il saluto militare, mise le scarpe dietro il bancone e prese un pennello.

"Se vuoi essere divertente, non lo sei."

"Allora mi limiterò a fare quello che dici e terrò la bocca chiusa." Lui si rabbuiò in viso.

Lei si mise una mano sul fianco. "Senti, se hai intenzione di infastidirmi, perché non vai in ufficio oggi? Eh?"

"Ottima idea. Potrei farlo."

"Beh... va' allora. Posso dipingere questo posto senza di te."

"Puoi fare tutto senza di me, se vuoi." Lui lanciò il pennello.

"E io posso anche vivere in albergo."

"Fa' pure. Paga una fortuna. Rinuncia alla stanza gratis. Mi sembra una cosa piuttosto stupida."

"Oh, quindi ora sono stupida?" Lei incrociò le braccia sul petto.

"Devi accettare le critiche, tesoro."

"Non chiamarmi *tesoro*."

"D'accordo. Ma non ti dispiaceva che ti chiamassi così ieri sera." Lui le passò accanto spingendola.

"Sì? Bene. Ieri sera? Beh, sì. Ieri sera." Prima che lei riuscisse a pronunciare le sue parole nel modo giusto, lui era già a metà strada dal suo furgoncino. Lei lo seguì all'esterno. "Forza, continua!"

"Hai iniziato tu."

"E suppongo tu la finirai?"

"Sì." Lui aprì di scatto lo sportello e salì sul furgoncino. Dopo averlo sbattuto, mise in moto e si allontanò dal marciapiede con un rombo del motore.

"Rallenta! Ci sono delle leggi qui, Flint!" urlò lei. Ma lui si allontanò senza guardarsi indietro.

Cassie si lasciò cadere sul marciapiede, con il viso tra le mani. Che cosa aveva fatto? Aveva litigato con lui per niente. O era stato lui a litigare con lei? Ora doveva lasciare il suo letto e andarsene in albergo. Non aveva detto che l'avrebbe fatto? Cazzo. Quella era l'ultima cosa che voleva.

Se lui voleva che restasse, perché non le aveva chiesto di farlo? Se lei fosse rimasta, lui le avrebbe fatto la proposta? Voleva sposarlo? Non se aveva intenzione di scappare ogni volta che avrebbero litigato. Poteva dire di conoscere ancora Flint? Sposarlo le avrebbe semplicemente permesso di scappare da una vita troppo stressante? Sarebbe solo stata una soluzione rapida che si sarebbe rivelata un disastro? Forse, per il momento, doveva smetterla di pensare al matrimonio.

Il suo cellulare iniziò a squillare. Lei guardò lo schermo. Sua madre. Merda, esattamente ciò di cui non aveva bisogno.

LA RABBIA ARDEVA NEL petto di Flint. Cassie era solo una ragazzina ipocrita e viziata! Chi si credeva di essere? La sua carriera di successo non la rendeva migliore di chiunque altro. Non migliore di lui, comunque.

Prenderlo in giro? Dirgli cosa fare? Lui scosse la testa. No, no, in nessun modo sarebbe mai stato il suo servetto. Aveva dipinto alcune stanze a casa dei suoi genitori. Sapeva esattamente cosa fare. Lei invece che cosa sapeva? Un bel niente. Non aveva mai dipinto un cazzo.

Ha ancora lo stesso atteggiamento che aveva a sedici anni. La piccola e insolente Cassandra Wells sapeva sempre tutto. O si atteggiava ancora come prima. Si fermò nel parcheggio della vecchia casa vittoriana che ospitava il suo ufficio.

Un'immagine di Cassie a sedici anni, sul sedile posteriore della sua auto, gli tornò in mente. Lui scoppiò a ridere. Sì, lei aveva anche fatto finta di sapere tutto sul sesso. Come farlo. Lui aveva riso di lei, facendola infuriare. Lei si era riagganciato il reggiseno e si era precipitata fuori dalla macchina. Per fortuna, lui le aveva raggiunta in tempo. Camminare a piedi nudi lungo una strada buia all'una di notte non era sicuro.

Lui l'aveva convinta a tornare in macchina. Sì, si era scusato. Scosse la testa a quel ricordo. Lei aveva pianto. Lui le aveva asciugato le lacrime, aveva trovato un posto perfetto dove fermarsi e aveva fatto l'amore con lei.

La sua rabbia svanì, lasciando posto al desiderio. Dio, in passato non ne aveva mai abbastanza di lei. La sensazione della sua pelle morbida e tenera sulla sua aveva scatenato la sua passione ardente. E, cazzo, quella ragazza sapeva proprio baciare bene. Lui si leccò il labbro inferiore. Ed era ancora così. Salendo di gradini, si pentì di essersene andato. La notte precedente era stata un sogno. L'aveva rivissuta più volte prima che litigassero.

Adesso, lei era incazzata e probabilmente si sarebbe trasferita in albergo. Poteva permettersi qualsiasi cosa. La sua irascibilità non le dava più alcun motivo di stare con lui. Era davvero arrabbiato con sé stesso. Lui aprì la porta dell'ufficio così forte da farla sbattere contro il muro. Marty apparve nell'arco che separava i loro uffici.

"Che cazzo è successo?" Marty si mise le mani sui fianchi.

"Come?"

"Che cosa c'è che non va?"

"Sono stato un idiota."

"Dovrei avvisare i giornalisti? Oh, aspetta. Che tu sia idiota non è una novità."

"Falla finita." Flint appese la giacca a un gancio vicino alla porta e si diresse verso la sua scrivania. Mise il culo sulla sedia e accese il computer. "Che cosa sta succedendo?"

"Se trascorressi un giorno o due qui, lo sapresti."

"Te lo sto chiedendo, Marty!" Flint alzò il tono di voce.

Marty si avvicinò al bricco del caffè e se ne versò un'altra tazza. "Ho studiato il mercato."

Flint spalancò gli occhi. "E?"

"Ci sono un sacco di aziende a New York City."

"E questo cosa cambia per noi?"

"Possiamo vendere le stampanti a un prezzo inferiore e avere abbastanza lavoro da andare avanti per anni."

"E come fai a saperlo?"

"Come ti ho detto, se mi avessi ascoltato. Ho fatto ricerche. Chiamando i tipografi di New York e richiedendo dei preventivi. Cazzo, quelli si fanno pagare un occhio della testa."

"Oh?" Flint si concentrò su suo fratello.

"Già. Basandomi sui preventivi che sto ricevendo, potremmo fare il lavoro a metà prezzo e guadagnarci comunque."

"Ma per le consegne?"

"È questo il problema. Uno di noi dovrebbe guidare fino a New York o dovremmo assumere un autista. Penso che spedire la merce possa essere troppo costoso."

"Mmm. Ok. Ma per un lavoro più piccolo, potremmo fare le spedizioni, no?"

"Giusto. UPS potrebbe andare."

"E come proponi di avviare questo business?"

"Pubblicità."

"È costosa."

"Pubblicità su Craig's List. Potremmo almeno cominciare da lì. Se riusciamo ad avviare il business, varrà la pena di spendere un po' di soldi per la pubblicità."

"Ok. Fallo." Flint si alzò in piedi e si avvicinò al bricco del caffè.

Marty appoggiò un fianco sulla scrivania di suo fratello. "Non farò nulla finché non saprò cosa ti succede."

"Che cosa intendi dire? Sono qui, no?"

"Non lo so. Lo sei davvero? O la tua testa è ancora al negozio con Cassie?"

"Ammetto di aver passato un po' di tempo ad aiutarla, ma è finita." Flint bevve un sorso della sua bevanda.

Marty si alzò in piedi. "In che senso è finita? Hai rotto con lei?"

"Non c'è niente da rompere. Cassie sta restaurando il negozio per venderlo. Poi andrà via. Fine della storia. Può occuparsi della ristrutturazione e della vendita. Non ha bisogno di me."

Marty spalancò gli occhi. "Andrà via?"

"Sì. In parole povere, addio per sempre."

Lei l'aveva detto davvero? Era questo che si erano detti o lui l'aveva solo immaginato?

"Che cazzo hai fatto?"

Flint guardò suo fratello. "Eh?"

"Stava andando tutto così bene con lei. E tu che cos'hai fatto?"

"Grazie del sostegno, stronzo. Non ho fatto niente."

Marty scosse la testa. "Non ci credo."

"Non ho fatto niente, cazzo!" Flint sbatté la tazza sulla scrivania, rovesciando il liquido. "Merda!"

Marty prese un rotolo di tovaglioli di carta e lo lanciò a suo fratello. "Devi aver detto qualcosa."

"Ok, bene. Forse. Lei ha detto qualcosa sul per sempre, e io...? Beh, ho detto forse."

"E?" gli chiese Marty.

"E lei ha detto: 'mi stai chiedendo di restare per sempre?' e io non ho esattamente risposto. Poi lei ha detto che per sempre è molto tempo. Che più o meno vuol dire 'no', giusto?"

"Lei non vuole restare?"

"Ci abbiamo girato intorno. Non ho mai avuto una risposta diretta. Lei è stata evasiva. Quindi, se non rimane, vuol dire che andrà via, giusto? Tornerà a essere Cassandra Wells? Se è così, prima succede, meglio è."

"Non lo pensi davvero."

"Certo che posso. Ho superato la storia con lei. È ora che io vada avanti con la mia vita."

"Non ci credo. Eravate così intimi. Davvero." Marty scosse la testa. "Mi dispiace, Flint. Pensavo che foste fatti l'uno per l'altra."

"Sì, beh, Cassie è fatta per la celebrità e io per Pine Grove. Dov'è la posta?"

Marty porse occhio di buste a suo fratello e tornò alla sua scrivania. Flint fece finta di concentrarsi sulle lettere che aveva in mano. Sotto lo sguardo di Marty, il sangue andò alla testa di Flint.

Aveva mentito a Marty, la prima volta da tanto tempo. Non si era affatto dimenticato di Cassie. Ma voleva farlo, oh, cazzo, sì che lo voleva. Perché allora il suo cuore avrebbe smesso di soffrire e lui avrebbe potuto pensare a qualcos'altro, oltre al suo corpo sensuale e alla sua risata gutturale.

"Flint?"

Lui alzò lo sguardo. "Puoi mentire a te stesso quanto vuoi. Ma non puoi mentire a me. Non ti dimenticherai mai di Cassie Wells. Quindi perché non la smetti di provarci e ti dai una mossa con lei? Seriamente."

"Ad esempio?"

Marty abbassò lo sguardo sul suo computer. "Chiederle di sposarti potrebbe essere un buon punto di partenza."

"CIAO, MAMMA. CHE COSA c'è?"

"Ciao, tesoro. Hai avuto il tempo di riflettere su ciò di cui abbiamo discusso? Ho diverse offerte allettanti qui."

"Un film dietro l'altro?"

"Sì, beh, forse. Ma non dovrai farli tutti."

"Solo tre su quattro?"

"Mi hai letto nel pensiero."

"Non sono pronta per farlo. Potrei non essere mai pronta." Cassie sospirò.

"Non vuoi tornare qui?"

"Non lo so. Non ancora, comunque. Sto sistemando il negozio."

"Ma lo venderai, vero?"

"Probabilmente."

"Probabilmente? Non ti sei fatta il culo per tutti questi anni per diventare un'insignificante negoziante di campagna!"

"Adesso, mamma. Calmati."

"Voglio dire. Questo non riguarda solo la tua vita, ma anche la mia. E di tuo padre e di tuo fratello."

"Basta! Tutti voi avete avuto molti vantaggi dalla mia carriera. Quindi non farmi credere di aver sacrificato tutta la tua vita per me."

"Beh, l'ho fatto."

"No. Non l'hai fatto. Adesso devo andare. La vernice si sta asciugando e ho delle pareti da dipingere."

"Ma, Cassie—"

"Smettila di infastidirmi, mamma. Non mi mancano le prove, le lezioni, e il fatto di essere continuamente stanca. Mi piace stare qui. Quindi lasciami in pace, ok? Ti farò sapere quando sarò pronta a tornare."

"Meglio che succeda presto!"

Poi cadde la linea. Sua madre aveva riattaccato.

Cassie inspirò tra i denti. Odiava quando sua madre si comportava così. Mise via il telefono e si strinse alle ginocchia. Rimarrai a Pine Grove a non fare niente? O tornare a fare film e spettacoli e riprendere la vecchia routine?

La sua famiglia aveva grandi aspettative, che lei trovava impossibili da soddisfare. Gli occhi le si riempirono di lacrime. Flint si era allontanato da lei, sua madre era incazzata e Cassie non aveva nessun posto dove andare, nessuna spalla amica su cui piangere. Cassie si appoggiò la testa sulle braccia e scoppiò a piangere.

"Ehilà. Cassie? Qualcosa non va?"

Lei alzò lo sguardo e vide i comprensivi occhi blu di Winnie Briggs. Sbatté le palpebre e le lacrime cominciarono a scenderle lungo le guance. Cercando di parlare, inspirò a pieni polmoni.

Winnie si sedette sul marciapiede accanto a lei e strinse Cassie tra le braccia. "Su, su. Andiamo, tesoro. Qualunque cosa sia, non può andare così male."

Il calore di quell'abbraccio amichevole scatenò le emozioni della giovane attrice. Non riuscendo a trattenersi, e cominciò a singhiozzare ò. Winnie le mise un fazzoletto in mano.

"Andiamo. Ti offro una tazza di caffè." Le due donne si alzarono in piedi. Winnie mise il braccio intorno alle spalle di Cassie e la accompagnò verso un'auto. Quando arrivarono al Java the Hut, le due donne scesero dall'auto. "Il mio turno inizierà solo tra venti minuti. Vuoi dirmi che cosa succede?"

Le due donne si sedettero a un tavolo angolare. Cassie fece due respiri tremanti, poi iniziò a parlare in modo confuso.

"Voglio restare, ma Flint non mi vuole qui. Mia madre vuole che torni a casa a fare tre film. Ma io non voglio. Flint vuole che gestisca il negozio, ma io non voglio. Tutti mi dicono cosa fare. Ma io non so cosa voglio fare." Le lacrime ricominciarono.

Winnie fece un cenno alla cameriera. "Connie, potresti portarci due caffè, per favore?"

"Certamente." La cameriera guardò stupita la ragazza singhiozzante seduta di fronte alla sua amica.

"Non far caso a lei. Solo una piccola crisi."

Le due donne rimasero sedute in silenzio. Cassie arrotolò due tovaglioli di carta, sbriciolandoli sul tavolo. Poi arrivarono le loro bevande. Winnie lanciò una lunga occhiata a Cassie.

"Capisco il tuo dilemma. Sei sicura che Flint non voglia che tu rimanga?"

"Si è arrabbiato quando ho detto che non volevo gestire il negozio. Mi ha anche definita stupida."

"È lui lo stupido." Le diede una pacca sul braccio. "Ma ho visto come ti guardava. Quell'uomo è cotto di te."

"Allora perché non dice qualcosa? Perché non fa niente?"

"Ad esempio?"

"Una proposta di matrimonio? O almeno chiedermi di restare?"

"Tu gli diresti di sì?"

"Non lo so." Cassie fissò la sua tazza.

"Non desiderare qualcosa se non la vuoi davvero."

"Non so cosa sto facendo. Ho litigato con Flint e ho minacciato di andarmene in albergo. Quindi adesso dovrò farlo. Ma mi è piaciuto stare da lui."

"Ha i suoi difetti, ma è un brav'uomo."

"Lo so. Lo so." Cassie si mise le mani sul viso.

"Che cosa stavi facendo nel vecchio negozio?"

"Stavo dipingendo. Ristrutturando."

"Posso accompagnarti io. Dopo il mio turno, ti verrò a prendere e ti porterò in hotel, se vuoi ancora restare lì. Ok?"

Cassie annuì e, durante il tragitto verso il negozio, guardò fuori del finestrino. "Grazie, Winnie."

"Prego. Spero che le cose con Flint si sistemeranno. Se è quello che vuoi."

"È così. Penso che sia l'unica cosa che so di volere."

"È un buon punto di partenza." Lei diede a Cassie una pacca sulla mano, poi mise la macchina nel parcheggio. "Eccoci qua, signorina. Verrò a prenderti alle cinque, alla fine del mio turno."

"Ti ringrazio davvero tanto." Cassie abbracciò sua nonna.

"Prego."

Capitolo Dodici

Flint guidò il suo furgoncino verso il negozio. Alcune ore tra le scartoffie e il tempo che aveva avuto per pensare gli avevano rinfrescato la mente. Chiedere scusa era difficile per Flint. Essendo il fratello più grande, era sempre stato lui a impartire gli ordini e ad assicurarsi che gli altri obbedissero.

Ma con Cassie era diverso. Suo nonno l'avrebbe definita *ostinata*. Cassie aveva il suo modo di pensare e Flint non avrebbe mai pensato che questo gli sarebbe piaciuto in una donna. Ammirava Cassie per le sue opinioni e la volontà di ottenere ciò che voleva dalla vita. C'era qualcosa di estremamente sexy in una donna decisa, che non si appoggiava sempre su di lui e non si aspettava che lui desse una scossa alla sua vita.

Doveva trattarla bene e trovare un modo di rimediare al danno che aveva fatto. *Buona fortuna*, si disse. Parcheggiò, poi si avvicinò lentamente alla porta, cercando le parole giuste nella sua mente. Bussò alla porta.

"Avanti."

Cassie si voltò. Lei era macchiata di vernice sulla guancia e tra i capelli e teneva un rullo in mano. Quando vide i suoi piedi coperti di vernice, pensò che fosse entrata direttamente nel vassoio del rullo. Si mise a ridacchiare, ricordandosi di averlo fatto un paio di volte anche lui.

"Perché stai ridendo?" Lei aggrottò la fronte, con un'espressione così seria che non si adattava ai suoi capelli sporchi di schizzi di vernice color crema.

"Niente. Niente."

"Quindi ho un po' di vernice addosso. Ho coperto il pavimento. Non è un problema. Vuoi qualcosa?" Lei appoggiò il rullo e si mise le mani sui fianchi, lasciando più vernice sui suoi vestiti.

Sembrava così carina, come una bambina che si era tuffata in un secchio di vernice e aveva avuto una giornata campale. Voleva abbracciarla e baciarla, ma la sua espressione infuriata non era di certo un invito all'intimità. Inoltre, lui non voleva diventare dello stesso colore delle pareti.

"Come va?" Pensava di cominciare la conversazione in modo gentile.

"Bene. Ho dipinto la stanza sul retro. Blu. Qui mi resta solo un'altra parete da fare."

Lui guardò le pareti appena verniciate. "Stai facendo un buon lavoro."

Lei fece un mezzo sorriso, ma abbassò le mani e rilassò la sua postura. Lui fece un respiro profondo.

"Come ti ho detto prima. Vuoi qualcosa?" Il suo tono di voce si addolcì.

"Volevo solo darti un passaggio a casa. Voglio dire, se sei pronta ad andartene."

"Ho già un passaggio, grazie. Quindi puoi tornare a casa." Lei fece un gesto.

"Un passaggio? Da chi?"

"Che cosa te ne importa?" Lei gli voltò le spalle e fece scorrere il rullo nella vernice.

"Andiamo, Cassie. Piantala con i giochetti. Non tutti quelli che ti offrono un passaggio sono brave persone."

Lei si voltò di scatto per guardarlo. "Non ho dodici anni. So badare a me stessa."

"Beh, sparami per aver cercato di fare la cosa giusta." La rabbia gli ardeva nel petto. "Chi ti darà un passaggio?"

"Mia nonna."

"Gram? Lei non c'è più."

"No. Winnie. L'*altra* mia nonna." La sua espressione altera gli fece venire voglia di afferrarla e sculacciarla.

"Beh, scusami. Immagino di essere abbastanza al sicuro con lei. Quindi, non hai bisogno di me."

Per un momento, lei si mordicchiò il labbro. "Non per un passaggio, no. Winnie verrà a prendermi verso le cinque e mezza. Mi porterà in albergo."

Questo non chiudeva il loro accordo? Lei aveva fatto la scelta idiota di andarsene da casa sua e trasferirsi in albergo. La sua rabbia si trasformò in dolore. "Davvero? Hai intenzione di buttare via i tuoi soldi per una stanza? Non costa poco."

"Non sono povera. Posso permettermelo."

Lui si guardò intorno per esaminare il lavoro che avevano fatto nel negozio. "Ci vorranno un paio di settimane perché questo posto sia pronto."

"Allora?" Lei si mise una mano sul fianco e gli lanciò uno sguardo di sfida.

"Sei ancora arrabbiata?"

Lei non rispose.

"Oh, piccola. Ascolta. Mi dispiace di aver litigato con te stamattina. Non possiamo seppellire l'ascia di guerra? Non possiamo dimenticarcene?"

"Dimenticarci che non mi vuoi per sempre?"

"Non ho mai detto questo."

"Stai dicendo che sono una bugiarda?"

La frustrazione ribollì dentro di lui. "No. Non è così. Sto dicendo che stamattina non abbiamo comunicato molto bene. Andiamo. Torna a casa con me. Cerchiamo di sistemare le cose."

"E che cosa dirò a Winnie?"

"Lei capirà."

"Lo farà sicuramente. Ho finito prima. Va' con Flint. Ho comunque la spesa da fare."

Si voltarono e videro Winnie sulla soglia.

"Meglio se torni a casa con lui." Lei fece un cenno con la mano mentre si voltava verso la strada.

"Ok. Grazie, Winnie," disse Cassie alla donna.

Flint la ringraziò in silenzio. "Allora verrai con me?"

"Se puoi aspettare che io mi dia una ripulita." Lei lavò il rullo e il vassoio, poi li mise fuori ad asciugare.

"Nessun problema." Flint entrò nell'ufficio. "Questo posto ha davvero un bell'aspetto. Stai facendo un ottimo lavoro."

"Grazie." Lei andò in bagno e chiuse la porta.

Lui sentì le note di una delle sue canzoni di Natale preferite. Cassie aveva una bella voce. Quando lei uscì, con il viso pulito e i capelli multicolori raccolti in una coda di cavallo, sembrava giovane e fresca come un'adolescente. Il cuore iniziò a battergli all'impazzata. Era possibile che lei fosse ancora più bella senza nemmeno un filo di trucco?

"Pronta." Lei appoggiò i suoi vestiti da pittura su una sedia, poi incrociò il suo sguardo con un'espressione diffidente.

"Bene. C'è qualcosa che devi portarti?"

"No. Tornerò domani."

"Ok." Lui annuì e le tenne la porta.

Il tragitto verso casa fu silenzioso. Una volta in casa, Flint le prese il gomito. "Posso parlarti?"

Lei lo seguì nello studio. Lui chiuse la porta. "Siediti."

Lei seguì le sue istruzioni. Flint si sedette accanto a lei e si schiarì la gola.

"Ascolta. Non hai alcun motivo di andare in albergo. Resta qui, per favore. Se non vuoi venire a letto con me, puoi tornare nella stanza degli ospiti. Ma voglio davvero che tu rimanga."

"Anche se non dormirò con te?"

"Sinceramente? Certo che voglio che tu dorma con me. Ma se non vorrai, lo accetterò. Ti voglio ancora qui."

CASSIE SI SUCCHIÒ IL labbro inferiore per un attimo. L'ultima cosa che voleva era andarsene. In tutti i suoi viaggi, raramente era stata da sola. Qualcuno della sua famiglia la seguiva sempre. L'albergo, per quanto bello, sarebbe stato freddo e solitario.

"Ok. Resterò qui."

Lui la afferrò e la abbracciò forte. Lei chiuse gli occhi. Il suo profumo maschile, mescolato a un leggero residuo di dopobarba e un po' di sudore, le raggiunse il naso. È proprio lui. Questo è Flint. E lei adorava il suo profumo. Lui si allontanò, tenendola ancora per gli avambracci. Cercò i suoi occhi con lo sguardo.

"Con me? O nella stanza degli ospiti?"

Una parte di lei voleva torturarlo scegliendo la stanza degli ospiti. Cazzo, la verità era che lei voleva lui quanto lui voleva lei.

"Con te."

Il suo sorriso si allargò e il suo secondo abbraccio quasi la stritolò.

"Scusa, scusa." Lui fece un passo indietro.

Marty comparve improvvisamente sulla porta. "Bene, bene. Ma che cosa c'è per cena?"

"Per cena?" Cassie e Flint si scambiarono un'occhiata.

"Già," disse Marty, indicando il frigorifero. "Flint dovrebbe cucinare stasera."

Osservando la confusione di Flint, Cassie nascose un sorriso dietro la mano.

"Fanculo. Cassie ha deciso di restare. Andiamo da Homer a festeggiare."

Marty sorrise e scosse la testa. "Sempre una via d'uscita. Va bene, ma offrirai tu."

"Sì. Lo farò."

Un messaggio di sua madre attirò l'attenzione di Cassie.

Mamma: *quando torni a casa?*

Lei fece una pausa prima di rispondere.

Cassie: *non lo so, mamma. Rilassati. Le cose vanno bene.*

"Prendiamo la mia macchina." Marty agitò le sue chiavi.

"Allora posso bere." Flint diede una pacca sulla spalla a suo fratello, poi tenne la porta aperta per gli altri.

"Cassie si siede davanti."

Brontolando, Flint salì sul sedile posteriore.

Mentre l'auto usciva dal vialetto, Cassie guardò fuori dal finestrino. Le foglie stavano cambiando colore. Lei notava la differenza giorno dopo giorno.

"Non ho mai visto cambiare le foglie."

"Davvero?" Marty le diede una rapida occhiata, poi si concentrò sulla strada.

"Sono cresciuta nel sud della California. Non sono mai rimasta qui abbastanza a lungo da vedere l'autunno. È bellissimo."

Lui entrò nel parcheggio di Homer e parcheggiò l'auto. Alla porta, Flint chiese un tavolo vicino a una finestra.

Homer si avvicinò con un piccolo taccuino e una penna.

"Dato che offre Flint, posso consigliarti il filet mignon?" suggerì Marty.

"Fa' pure. Ma poi mangeremo hot dog e fagioli tutta la prossima settimana," ribatté Flint.

"Volete piantarla voi due? Accidenti. Prendo un bicchiere di Cabernet Sauvignon."

"Per me, qualsiasi cosa tu abbia alla spina. Mio fratello prende dell'acqua." Flint sorrise.

"Fanculo, Flint. Prenderò una coca, Homer."

"Arrivo subito. Specialità di oggi sono lasagne, gamberi ripieni e torta di zucca."

Ordinarono il loro cibo. I due fratelli continuavano a pizzicarsi tra di loro. Cassie sorrise. Chiunque non li conosceva avrebbe pensato che si odiassero. Ma lei sapeva che non era così. C'era qualcosa di confortante nelle loro battute e nella loro semplice amicizia.

Si era resa conto che Marty teneva molto a suo fratello e che era ostile nei suoi confronti. Si era accorta che lui la fissava di tanto in tanto, quasi come se volesse chiederle qualcosa, ma non lo faceva mai. Marty aveva qualcosa in mente su di lei e questo la infastidiva. Temendo di chiederglielo, spaventata che potesse essere arrabbiato o ostile, lasciò perdere.

Più a lungo restava, più si sentiva a disagio vicino a Marty. Perché non glielo chiedeva apertamente? Pensava che avrebbe calpestato il cuore di suo fratello? Forse non la conosceva molto bene. O non sapeva che Flint aveva qualche problema a impegnarsi. Beh, dopo tre fidanzamenti falliti, che altre spiegazioni c'erano?

Capitolo Tredici

D opo cena, Marty li lasciò a casa e uscì con i suoi amici. Ballando lungo il vialetto e cantando la canzone del suo spettacolo, Cassie si sentì leggera. Continuò a ballare mentre Flint inseriva la chiave nella serratura.

"Ti va un bicchiere di vino?" Lui accese le luci del soggiorno e della cucina.

"Certo." Lei si lasciò cadere sul divano.

Tolse Flint tirò fuori una bottiglia dall'armadietto dei liquori, tirò fuori il tappo e riempì due bicchieri. Poi la raggiunse sul divano.

"Non sapevo che bevessi vino." Lei bevve un sorso.

"A volte. Bevo molte cose." Flint accese il fuoco.

Bevvero in silenzio per un po'.

"Tu vuoi dei figli?" gli chiese all'improvviso, poi si coprì la bocca.

"Come mai questa domanda?"

"Beh, allora?"

"Certamente."

"Quanti?"

"Due andrebbero bene. Magari uno per cominciare?"

"Sì. Ok. Due."

"O tre, se i primi due sono fantastici. Tu vuoi dei figli?"

"Sì."

"Come potrai farlo continuare a essere Cassandra Wells?"

"Mi piace essere la semplice, vecchia Cassie Wells."

"Davvero? Potresti mai vivere in un posto come Pine Grove?"

Lei annuì. "Adoro questo posto. Le foglie cambiano."

170

"Ogni ottobre. Come un orologio."

Finirono di bere il loro vino. Lui guardò l'orologio.

"Andiamo a letto?" Lui sollevò un sopracciglio e la guardò.

"Pensavo che non me l'avresti mai chiesto."

"Vieni." La prese tra le braccia, la sollevò e la portò a letto. Ridacchiando, Cassie gli baciò la guancia e gli mise le braccia intorno alle spalle. La sua forza la stupì. Sentire le sue braccia dietro le ginocchia e le spalle accese il suo motore.

Flint la adagiò sul suo letto. "Hai bisogno d'aiuto?" Lui allungò le mani verso il bottone della sua camicetta.

"Posso farcela, ma se tu ti occupi dei bottoni in basso e io di quelli in alto, sarò nuda in metà del tempo."

"Sembra che tu abbia un piano." Lui si inginocchiò sul letto. Non appena la camicetta fu aperta, lui gliela tolse.

Flint la spogliò con gioia, baciando ogni centimetro della sua pelle. Quando si tolse la maglietta, i pantaloni e i boxer, lei gli appoggiò i palmi delle mani sul petto. Sentire i suoi muscoli che si muovevano sotto le sue mani fece scattare il suo interruttore. Più lo toccava, più le fiamme aumentavano.

Lui si concentra sui suoi seni, baciandoli, poi chiuse le labbra intorno ai suoi capezzoli. A ogni succhio, il suo desiderio aumentava e la tensione si accumulava dentro di lei.

"Flint," ansimò lei. "Basta. Fallo. Fallo. Prendimi. Fallo!"

Lui si voltò sulla schiena, stringendole le mani intorno ai fianchi. "Vieni qui, piccola." La sollevò e la posizionò sopra su di lui. Lei aprì le gambe e lui fece abbassare, prendendo il suo cazzo per guidarlo dentro di lei.

"Forza, cowboy!" ululò lei mentre lui la abbassava, riempiendola completamente. "Cazzo!"

sibilò lui mentre la sua vagina stretta e bagnata lo accoglieva. Lei gli strinse le dita sulle spalle e iniziò a muovere il sedere su e giù.

"Ti farò impazzire di piacere." Ogni volta che si sollevava, lei contraeva i muscoli per stringerlo.

Lui gemette, chiudendo gli occhi. Cassie sentiva un caldo quasi insopportabile. Alla fine, lei appoggiò gli avambracci sul suo petto, si sollevò sulle ginocchia e fece oscillare rapidamente il suo sedere su e giù sopra di lui, aumentando la velocità mentre il suo corpo raggiungeva il punto di rottura.

Mentre l'orgasmo prendeva il sopravvento, lei si strinse a lui, inarcando la schiena, spingendo il seno davanti a lui. Lei chiuse gli occhi mentre un gemito le sfuggiva dalla gola. Mentre il piacere le scorreva nelle vene verso ogni parte del suo corpo, aprì lentamente gli occhi.

Flint la fissò con lo sguardo carico di passione. Lei ricominciò, ma stavolta lui prese il controllo, muovendola su e giù al suo ritmo. Le sue labbra le presero un capezzolo, mentre la sua mano scivolava sul suo fianco. Le afferrò il seno, stringendoglielo con la mano. Poi capì. Urlò una volta e la tenne sul suo cazzo.

Lui iniziò a sudare sulla fronte. Le dita di Cassie iniziarono a danzare tra i peli del suo petto. Le mise le mani sulla testa, spingendola verso di sé. Lui le diede un dolce bacio sulle labbra e mormorò: "ti amo."

Come se qualcuno avesse svuotato un secchio d'acqua ghiacciata sopra di loro, Flint e Cassie spalancarono gli occhi. Lei ebbe un leggero sussulto.

"Io, io, io..." balbettò lui.

"Lo so. Anch'io ti amo."

Silenzio. Le fece scivolare lentamente le mani sul petto, fermandosi per dare una leggera stretta a ogni seno. "Sei bellissima."

Lei sic hinò, premendo la bocca sulla sua e tenendolo stretto tra le sue cosce. Le accarezzò la schiena mentre lei lo esplorava con la lingua. Avendo bisogno d'aria, lei si sollevò con un rapido sussulto. Fissandolo, lei sorrise. "Mi sento benissimo."

"Anch'io."

Lei si spostò lentamente. Lui trotterellò verso il bagno. Quando lui tornò, fu il suo turno.

"Ho acceso lo scaldasonno."

"Con il calore che abbiamo prodotto, pensi che ne avremo bisogno?"

Lui ridacchiò. "Fa piuttosto freddo qui di notte."

Le piaceva coccolarsi con lui. Il suo corpo era il suo scaldasonno personale. Cassie si mise a letto e tirò su le coperte. La stanza si era raffreddata. Lei rabbrividì, poi si avvicinò ancora di più a lui, per permettergli di metterle un braccio intorno. Si rannicchiò al suo corpo e lui spense la luce.

"Cassie, io..."

"Va tutto bene. Anch'io."

"Buonanotte."

"Buonanotte, Flint."

Non pensando che fosse per sempre, Cassie lasciò che il calore di Flint e dello scaldasonno penetrassero nelle sue ossa. Avrebbe pensato alle sfide da affrontare e si sarebbe goduta il presente.

IL MATTINO DOPO, FLINT accompagnò Cassie al negozio, poi andò nel suo ufficio. Accese il computer e prese un mucchio di documenti. Le scartoffie erano la parte che amava meno del suo lavoro. Dopo dieci minuti, lui si alzò in piedi e si rivolse a Marty.

"Abbiamo un lavoro in corso al piano in corso al piano di sotto?"

"Tutti i giorni per le prossime due settimane."

Flint sollevò il pollice. Scese i ripidi gradini fino al seminterrato e accese la luce. Le sue orecchie udirono il basso ronzio delle stampanti in azione. Avevano investito in stampanti di qualità e ad alta velocità, sia per i lavori in bianco e nero sia a colori.

Flint si occupava della manutenzione dei macchinari e delle
forniture, mentre Marty organizzava i lavori. Le stampanti stavano
sputando fuori volantini a colori per un negozio di Oak Bend. Altri
tre lavori erano in attesa dietro le quinte, pronti a partire. Lui
controllò il contatore: altri cinquemila da stampare. La stampa si
sarebbe conclusa dopo due ore.

Mentre il suo corpo era in ufficio, il suo cuore era rimasto nel
negozio con Cassie. Mentre Marty visitava un nuovo cliente, Flint
doveva impostare i lavori successivi. Uno per mille brochure a colori.
E sei lavori più piccoli per 500 set di istruzioni. Quando le stampanti
lavoravano, arrivavano i soldi.

Tuttavia, lui avrebbe voluto prendere un rullo e dipingere
insieme a Cassie. La sera prima, le aveva confessato di amarla. Anche
lei gliel'aveva detto, ma lo intendeva davvero? E che importanza
aveva? Lei sarebbe partita non appena avesse venduto il negozio. Gli
vennero in mente le parole sagge che immaginava che sua madre gli
avrebbe detto. *"Goditi i bei momenti quando ci sono."*

Ci avrebbe provato, anche se non sarebbe stato facile bloccare
i suoi pensieri sul futuro. Cassie passava da un film all'altro e da
un palco all'altro, quando riceveva qualche offerta. Qualcuno nel
mondo dello spettacolo riusciva mai a fare progetti per il proprio
futuro? Probabilmente no. Flint aveva dei progetti.

Aveva iniziato a risparmiare al liceo. Pur non sapendo cosa voleva
fare, sapeva che fare qualsiasi cosa, come avere una propria attività,
avrebbe richiesto dei soldi. Lui lavorava, faceva progetti e risparmiava
da anni. E ora aveva un'attività di successo, una casa e una bella vita.
Tutto tranne una cosa. L'amore. Non aveva una donna che potesse
definire sua.

Flint controllò i vassoi della carta e riempì quelli quasi vuoti.
Controllò le impostazioni del lavoro successivo, assicurandosi di
avere tutti i materiali di cui aveva bisogno, poi salì le scale. Prima di
arrivare alla sua scrivania, Marty lo mise in un angolo.

"Che cosa sta succedendo tra te e Cassie? Hai detto che ha deciso di andare in albergo. E adesso è tornata nella tua stanza?"

"Sì. E allora?"

"Allora?"

"Resterà con me." Lui sollevò il mento e si appoggiò le mani sui fianchi.

"Voi due potreste essere un po' più silenziosi sai? Non mi fate dormire."

Flint sorrise. "Sei geloso?"

"Vorrei solo poter dormire la notte."

"Certo, certo. Trova la donna giusta. È meglio di un sonnifero." Gli diede una gomitata. "Muoviti. Ho le bollette da pagare."

Marty lasciò cadere un altro mucchietto di buste sulla scrivania di suo fratello. "Tieni."

Flint fece una smorfia, poi esaminò la posta. "Ehi, alcuni di quelli sono assegni."

"Grazie a Dio. Li depositerò oggi."

Consegnò a suo fratello quelle con gli assegni e aprì il libretto degli assegni. Flint odiava pagare le bollette, ma doveva farlo. La sua mente continuava a pensare a Cassie, pacificamente addormentata accanto a lui. La sua pelle, i suoi capelli arruffati dal sonno, i suoi occhi assonnati, che sembravano pigri e lussuriosi allo stesso tempo. C'era mai stata una donna più seducente? Non nella sua vita.

QUALCUNO BUSSÒ ALLA porta interrompendo Cassie, intenta a pulire i pennelli.

"Ciao." Will Lennox era fuori dalla porta, con una cassetta degli attrezzi in mano.

"Will. Ciao. Accomodati."

"Hai detto che saresti stata pronta per me oggi."

"Sì, beh, siamo rimasti un po 'indietro."

"Fammi prendere alcune misure, allora. Quando pensi che potrò cominciare?"

"Oggi finirò le pareti."

"Ok. Un giorno per asciugare e poi entrerò a fare il pavimento."

"Perfetto."

Quando Will finì e mise via il suo metro, lo stomaco di Cassie brontolò. Lei guardò l'orologio. Era l'una in punto. Il suo cellulare iniziò a squillare.

"Hai già mangiato?" Era Flint.

"Stavo per uscire."

"Lascia che ti offra il pranzo al Cozy Café."

"La migliore offerta che ho avuto in tutta la giornata."

"Passo a prenderti."

Sentendo suonare il clacson del furgoncino di Flint, Cassie fece un cenno con la mano. Lui percorse le strade meno battute, dove sorgevano delle grandi fattorie. Cassie osservò le tonalità brillanti di rosso, oro e arancione delle foglie autunnali.

"Sembra un set cinematografico."

"Ho preso la strada panoramica. Guardale adesso. Un bel giorno di vento e pioggia e tutte le foglie cadranno a terra."

"Davvero?"

"Sì. Ci vuole un po' di tempo per arrivare a questo punto, e poi wham! Tutti i rami sono spogli. L'autunno finisce in un batter d'occhio e arriva l'inverno."

Il Cozy era pieno di gente. Flint parcheggiò lungo la strada. Cassie si strinse le braccia intorno per ripararsi dall'aria gelida.

"Non conoscono l'autunno qui?"

"Che cosa intendi dire?"

"Questo non è un clima invernale?"

Flint si mise a ridacchiare. "Non qui. Questo è l'autunno."

"Quanto freddo fa in inverno?"

"Più freddo. Molto più freddo. Credimi. Devono esserci quattro gradi oggi."

"Per una ragazza della California del sud, questo è freddo."

"Andiamo. Il caffè ti riscalderà." Lui le tenne la porta aperta.

La deliziosa caffetteria sorgeva sul bordo dell'acqua. C'era un pontile attaccato, che dava sul lago Cedar. Lì c'erano dei tavoli apparecchiati.

"Le persone stanno ancora sedute fuori?" Lei guardò fuori dalla porta finestra.

"Sì. Siamo piuttosto calorosi."

Lei annuì.

"Ho un bel tavolo con vista," disse Laura Dailey, con i menu in mano.

Una coppia passò davanti a Cassie e Flint, dirigendosi verso la porta. Laura sparecchio il tavolo.

"Due caffè, Laura." Flint esaminò il menu. "Qual è la zuppa del giorno?"

"Amy ha preparato una deliziosa zuppa di pollo e mais. Anche oggi abbiamo un'insalata di prosciutto fresca. "Cosa vi porto?"

"La zuppa è perfetta. Prendo una zuppa è un'insalata di prosciutto con pane di segale." Cassie le restituì il menu.

"Zuppa anche per me. Una ciotola. E un panino al roast beef."

"D'accordo. Grazie."

Laura si precipitò sul retro, per ricomparire pochi secondi dopo con una caraffa di caffè caldo. Riempì le loro tazze e si allontanò.

Cassie aggiunse latte e zucchero. Tingendo le dita fredde intorno alla tazza calda, bevve un sorso. Guardandosi intorno nella stanza, il suo sguardo si soffermò su una bacheca. C'era un volantino con un grosso titolo, "Quadriglia."

"Una quadriglia? Davvero?" Lei ridacchiò.

"Oh, sì. Me ne ero dimenticato. È una raccolta fondi. Facciamo pagare dieci dollari e organizziamo una riffa. I soldi servono a pagare tutte le stronzate per le feste."

"Stronzate?"

"Scusa. Intendo la cena del Ringraziamento."

"Tu vai alla cena cittadina o organizzi la tua?"

"Vado lì e aiuto a servire."

"Bello."

"Non è lo stesso passarlo in casa, da quando i miei genitori si sono trasferiti in Florida."

"Non lo trascorri con gli amici?"

"Nah. Hanno tutti una famiglia. Marty e io lavoriamo alla cena dei pompieri. Abbiamo molte cose di cui essere grati."

Cassie annuì. Anche lei aveva molto di cui essere grata, vero?

"Tu sarai ancora qui per il Ringraziamento?" Lui sollevò un sopracciglio.

Lei alzò le spalle. Il Ringraziamento non era più sul suo radar da quando era bambina. Ogni anno, aveva uno spettacolo da fare, o delle prove, o una giornata di viaggio. Quando era libera, lei e i suoi genitori andavano al ristorante.

"Il Ringraziamento non significa molto per me."

Lui la guardò intensamente. "Peccato. Se sarai ancora qui, potresti venire alla caserma dei pompieri con me."

"Ok. E la quadriglia? Ci andrai?"

"Non me la perderei mai. Ci andrai anche tu?"

"Io? Una quadriglia?" Cassie scoppiò a ridere.

Le loro zuppe arrivarono al tavolo. Lei prese il cucchiaio.

"Non hai mai partecipato a una quadriglia?"

Lei scosse la testa e assaggiò la zuppa. "Wow. È buonissima."

"Laura e Amy sono le migliori cuoche della contea."

Mangiarono in silenzio.

"Andiamo. Vieni con me."

"Dove?"

"Alla quadriglia. È questo sabato. Tu ci sarai ancora, vero?"

"Vero."

"Allora verrai. Ricordati che è una raccolta fondi."

"Porterò il denaro."

"Non era quello che volevo dire." Lui fece un gesto con la mano. "Volevo dire che è un evento della comunità. Per il bene della città."

"Ok, ok. Ci verrò. Accidenti." Lei alzò gli occhi. "Una ragazza non può mangiare la sua zuppa?"

Lui le strinse la mano e sorrise. Poi spalancò gli occhi. "Il Ringraziamento?"

"Lo vedremo."

Lui diede un morso al suo panino, masticò e inghiottì. "Ho saputo che Will è passato al negozio."

"Non c'è niente di privato in questa città?"

"Perché il fatto che Will sia passato al negozio dovrebbe essere un segreto? Nate era con lui?" Lui si oscurò in volto.

"Certo che no. Will sta facendo i pavimenti."

"Sì. Proprio come pensavo."

Finirono di mangiare. Flint pagò il conto. "Dove andiamo adesso?"

"Ho finito di dipingere. Torniamo a casa tua?"

"Certamente."

Lui parcheggiò nel vialetto.

"Vado a fare una passeggiata, poi leggerò un po' prima di cominciare a preparare la cena." Cassie scese e si appoggiò al furgoncino. "Credo che questa sia la mia serata."

"Marty ne sarà felice." Flint avviò il furgoncino e appoggiò il braccio sul finestrino aperto.

Cassie gli strinse brevemente l'avambraccio prima che lui si allontanasse. Sospirò ed entrò in casa. Nonostante le piacesse stare a Pine Grove, che cosa avrebbe fatto se avesse vissuto lì a tempo pieno?

Prese una delle giacche di Flint da un gancio, afferrò la sua macchina fotografica e uscì.

Attraversò il cortile verso il bosco.

Quel tripudio di colori le tolse il fiato. Iniziò a scattare foto agli alberi, le foglie, alle fattorie e alle case vittoriana e davanti alle quali passava. Di certo, non c'era tutto questo nel sud della California.

"VADO A CASA." FLINT chiuse la valigetta e si diresse verso la porta.

"A chi tocca preparare la cena?" Marty guardò suo fratello.

"A Cassie."

"Oh. Mandami un messaggio se devo prendere una pizza prima di tornare a casa."

Flint scoppiò a ridere. "Non hai fede."

"Sono solo realista. Polpette o salame piccante?" Marty sorrise.

Flint ridacchiò e chiuse la porta. Cassie non era una cuoca. Riusciva a bruciare anche l'acqua. Lui le aveva lasciato alcuni libri di cucina per principianti sul bancone, sperando che lei cogliesse il suggerimento. Entrò nel vialetto e parcheggiò. La porta d'ingresso non era chiusa a chiave, quindi entrò subito. Cazzo! C'era un ottimo profumino. Lui sgattaiolò nel soggiorno.

Profondamente addormentata, Cassie era raggomitolata sul divano, con un libro aperto per terra, accanto alla sua mano. Si era avvolta intorno a una coperta e se l'era messa sotto i piedi. Sembrava così innocente e pura. Lui ridacchiò.

Non c'era nulla di innocente e puro in quella ragazza. Non che a lui dispiacesse. Era stata in giro per il mondo più di una volta, sapeva conversare in diverse lingue, cantava come un usignolo, imprecava come un marinaio e danzava come una ballerina.

Lui andò in cucina in punta di piedi. Furbamente, lei aveva riempito il robot da cucina e quello si era occupato di tutto il resto.

Sollevò il coperchio e vide pollo, verdure e una specie di salsa. Perfetto. Avrebbe preparato un po' di riso e voilà, *ecco* la cena.

Prese una bottiglia di birra dal frigorifero. Entrando nel soggiorno, si tolse le scarpe, appoggiò il sedere su una poltrona e appoggiò i piedi su uno sgabellino. Cazzo, avrebbe potuto abituarsi a tutto questo.

Assolutamente no! Lei sarebbe andata via. Gliel'aveva detto. Non avrebbe mai avuto tutto questo e, prima se ne fosse reso conto, meglio sarebbe stato. Ma, cazzo, lo voleva, lo voleva davvero. Quando finì la sua birra, si alzò e accese il fuoco nel camino.

Il tintinnio del paravento disturbò Cassie. Le cambiò posizione, emise un gemito, sospirò e continuò a dormire. Il crepitio del fuoco lo ispirò. Si spostò sul divano per osservare meglio il fuoco, o almeno così disse a sé stesso, e si rannicchiò il più possibile accanto a lei. Lei si stiracchiò, poi gli appoggiò la testa sulle gambe e continuò a dormire. Lui si addormentò, avvolto nei sogni della felicità domestica, contento di avere una vita ordinaria, tranquilla e piena di passione.

Sentendo sbattere della porta d'ingresso, Flint trasalì.

"Che buon profumino!"

Strofinandosi gli occhi, si concentrò su suo fratello. "Era proprio necessario che tu entrassi qui con la delicatezza di un elefante?"

Cassie si stiracchiò e aprì gli occhi.

"Stavi dormendo? È ora di cena. Svegliati, bella addormentata." Marty scoppiò a ridere.

"Dovrei ucciderti."

"Dovevamo alzarci prima o poi." Cassie ricadde sui cuscini.

Marty apparecchiò la tavola. Flint preparò il riso e i tre si sedettero a mangiare.

"Tu andrai alla quadriglia, Marty?" gli chiese Cassie.

"Non lo so."

Flint alzò lo sguardo. "Perché no?"

"Isabelle potrebbe essere lì."

Cassie alzò lo sguardo. "Chi è Isabelle?"

"La sua ex ragazza. L'ha scaricato."

"Non mi ha scaricato."

"Ti ha restituito l'anello."

"Sì, beh..."

"È un'idiota, Marty. Te l'ho detto mille volte. È stata fortunata a convincere un ragazzo come te a guardarla due volte."

Marty fece un breve sorriso, poi abbassò lo sguardo sul piatto.

Cassie diede una pacca sulla mano a Marty. "Devo essere d'accordo con Flint."

"Comunque. Non sono pronto per incontrarla."

"Sei sicuro che lei ci andrà?" gli chiese Flint.

"Ci sarà anche Hank, vero? Stanno insieme adesso. O almeno così ho sentito dire."

"Beh, che se ne vada a fanculo. Vacci lo stesso. Potresti conoscere un'altra ragazza." Flint prese una forchettata di cibo.

"Chi? Chi c'è in questa cittadina di dieci persone, eh? Non c'è nessuno, Flint. Nessuno. Lo sai."

"Flint ha lasciato tre donne, quindi deve essercene qualcuna qui per te."

Marty scoppiò a ridere. "Posso sempre contare su di te, Flint. Qualunque cosa io mandato all'aria, tu l'hai già fatto meglio di me."

Flint strinse gli occhi. "Qualcuno deve pur battere il record della cattiveria da queste parti."

"E sei sempre tu."

I due fratelli scoppiarono a ridere.

"Birra?" domandò Marty.

"Perché no? Non devo guidare."

Cassie rimase a osservare con gli occhi spalancati mentre i ragazzi si prendevano in giro. Dopo cena, sistemarono la cucina, continuando a parlare e a ridere. Per un momento, lei invidiò il loro cameratismo. Lei e suo fratello Brian avevano un rapporto molto formale. Brian si teneva la sua vita privata per sé. Lei sospirò. Deve essere bello essere persone normali. Lei prese il suo libro e salì le scale.

Capitolo Quattordici

F lint aprì la doppia porta della palestra del liceo di Pine Grove. Lui, Cassie e Marty la attraversarono per entrare. Si fermarono al tavolo per comprare i biglietti. Lei notò un barattolo per le donazioni, prese il portafoglio e vi mise dentro sessanta dollari.

"Grazie! I soldi sono per la cena del Ringraziamento alla caserma dei pompieri." Una donna anziana seduta al tavolo sorrise a Cassie.

Il riflesso delle luci colorate accese nella stanza spaziosa rimbalzava sul pavimento lucido della palestra. Una voce arrivò dall'altoparlante.

"Uomo sotto la propria dama, spasso e galoppo." L'uomo al microfono parlò forte e chiaro. Al centro della stanza, uomini in jeans e maglietta danzavano con donne in abiti dai colori vivaci. Le loro gonne fluttuavano mentre roteavano e danzavano.

Le risate interrompevano gli ordini del comandante mentre le persone si muovevano a sinistra anziché a destra o nel loro angolo invece che in quello del partner.

"Tre biglietti, Agnes." Flint si mise una mano nella tasca posteriore.

"Ne prendi uno anche per me, fratello?"

"Sì."

Il trio entrò nella stanza. Cassie cominciò a battere il piede sentendo la musica country al violino.

"Date un'occhiata al tavolo dei dolci." Marty fece un cenno agli altri. Lo raggiunsero. Il lungo tavolo, coperto da una tovaglia bianca, sfoggiava dozzine di cupcake, ricoperti di glassa al cioccolato, rosa o bianca. Quattro torte attirarono la loro attenzione. Ce n'era una al cioccolato, una red velvet, una angel food e quella che attirò più di tutte l'attenzione di Cassie: una torta al cocco a sei strati.

"Wow! Guarda." Lei indicò la torta al cocco.

"L'orgoglio e la gioia di Laura Dailey." Marty sorrise.

La voce stanca di una donna seduta dietro il tavolo attirò la loro attenzione.

"Sono tre dollari a fetta. I cupcake due dollari ciascuno. I brownies un dollaro."

"Uno di tutto."

La donna spalancò gli occhi. "Davvero?"

"Sto solo scherzando. Un cupcake e una fetta di torta al cioccolato," disse Flint.

"Per me una fetta di torta al cocco." disse Cassie.

"Due brownies."

"Marty deve sempre distinguersi." Flint ridacchiò mentre scartava il suo cupcake.

"Voi due litigate come una vecchia coppia." Cassie prese una forchetta di plastica.

I tre si misero da parte e osservarono la danza. La musica vivace vinse Cassie a muovere i fianchi al ritmo di musica, mentre gustava la sua morbida fetta di torta.

Quando finirono, la donna dietro il tavolo porse loro delle salviette. "Tenete."

"Vediamo cosa sai fare, McKay." Cassie prese la mano di Flint e si diresse verso la pista da ballo.

Marty si appoggiò al muro. Cassie lo tenne d'occhio. Lei sentì parlare la donna al tavolo del rinfresco.

"La nipote di Laura Dailey è laggiù con i suoi due figli. Perché non le chiedi di ballare?"

"Non la conosco."

"Te la presento."

"Non penso proprio."

Cassie lanciò un'occhiata al tavolo dei dolci per guardare Marty. Una bella rossa si diresse verso di lui.

"Chi è quella ragazza?" sussurrò Cassie a Flint.

"Chi?"

"La rossa."

"Isabelle Townsend. L'ex ragazza di Marty."

"Non sembra molto ex in questo momento."

La musica iniziò, impedendo a Cassie di ascoltare la loro conversazione. Vide la ragazza avvicinarsi per sussurrare qualcosa all'orecchio di Marty. Lui scosse la testa, poi si diresse verso la pista da ballo. Si avvicinò a una bella bionda con due bambini al seguito. Le sembrò di sentirlo presentarsi e chiedere alla donna di ballare.

Cassie alzò lo sguardo sulla rossa. Lei incrociò le braccia sul petto e lanciò un'occhiataccia alla bionda. Cassie toccò Flint tra le costole e gliela indicò.

"Non dovresti fare un inchino nel tuo angolo?"

"Che cosa?"

Flint scoppiò a ridere. "Devi ascoltare gli ordini e prestare attenzione, tesoro."

"Ok, ok." Determinata a chiedere a Marty tutti i dettagli in seguito, entrò nello spirito della serata e si unì alla vivace danza. Cassie non era abituata a stare fuori dal suo elemento sulla pista da ballo, ma eseguì rapidamente i comandi.

"Non male per una principiante."

"Non male. Me la sto cavando meglio di te."

Flint scoppiò a ridere mentre univa le braccia e le faceva fare una giravolta. Cassie gli strinse le dita intorno all'avambraccio. Ogni volta che si toccavano, la sua temperatura corporea aumentava. Quando le mise le mani intorno alla vita per un passo di danza, i suoi capezzoli si indurirono. Il suo uomo, con i jeans e una camicia di flanella scozzese, le toglieva il respiro.

Stare in mezzo agli estranei la rendeva nervosa. La sua presenza la calmava. Basil le aveva dato un po' di conforto quando trascorrevano le notti in qualche strano hotel. Ma spariva ogni volta che lei aveva un'intervista o un servizio fotografico e non si preoccupava mai per lei.

Flint non era così. Lui si preoccupava per lei. Si assicurava che non accettasse un passaggio da una persona pericolosa o che costruttore si comportasse in modo onesto. All'inizio, il suo atteggiamento la irritava. Dopo poco tempo, aveva capito che lui credeva che lei non fosse in grado di prendersi cura di sé, ma piuttosto, per come la metteva lui, quando si trattava di Cassie "non si fidava del resto del mondo".

Ballare le fece pompare il sangue nelle vene. Più si muoveva, più si eccitava. Sì, voleva Flint, ma avrebbe dovuto aspettare. Sfiorandogli il piede, gli chiese: "questo è l'ultimo?"

"Sì. Purtroppo."

Lei gli lanciò uno sguardo civettuolo.

"Oppure no. Comunque." Lui le lanciò uno sguardo incuriosito.

Cassie si avvicinò a lui, scivolando sotto il suo braccio e mettendogli le braccia intorno ai fianchi. Poi strinse la presa. "Quando possiamo andarcene?"

Lui spalancò gli occhi. "Hai fretta?"

"Forse." Lei lo guardò attraverso le sue ciglia nere.

Cassie non vedeva l'ora di andarsene. La serata di inizio novembre era fredda, ma piacevole. Marty li raggiunse. Flint continuò a cantare "Buffalo Gal" mentre si dirigeva ballando verso il furgoncino.

"Con chi hai ballato?" domandò Cassie a Marty.

"Avrei dovuto sapere che avresti ficcato il naso nei suoi affari. Non puoi nemmeno aspettare che arriviamo a casa, vero?" Flint la fissò.

"Nessun problema. Si chiama Jenny qualcosa. È la nipote di Laura Dailey. È qui per il weekend."

"Carina."

Marty annuì.

"Chi era quella rossa e che cosa voleva?"

"Quella è Isabelle. Ci siamo frequentati per un po'. Poi lei si è fidanzata con un altro."

"È sposata?" Cassie spalancò gli occhi.

"Non più. Lo ha scaricato e ha ottenuto un buon accordo."

"Oh, una cacciatrice di dote." Cassie annuì.

"Marty ha schivato un proiettile."

"Non ne avevo voglia in quel momento." Marty si sedette rapidamente sul sedile posteriore.

"Ti ha spezzato il cuore?" Cassie si voltò per guardarlo. Flint avviò il furgoncino.

"Che ne pensi?"

"Penso che i fratelli McKay riescano a trovare donne, a fidanzarsi, anche più volte, ma senza concludere mai l'affare. Perché non siete sposati?"

"Se io lo fossi, tu non saresti qui," disse Flint.

"A meno che tu fossi sposato con lei." disse Marty dal sedile posteriore.

Le risate smorzarono la tensione. Cassie smise di fare domande e guardò davanti a sé. Quei due ragazzi erano un mistero. Flint la aspettava da tutti quegli anni? Impossibile, vero?

Lei si sporse e gli sussurrò qualcosa all'orecchio. "Devo riportarti a casa."

"Ragazza, sto per superare il limite di velocità."

"Ehi, voi due. Non siete soli qui. Risparmiatevelo per la camera da letto."

Cassie si sentì arrossire in viso. Lei si strinse allo sportello finché non entrarono nel vialetto.

DOVENDO RESTARE DA sola per una settimana mentre costruttori lavoravano nel negozio, Cassie si mise a cucinare. Guardava programmi di cucina alla TV durante il giorno e acquistava libri di cucina presso la libreria locale. Ogni notte, i fratelli McKay tornavano a casa per un nuovo pasto caldo. Alcuni giorni la cena era un successo, altri uscivano a mangiare la pizza.

Flint ammirava la sua determinazione, ma sapeva che non si diventa chef in una settimana. Lui stava al gioco, piacevolmente sorpreso dai suoi gustosi intrugli. Lui e Marty riordinavano a turno. Alla fine della giornata, entrambi i fratelli mentivano sollevati di non essersi dovuti arrovellare il cervello per trovare qualche idea per la cena.

La cosa migliore era averla nel suo letto ogni notte. Nonostante lei fosse sempre stata una partner disponibile, il suo desiderio sessuale si adattava perfettamente al suo. A volte lei restava sveglia fino a tardi per provare una nuova ricetta e non andava a letto fino a notte fonda. Poi sentiva le sue mani fredde sul sedere o lungo la schiena. Si voltava e la trovava pronta per il rock and roll. Di certo si svegliava esausto al mattino, ma con un sorriso sul volto.

Mancavano pochi giorni al Ringraziamento. Lui doveva darsi una mossa per la grande cena alla caserma dei pompieri. C'erano cose da organizzare e la spesa da fare.

Sdraiato a letto dopo aver fatto l'amore, Flint affrontò l'argomento.

"Ti piacerebbe aiutare con la cena del Ringraziamento alla caserma dei pompieri?" Lui non si aspettava che lei accettasse.

"Certo. Vuoi che cucini? Che trovi una ricetta interessante e prepari qualcosa?"

"Ehm, no. Abbiamo bisogno di alcuno che si occupi della spesa, dei trasporti, dell'allestimento e della pulizia. Di lavare i piatti. Le donne che hanno cucinato l'anno scorso cucinerà hanno anche quest'anno."

"Oh. Ok." Lei smise di sorridere.

"Lavorerai con me. Ok?"

"Certo. Perché no? Non è che abbia qualcos'altro da fare."

"Che cosa fai di solito durante il Ringraziamento?" Lui preparò un altro bricco di caffè.

"Prendo un hamburger. Mangio nel mio camerino. Ogni tanto mangiavamo dei sandwich di tacchino. Quando ero a Broadway, facevamo sempre uno spettacolo il giorno del Ringraziamento. Fare un film? A volte ero sul set in un paese straniero. Il Ringraziamento non viene celebrato ovunque."

"Davvero? È terribile."

"Non puoi sentire la mancanza di quello che non hai mai avuto."

"Non hai mai voluto trascorrere un normale giorno del Ringraziamento?" Lui prese le loro tazze dal tavolo.

"Certo. Una volta. Quando ero piccola, ci riunivamo con zie, zii, cugini e un enorme tacchino. Tutta la tradizione. Ma non da quando avevo sedici anni. È solo un giorno. L'ho superato."

"E adesso?"

Lei sollevò le spalle. "Non lo so. Suppongo sia carino. Potrei anche fare qualcosa di utile, come dare una mano alla caserma dei pompieri. Non ho nessun altro posto dove andare, comunque."

"E i tuoi genitori? Tuo fratello?"

"I miei genitori sono a Parigi e Brian starà con la famiglia di sua moglie."

La tristezza si insinuò nel suo cuore. Lui le prese la testa e la strinse tra le braccia. Lui ripensò a tutti i bellissimi giorni del Ringraziamento che aveva trascorso con suo fratello e i suoi genitori. E anche con cugini, zie e zii. Tanto cibo, partite di football, puzzle e partite a pallone, se fuori non nevicava. Dei ricordi meravigliosi gli tornarono in mente. Cassie non ne aveva. Un dolore gli attraversò il petto.

"La gente pensa che le star del cinema abbiano una vita meravigliosa." Lui scosse la testa.

Lui riempì le loro tazze, aggiunse latte e zucchero in quella di lei e gliela porse. Anche se lei cercava di sembrare indifferente, non riuscì a nascondere una piccola lacrima nei suoi occhi. Improvvisamente, voleva passare il Ringraziamento più meraviglioso del mondo a casa sua, solo per lei.

Il pasto alla caserma dei pompieri riguardava altre persone e richiedeva molto lavoro. Quando tornava a casa, lui crollava sempre sul divano a guardare una partita di football con una birra in mano.

"A che ora è l'evento?"

"Cominciamo presto. All'una. Così tutti quelli che lavorano possono tornare a casa per passare un po' di tempo con la loro famiglia. O un Ringraziamento tutto loro."

"Sembra perfetto. Certo."

"Quando dobbiamo iniziare?"

"Domani mattina."

"A che ora?"

"Alle sette?"

"Allora è meglio andare a dormire." Lei si abbassò, tirando su le coperte. Flint si distese accanto a lei e si addormentarono.

LA SVEGLIA SUONÒ ALLE sette. Si vestirono e andarono in cucina. Cassie preparò il caffè e ruppe un paio di uova nella padella.

"Cominciamo dalla lista della spesa." Flint prese un taccuino e una penna da un cassetto e si sedette a tavola.

"Vediamo, venti tacchini." Lo scrisse.

"Venti?" Cassie riempì due tazze.

"Ci saranno un centinaio di persone."

"Ci sono così tante persone che non possono permettersi di festeggiare il Ringraziamento?" Lei aggiunse latte e zucchero nel suo caffè.

Lui annuì.

"È terribile."

"Jonas Barley ne donerà dodici e Amos Winfield ne donerà otto. Andremo a prenderli presto la mattina del Ringraziamento."

"Quanto presto?"

"Mmm. Alle cinque o alle sei circa."

"Poi?" Lei portò le tazze a tavola, poi prese la penna e il foglio. "Controlla le uova."

Flint si alzò in piedi. "Questa è la roba che dobbiamo comprare. Patate dolci. Patate normali. Cipolle. Fagiolini in scatola. Mirtilli. Zuppa di funghi." Mentre lei parlava, lui scriveva. "Oh, piatti di carta e forchette e coltelli di plastica. Da qualche parte, ho conservato il foglio con le dosi esatte delle ricette dell'anno scorso. Le stesse signore cucinano le stesse cose ogni anno." Lui girò le uova e prese i piatti dall'armadietto.

"Ok. Dove andremo a comprare tutte queste cose?"

"Da Samson's, un superstore."

Quando finirono la lista, la colazione era pronta.

"Il più vicino è a circa un'ora di distanza. Forse un po' di più."

"Andiamo, allora." Cassie mangiò l'ultimo boccone di uova e svuotò la sua tazza.

Marty si unì a loro, grattandosi il petto con fare assonnato.

"Stiamo andando da Samson's." Flint mise i piatti nella lavastoviglie.

"Ok."

"Ecco la colazione. Il caffè è ancora caldo." Cassie prese il suo cappotto e ne porse uno a Flint.

Salirono sul furgoncino e si diressero verso l'autostrada. Cassie armeggiò con la radio. Stavano trasmettendo la colonna sonora di uno dei suoi film. Lei iniziò a cantare. Arrivarono al negozio alle nove, ma c'era già una lunga fila. Il tempo passò in fretta.

Il furgoncino entrò nel vialetto di casa di Flint e Marty alle sei. Era buio pesto e Cassie era esausta. Lei si trascinò fino alla porta principale. Oh, sì, c'era un buon profumino.

"Dove siete stati voi due? La cena è pronta." Marty era in piedi sotto la porta ad arco della cucina.

"C'è voluta tutta la giornata per comprare tutto e portarlo alla caserma." Flint si lasciò cadere su una sedia al tavolo della cucina.

"Qualcuno vuole una birra?" Marty era in piedi davanti al frigorifero aperto.

Cassie sorrise. "Cazzo, sì."

Marty mise una birra della sua mano e in quella di Flint prima di portare a tavola uno sformato di pollo e riso. Mentre mangiavano e bevevano, Flint e Cassie gli raccontarono la loro giornata. C'era voluto un sacco di tempo a trovare il cibo in quel negozio enorme.

"Perché non fanno un solo scaffale con i prodotti del Ringraziamento? Con tutte le cose che servono?" brontolò Cassie.

"Non è così che funziona."

"Me ne sono accorta. Ma perché no?" Lei prese una forchettata di cibo.

"Cassie è stata grandiosa. Quando ha smesso di lamentarsi, ce l'abbiamo fatta."

"Lamentarmi? Quel tipo non voleva spostare il suo culo pigro dalla nostra strada."

Flint scoppiò a ridere.

"Poi?" gli chiese.

"Domani mattina dobbiamo andare a ritirare i tacchini."

"Ah. Alle cinque."

"Laura ha detto per le sei. Così ci sarebbe abbastanza tempo per cucinarli prima dell'una."

"Voi due, andate a letto presto. E niente sesso." Marty nascose un sorrisino.

"Sesso? Mi riterrò fortunata se riuscirò a strisciare al piano di sopra e buttarmi sul letto." borbottò Cassie.

Quando finirono di cenare, Marty si offrì di sistemare.

"Tu verrai domani?" gli chiese Cassie, prima di salire le scale.

"Sì. Ma arriverò più tardi. Io mi occupo dell'allestimento."

"Oh. Bene. Notte."

"Buonanotte, Cassie."

Lei si tolse i vestiti e si buttò sul letto. Flint la strinse a sé e lei si addormentò prima che lui potesse darle il bacio della buonanotte.

LA SVEGLIA SUONÒ ALLE cinque. Cassie si voltò verso la finestra. Fuori era buio pesto e dentro faceva freddo. Flint strofinò delicatamente le sue mani calde su e giù per il suo busto.

"Hai in mente di fare qualcosa?" gli chiese lei, con voce roca.

"No. Lo vorrei tanto. Il mio modo di darti il buongiorno."

"Ah. Fuori è buio. Fa freddo qui dentro e dobbiamo alzarci."

"Va bene. Ma vedrai. Sarà una giornata divertente."

"Divertente?"

"Credimi."

Lei fece il verso della gallina e tirò giù le coperte. "Vado io in bagno per prima."

"Sii mia ospite."

"Oh, cazzo, sono davvero la tua ospite, no?" Lei si fermò.

"Oh, Dio, no. Niente brutti giochi di parole. Non a quest'ora. Per favore." Lui gemette, tirandosi le coperte sopra la testa.

Cassie ridacchiò mentre attraversava il freddo pavimento di legno. Dopo una doccia veloce, indossò un paio di jeans, una felpa e delle calze pesanti. Si diresse in cucina e preparò il caffè.

"Io farò le uova," disse il suo amante con voce roca.

Mangiarono e bevvero in silenzio. Cassie sbirciò dalla finestra. "Il sole sta sorgendo."

"Prendi la tua giacca. Andiamo. Non vogliamo far aspettare quei tacchini."

Le sorrise e le tenne la porta aperta. Cassie aveva troppo sonno per ascoltare la musica, quindi rimasero in silenzio. In ogni fattoria, furono invitati a prendere un caffè.

"Non c'è tempo. Grazie comunque, Martha."

"Lei è davvero Cassandra Wells? Non le assomiglia."

"È quello che mi dicono. Grazie per il tacchino."

Alle sette, avevano scaricato gli uccelli, uno in ogni casa. Le "donne che cucinano", come le chiamava Flint, avevano già preriscaldato i loro forni. Gran parte del cibo veniva allevato per essere cucinato in varie case della città. Laura Dailey si occupava dei dolci. Mentre guidavano verso ogni fattoria, videro le luci accendersi in una casa dopo l'altra.

Le donne dovevano mettere da parte quei piatti per poter cucinare per le loro famiglie. Alle otto, fecero una pausa e tornarono a casa.

Con una tazza di caffè in mano, Marty li accolse. "Avete finito, fratello?"

"Sì."

"Non dobbiamo fare niente?" gli chiese Cassie.

"Non fino alle undici e mezza."

"Torno a dormire. Per favore, punta la sveglia." Cassie sbadigliò.

"Ti seguo." Flint la seguì su per le scale.

Cassie si tolse i vestiti e si mise a letto. Le lenzuola erano fredde, ma poi Flint la raggiunse. Il suo corpo era una stufa. Si rannicchiarono accanto.

Quando sentì Flint russare leggermente, lei aprì gli occhi. Il suo corpo aveva bisogno di rilassarsi, ma la sua mente non era stanca. Distesa su un fianco, si mise a guardare fuori dalla finestra. Il cielo era grigio e alcune nuvole più scure lo attraversavano. Di tanto in tanto, un fiocco di neve svolazzava davanti alla finestra. Lei rabbrividì, stringendo più forte le coperte intorno a sé.

Come sarebbe stato trascorrere un vero Ringraziamento americano? Provò a ricordarsi di quando era adolescente. Certo, era sempre impegnata tra le lezioni di recitazione, di danza e di canto. Ma, prima che iniziasse davvero la sua carriera, avevano celebrato il Ringraziamento, no?

Chiudendo gli occhi, richiamò alla mente i suoi ricordi. Sì, nella vecchia casa. Quella piccola casa che possedevano prima che i suoi genitori diventassero i suoi agenti e le facessero ottenere il suo primo ruolo da protagonista. Era una casa carina, con tre camere da letto e un bagno. Il cortile era la parte migliore. C'era un'altalena sul ramo di un enorme albero. Suo padre coltivava pomodori e cetrioli in un piccolo giardino.

Ah, sì, l'aroma del tacchino dentro il forno: se lo ricordava ancora? No, ma ricordava quanta fame avesse, sentendo provenire dalla cucina il profumo di tutte quelle cose buone. All'epoca, sua madre cucinava ancora. E suo padre tornava a casa alle sei e un quarto ogni sera.

Brian giocava a baseball e dopo cena guardavano in tv qualche programma per famiglie. I suoi nonni, quelli adottivi, li raggiungevano per le vacanze. Ricordava la fatica di suo padre per mettere le prolunghe di legno nel tavolo per renderlo abbastanza grande. Sua madre apriva il suo cassetto speciale per prendere la tovaglia bianca di lino irlandese e il servizio buono.

Quando cominciò il successo, la prima cosa che fecero i suoi genitori fu lasciare la loro pittoresca casetta per una casa molto più grande: una casa moderna con tanto vetro e tre bagni. Cassie sospirò. Non le era mai piaciuta molto la loro nuova casa. Ma la prima non l'aveva mai dimenticata.

Aveva messo da parte il sogno di un Ringraziamento vecchio stile, insieme a quello di una vita più semplice e una famiglia tutta sua. Un giorno, ne avrebbe avuta una, con tacchino ripieno e mirtilli rossi. La nostalgia le riempì il cuore e le lacrime le offuscarono gli occhi. Aveva molto di cui essere grata, eppure aveva la sensazione che ci fossero così tante persone che avevano molto di più. Poi si addormentò.

La sveglia suonò. La mano di Flint sulla spalla la svegliò.

"Inizia lo spettacolo." Lui si mosse dietro di lei.

"Oh, mio Dio. Non dire così."

Si vestirono, sistemarono il letto e indossarono i loro cappotti pesanti. Dalla casa al furgoncino, un vento pungente colpì i loro volti. Flint accese il riscaldamento mentre si dirigevano verso la caserma dei pompieri. C'erano già quattro macchine nel parcheggio. Parcheggiò il più vicino possibile alla porta. Cassie corse dentro.

"Questa ragazza californiana non è abituata a questo clima. Cazzo se fa freddo!"

"Benvenuti a Pine Grove," disse Ivy, una delle donne, mentre affilava un set da intaglio.

I tavoli erano stati apparecchiati con delle tovaglie bianche. Marty stava sistemando le posate di plastica, i piatti di carta e i tovaglioli. Enormi tegami di alluminio, pieni di contorni, dai cavoletti di Bruxelles all'insalata, occupavano uno dopo l'altro il loro posto sui lunghi tavoli. Alcune donne che avevano cucinato sarebbero rimaste per servire.

"Se spostiamo i cavoletti accanto all'insalata Caesar e alle carote, una persona potrà gestire quei tre piatti." Cassie annuì, mentre Flint risistemava il cibo e preparava l'ordine di servizio. "È così che funziona. Tu entri, scegli un posto dove sederti, prendi il tuo piatto e ti metti in fila."

Lei annuì. "Ottimo."

Lui si voltò e chiamò suo fratello dall'altra parte della stanza. "Marty! Riesci a occuparti degli ordini da portar via?"

Marty annuì.

"Da portar via?"

"Alcune persone hanno in casa dei familiari che non possono venire qui. Quindi vengono a prendere la cena. Non ce ne sono molte. Ma qualcuna c'è sempre."

Cassie si guardò intorno, osservando le persone che partecipavano alla realizzazione dell'evento. "È magnifico."

"Mi tiene occupato."

Flint si diresse verso la porta per aiutare una donna alle prese con una gigantesca pentola di zuppa. I piatti continuarono ad arrivare, finché non rimase più spazio sui lunghi tavoli. Lei esaminò il delizioso cibo fatto in casa, tra cui salsa di mirtilli rossi, crema di cipolle, crema di spinaci, cavoletti di Bruxelles, sformato di fagiolini, carote grigliate, carote candite, purè di patate, patate dolci, medaglioni di patate candite, il ripieno del tacchino, otto torte e dieci vassoi colmi di tacchino affettato. Tutti profumi di quel delizioso cibo le fecero brontolare lo stomaco.

"Marty, ci serve un altro tavolo." ordinò Flint. Cassie lo apparecchiò.

E poi iniziò la sfilata di persone affamate. Iniziò come un piccolo ruscello. Un paio di persone al preciso scoccare dell'una. Ma dopo mezz'ora il piccolo ruscello divenne fiume in piena. La fila continuava a crescere, serpeggiando intorno alla parete laterale, minacciando di proseguire fuori dalla porta nell'aria gelida.

Cassie imitò Flint. Prese tre padelle, distribuendo porzioni di contorni agli abitanti affamati. Lei e Flint si muovevano rapidamente, sorridendo e chiedendo alle persone cosa volevano. Un paio di uomini più anziani flirtarono con Cassie, imbarazzandola.

Un vecchio signore non ebbe vergogna. "Un po' di tacchino, ma voglio lei per contorno, signorina."

Flint intervenne. "Scusi. La signorina è già impegnata."

"Sai quanto sei fortunato, Flint McKay?" Il vecchio lanciò un'occhiataccia fredda a Flint, poi guardò calorosamente Cassie.

"Certo che lo so. Cavoletti di Bruxelles?"

Una o due donne si rifiutarono di credere che lei fosse quella famosa attrice.

"Tu non sei Cassandra Wells. Lei è molto più carina," disse una donna anziana.

"Che coraggio! Fingere di essere un'attrice famosa," borbottò un'altra abbastanza forte da farlo sentire a Cassie.

Cassie si strinse nelle spalle. Forse questo era meglio di essere assediata dai fan in cerca di autografi?

Tre delle donne più anziane fecero commenti a Flint su di lei, chiedendogli se aveva in programma di sposarla e se stavolta sarebbe andato fino in fondo.

"Beh, Flint, è la numero quattro?"

"Allora? Sposerai anche lei?" Le donne si misero a ridacchiare.

Il povero Flint diventò di tutti i colori, ma continuò a servire il cibo.

Prima delle tre, il posto si era svuotato. Alcuni cittadini erano rimasti per aiutare a ripulire. La maggior parte si erano precipitati a casa delle loro famiglie per festeggiare il Ringraziamento. Cassie lavò i piatti da portata, i cucchiai da portata, set da intaglio, le brocche d'acqua, le brocche di tè freddo, le tazze da caffè e qualsiasi altra cosa trovasse.

Flint e Marty smontarono i tavoli e li misero via. Lasciarono le tovaglie da parte perché Martha potesse lavarle durante il fine settimana. Prima delle quattro, erano andati tutti via, tranne Flint, Marty e Cassie. Finirono di bere il caffè rimasto e si sedettero sulle sedie pieghevoli.

"Wow!" Cassie emise un sospiro.

"Ce l'abbiamo fatta." Flint sorrise e si voltò verso di lei. "Hai mangiato?"

Lei scosse la testa. "Non ho avuto tempo."

"Marty?"

"No. L'ho dimenticato."

"Anch'io. Il tacchino è finito."

"Penso che ci siano degli avanzi a casa," disse Marty.

All'improvviso, gli occhi le si riempirono di lacrime. Era stata così impegnata ad assicurarsi che il Ringraziamento di tutti gli altri andasse bene da dimenticarsi del suo. Certo, era importante prendersi cura degli altri, pure un'ondata di solitudine la travolse mentre stava seduta nell'ampio garage gelido della caserma dei pompieri.

Capitolo Quindici

"Bene, bene, bene. Guardatevi, voi tre. Ho mai visto uno staff più triste?"

Alzarono lo sguardo. Winnie era in piedi sulla soglia, con le mani sui fianchi.

"Mi dispiace, Winnie. La cena è finita."

"Oh, chiudi quella bocca, Flint McKay. Non sono qui per fare un pasto gratis. Sono qui per invitare mia"—Winnie si schiarì la gola—"mia nipote e i suoi amici a casa mia per una buona cena del Ringraziamento."

"Come?" Cassie non riusciva a credere alle sue orecchie.

"Proprio così. Prendete i vostri cappotti. Abbiamo aggiunto altri tre posti a tavola. La mia famiglia ci sta aspettando e sono affamati, quindi andiamo."

"Ma i tuoi figli e i loro figli?" Cassie si alzò in piedi. "Hai parlato loro di me? Pensavo che avessi deciso di non dirglielo."

"Fanculo tutto. Non potevo tenere questo segreto. Non appena hanno saputo di te, beh, hanno iniziato a tormentarmi. Vogliono conoscerti. Non capita spesso di trovare un nuovo membro della famiglia. Specialmente uno che è famoso e tutto il resto. Quindi alzate il culo. Flint? Conosci casa mia?"

"Penso di sì."

"È quella con le persiane verdi in Vale Street."

"Conosco la Vale," ribatté Marty.

"Bene. Andiamo."

Due lacrime iniziarono a scendere lungo le guance di Cassie. Lei abbracciò Winnie. "Grazie," sussurrò. "Non vedo l'ora di conoscerli."

"Non emozionarti tanto. Potresti pensarla diversamente dopo averli conosciuti."

"Sono il mio sangue."

"Hai ragione. Andiamo adesso mi manderanno all'inferno per aver perso tanto tempo." Winnie fece un passo indietro e indicò la porta.

Cassie prese il suo cappotto e lo indossò. Le domande le affollavano la testa.

"Posso andare in macchina con Winnie?"

"Certo." Flint le diede un bacio, poi salì sul suo furgoncino. Cassie chiamò Winnie, che si fermò all'improvviso.

"Aspettami!"

"Sali, tesoro."

L'auto di Winnie era più calda del furgoncino. Mentre Cassie si scongelava, riempì sua nonna di domande.

"Quanti figli hai avuto?"

"Cinque, compreso Charlie."

"Quindi ho quattro zie o zii?"

"Tre zie. Uno zio."

"Saranno tutti lì?"

"Sì. E anche i miei due nipoti."

Le domande le uscirono dalla bocca come scoppiettanti popcorn. Winnie ridacchiò, ma rispose a tutte le sue domande.

Poi si fermò davanti a una modesta casa bianca. "I ragazzi hanno parcheggiato lungo il vialetto e nel garage."

Un'ondata di paura e timidezza avvolse Cassie. "E se non piacessi ai tuoi figli?"

Winnie sbuffò. "Stai scherzando? "Ti adoreranno. E se non lo faranno, peggio per loro. Sei una mia parente adesso. Quindi dovranno rassegnarsi."

Winnie scese per prima dall'auto. Cassie la seguì lentamente. Il vento le attraversò la giacca e le punse il viso. Perché le persone vivevano in un clima come quello? Winnie aprì la porta. Cassie sentì interrompersi il ronzio delle voci. Rimasero in silenzio mentre lei si avvicinava. Con cautela, entrò nell'atrio.

Winnie le prese il gomito e la tirò dentro. "Stai facendo uscire il calore."

"Scusa," mormorò Cassie spalancando gli occhi, trovandosi davanti una marea di volti. Alti, bassi, capelli castani, capelli biondi, occhi scuri, occhi chiari — sembrava che ci fosse di tutto nella sua famiglia. Lei si tirò indietro, appiattendosi sulla porta. Nessun pubblico al mondo l'aveva mai intimidita così tanto. La porta si aprì per far entrare Flint e Marty. Si misero dietro Winnie.

"Non fare la timida, adesso." Winnie mise un braccio intorno alla ragazza.

"Benvenuta, Cassie!" disse qualcuno da lontano. Gli altri si unirono al coro. Dopo poco tempo, riuscì a malapena a sentire i suoi pensieri mentre l'entusiasmo dei suoi parenti aumentava. Poi cadde il silenzio. E iniziarono ad applaudire. Cassie si coprì il viso con le mani e iniziò a singhiozzare.

Winnie la abbracciò. "Va tutto bene, tesoro. Andrà tutto bene. Sei una di noi adesso. Entrate, ragazzi." Winnie fece un cenno ai fratelli McKay. "Questo è Flint McKay e lui è suo fratello Marty. Gli amici di Cassie. Dov'è il tacchino?"

"Sta arrivando, mamma."

Le donne portarono a tavola un piatto dopo l'altro di cibo delizioso. Il figlio maggiore di Winnie, Jake, tagliò il tacchino sulla credenza.

"Se solo mio marito potesse essere qui per vedere tutto questo." Winnie scosse la testa mentre una lacrima le scendeva lungo la guancia.

"Papà? E allora Charlie?" disse una donna alla sua destra. "Ciao, sono Annaleese."

Mentre i piatti passavano, uno dopo l'altro, le persone al tavolo si presentarono. Quelli sposati le presentarono la loro metà. Seduto alla sinistra di Cassie, dato che Winnie era seduta alla sua destra, Flint le strinse la mano.

"Devi assaggiare la mia salsa ai mirtilli," disse una donna, tirando fuori un cucchiaio. Winnie e la sua famiglia riempirono il piatto di Cassie. Lei non riusciva a tenere il passo con il flusso costante di panini fatti in casa e sformato di carote.

Cassie non fece altro che mangiare, senza preoccuparsi del suo peso nemmeno per un attimo. Il cibo era tanto delizioso che non riusciva a smettere di mangiare.

"Ha gli stessi occhi di Charlie," disse il figlio più grande.

"E anche il suo mento," disse una donna dall'altra parte del tavolo.

C'erano quattordici persone stipate intorno al tavolo della sala da pranzo di Winnie. Il cibo passava, poi tornava sulla credenza, semplicemente per non c'era abbastanza spazio sul tavolo. Flint e Marty mangiarono il loro cibo. La conversazione veniva portata avanti da Winnie e dalle altre donne sedute al tavolo. I generi e Jake divorarono il tacchino, il ripieno e tutto il resto. Guardavano le donne, ma continuavano a muovere le forchette.

Cassie non aveva mai visto una famiglia come quella prima d'ora. C'erano dei disaccordi occasionali, ma nessuno litigava davvero. Jake prendeva in giro le sue sorelle, e i nipoti finirono di mangiare presto e chiesero di potersi alzare da tavola per giocare ai videogiochi.

Non aveva mai mangiato del cibo così buono. Mentre cresceva, quel tipo di cucina casalinga non era mai stato servito a casa di Cassie.

"Charlie sarebbe stato molto orgoglioso di te," disse Winnie a bassa voce. Gli occhi le si riempirono di lacrime.

Cassie spalancò gli occhi. "Lo pensi davvero?"

"Lo so."

Quando la famiglia ebbe finito ogni boccone, due donne si alzarono a sparecchiare. Cassie fece per alzarsi. Winnie le mise una mano sul braccio.

"Non ci provare. Tu e i ragazzi qui avete fatto abbastanza per oggi, lavorando alla caserma dei pompieri. Scommetto che non avete avuto nemmeno un momento di pausa."

Cassie annuì.

"Rilassati. È il momento della torta!"

Le donne portarono a tavola tre torte. Cassie ne riconobbe una di zucca, una di meringhe al limone e una con le mele. Si leccò le labbra. Possibile che avesse ancora spazio per il dessert?

"La mia parte preferita del pranzo," disse una donna dai capelli scuri. "La torta di mele di Winnie."

Dopo che la torta, il caffè e il tè furono distribuiti, iniziarono le domande.

"Che cosa ti ha spinta a cercarci?" le chiese Jake.

"Si tratta di una strana storia." Cassie incrociò il suo.

"Non ci crederai mai." Winnie scosse la testa.

"Mettimi alla prova. Ti stupirò. Conoscendo Charlie, signorina Cassandra Wells, questo non mi sorprende neanche un po'." Lui sorrise.

Cassie guardò Flint. Lui sollevò le spalle. "Ok. Allora. Quando avevo sedici anni, trascorrevo tutte le mie estati qui, lavorando per Gram. L'altra mia nonna..."

Alle otto in punto, la folla si diradò. Cassie abbracciò Winnie. "Grazie mille. Questo è stato il miglior Ringraziamento di tutta la mia vita."

"Anche per me. Tranne per il fatto che mi manca molto Charlie."

"Vorrei averlo conosciuto."

"Cavoli, lui sarebbe molto orgoglioso di te. Io lo sono. Tutti noi lo siamo."

"Adoro la tua famiglia, Winnie."

"È anche la tua famiglia."

Cassie annuì. "Immagino di sì. Sono fantastici. E cucinano anche benissimo!"

Winnie scoppiò a ridere. "Dovresti vedere i nostri barbecue estivi! Sarai qui in estate? Per quanto tempo resterai?"

Lo sguardo di Flint le riscaldò la schiena. "Non lo so. Non ho ancora deciso."

"Beh, spero che resti a vivere qui per sempre. Abbiamo molto da recuperare."

Il cuore di Cassie si gonfiò di gioia. Era mai troppo tardi per scoprire di appartenere a un luogo?

"Anch'io." Flint le prese il braccio.

"Aspetta! Aspetta." disse Annaleese. Cassie si fermò per un altro abbraccio. La gioia le riempì cuore.

Flint la aiutò a salire sul furgoncino. Marty si sedette sul sedile posteriore. Tornarono lentamente verso casa. Una volta dentro, Flint accese il fuoco. I tre, con le pance gonfie e le palpebre cadenti, si addormentarono rapidamente nel soggiorno. Cassie e Flint si distesero abbracciati e Marty si distese dall'altra parte del divano.

Per un momento, lei pensò ritrovarsi in un film Hallmark invece che nella sua vita. Poi la stanchezza ebbe il sopravvento.

ALLE TRE DEL MATTINO, la sirena di emergenza svegliò Flint. Sbadigliò e si alzò il più delicatamente possibile. Cassie aprì gli occhi.

"Emergenza," sussurrò lui, prendendo le sue scarpe. Indossò gli stivali e il cappotto e uscì dalla porta in cinque minuti. Sbadigliando mentre guidava, si strofinò gli occhi. Almeno non c'era nessuno per strada.

"Non preoccuparti di cambiarti. È un tipo che sta male. Ho chiamato gli altri ragazzi e ho detto loro di non venire." Dave, il capo dei pompieri, si infilò la giacca.

"Ma non a me?"

"Cazzo, no. Te la sei già cavata l'ultima volta."

"È Richard, il cugino di Mindy," disse Dave.

"È da Mindy?"

Dave annuì.

"Che cosa c'è che non va?"

"Non lo so. Dolore. Mindy pensa che possa essere appendicite. Andiamo."

Dave si mise al volante dell'ambulanza; Flint saltò sul sedile del passeggero. Quando arrivarono, Mindy aprì di scatto la porta.

"Fate presto. Ha molto dolore." Lei si aggiustò la vestaglia e riallacciò la cintura.

Con indosso una maglietta e un paio di boxer, Richard passeggiava, tutto curvo, tenendosi la pancia e lamentandosi. Flint gli si avvicinò.

"Puoi sollevarti, per favore?" Quando lo fece, Flint gli diede un colpetto nella zona dell'appendice e annuì.

"Sembra che Mindy abbia ragione. Prendi il cappotto. Ti portiamo all'ospedale di Oak Bend."

Mindy aiutò Richard, poi aprì la porta. Lui salì sull'ambulanza e si sdraiò sulla barella, mentre gli altri due si sedettero sul sedile anteriore. Dave accese la sirena, poi premette l'acceleratore.

Arrivarono in ospedale a tempo di record. Flint scese di corsa. Dave parcheggiò il veicolo. I due uomini aprirono la porta e tirarono fuori la barella. Portarono Richard dentro.

Dopo averlo affidato al personale dell'ospedale, i due uomini tornarono sull'ambulanza. Flint chiamò Mindy.

"Richard è al pronto soccorso dell'Oak Bend General. Sembra che sia appendicite. Si stanno preparando per un intervento chirurgico. Probabilmente puoi ancora chiamarlo per circa quindici minuti."

"Grazie, ragazzi."

"Prego."

Dave guidò lentamente fino alla caserma dei pompieri. Erano quasi le sette quando Flint vide il sole fare capolino all'orizzonte. Parcheggiò il furgoncino ed entrò in casa il più silenziosamente possibile. Quando aprì la porta, l'odore stuzzicante del bacon gli raggiunse il naso.

"Come?" Lui si guardò intorno.

Cassie uscì dalla cucina a piedi nudi, indossando una delle sue magliette e un paio di leggings.

"Sei sveglia? Perché?"

"Nonostante l'enorme pranzo di ieri, ho pensato che avresti avuto fame tornando a casa."

"Hai fame?" Lo stomaco gli brontolava. "Dopo ieri, ho pensato che non avrei mai più avuto fame."

Marty si unì a loro, porgendo a Flint una tazza piena.

"Oh, caffè! Sì! Oh, sì, sì, sì."

"Sei uscito senza bere il caffè?"

"Non ho avuto tempo."

"La colazione sarà pronta tra circa dieci minuti. Qual era l'emergenza?"

Flint si accomodò su una sedia e, tra un sorso e l'altro di caffè caldo, raccontò loro l'evento. Mentre Cassie si occupava delle uova sul fornello, Marty, che stava preparando il bacon in forno, intervenne.

"Oh, merda. Quel Richard Winslow?"

"Sì. E allora?"

"Reciterà nello spettacolo natalizio di Mindy."

"Davvero?"

"Lei sta allestendo il musical di *Canto di Natale* al teatro di Pine Grove. Comincerà domenica sera."

"Non potrà farcela in tempo per recitare nello spettacolo."

Che casino! Dovrà rimborsare i soldi di tutti."

Flint si rivolse a Cassie. "Mindy possiede il teatro. Dirige e produce uno spettacolo natalizio ogni anno. Inizia il fine settimana dopo il Ringraziamento e dura fino a Natale."

"Non ha un sostituto?" chiese Cassie, aggiungendo del latte alla sua seconda tazza di caffè.

"Oh, sì. Gil qualcosa. Penso che si sia preso l'influenza. È quello che ho sentito dire al Cozy." Marty distribuì il bacon in tre piatti.

"È lì che mette al corrente di tutte le ultime novità? Tutti i pettegolezzi? Al Cozy Café?" Cassie incrociò lo sguardo di Marty.

"Lì o da Homer."

Lei aggiunse le uova e distribuì i piatti.

"Immagino che ci sia un enorme attacco di panico in corso a casa Armstrong in questo momento." Flint prese un pezzo di bacon.

"Armstrong? Come il tipo che si occuperà della vendita del negozio da te a me?"

"Sì. Lui. Mindy è sua moglie."

Cassie annuì. Il cellulare di Flint iniziò a squillare.

"È per te." Lui porse il telefono a Cassie.

"Nessuno mi chiamerebbe sul tuo telefono. Chi è?"

Flint sollevò le spalle, ma distolse lo sguardo dal suo. Cassie lo fissò mentre teneva il telefono. "Pronto?"

"Le piacerebbe ricevere una consulenza legale?" disse una voce femminile.

"CHI È?"

"Sono Mindy Winslow. Lei non mi conosce, ma stamattina il suo ragazzo ha salvato mio cugino."

"Oh, ne ho sentito parlare."

"Signorina Wells, sono in una posizione terribile. Ho venduto tutti i biglietti degli spettacoli che avranno luogo nel mio teatro per il musical di *Canto di Natale,* ma mi manca Scrooge. Vorrei chiederle. Anzi, la imploro. Potresti sostituirlo nella parte?"

"Come? È uno scherzo?"

Flint fece una smorfia e si diresse in punta di piedi verso la porta, finché Cassie non gli strinse forte il braccio. Lui urlò, ma tornò in cucina.

"È stato Flint a dirle di chiamarmi?"

"Ehm, beh. Se devo essere totalmente sincera..."

"Proprio come pensavo. E le ha chiesto di non dirmelo, vero?"

"Lo conosce bene."

"Può dirlo forte. Veramente, non potrei..."

"Oh, sì che potrebbe. La aiuteremmo tutti. Potrei venire lì tra cinque minuti con la sceneggiatura. Il nostro pianista ha detto che potremmo vederci al teatro tra un'ora. Oh, per favore, signorina Wells. Per favore. La sto implorando. Non è solo per me e non riguarda i soldi. Ma gli abitanti di Pine Grove aspettano quello spettacolo per tutto l'anno. E i bambini. Arriveranno più di duecento bambini nelle prossime tre settimane. È solo per tre settimane."

Silenzio.

"Può aspettare un minuto?" Cassie lanciò un'occhiataccia a Flint. Lui sollevò le spalle. Lei mise la mano sul telefono e si voltò verso di lui. "È stata una tua idea!"

Ancora una volta, lui le fece un sorriso poco convincente e distolse lo sguardo.

"E se non lo farò sarò io la cattiva. Lo spettacolo non si farebbe per colpa mia. Perché non hai tenuto chiusa quella boccaccia. Senza nemmeno chiedermelo."

"Avresti detto di sì?"

"No."

"Ecco. Lo vedi?"

"Sei esasperante e frustrante. Mi hai incastrata."

"Io lavorerò con te." Lui le strinse le dita intorno al braccio.

Lei se lo scrollò di dosso. "Puoi scommetterci che lavorerai con me. Sarai il mio schiavo! Farai tutto ciò che ti dirò. E potrai dire addio al tuo ufficio. Perché avrò bisogno di te a tutte le prove. E per provare le battute."

Lui arrossì in viso. "Ma io ho un'azienda..."

"Non per le prossime tre settimane." Lei si rimise il telefono all'orecchio. "Mi ha convinta, Mindy. Ok. Ci proverò. Ma non le garantisco una buona performance. E potrei dover salire sul palco con il copione. Ma Flint si è offerto volontario per trascorrere ogni minuto della giornata a lavorare con me nelle prossime tre settimane, per assicurarsi che io possa offrirvi la miglior performance possibile."

"Oh, mio Dio! Grazie mille. Non ne ha idea. Ha salvato il teatro e il Natale per tutta Pine Grove. Ringrazi anche Flint da parte mia. Arrivo tra poco con il copione."

"Bene. Prima comincio a imparare le battute, meglio è."

"Oh, a proposito. Drew dice che si occuperà della vendita del suo negozio, facendo tutto il lavoro legale gratuitamente. Le siamo molto grati."

"Lo ringrazi da parte mia, Mindy. Non vedo l'ora di lavorare con lei." Cassie riagganciò il telefono e lo spinse nella pancia di Flint. Lui cercò di sorridere, ma lei gli lanciò comunque un'occhiataccia.

"Che cosa hai fatto, fratello?" Marty caricò i piatti in lavastoviglie.

"Immagino di aver messo il dito nella piaga."

"Ma l'adorabile Cassie ci permetterà di avere uno spettacolo natalizio da ricordare," disse Marty.

"Sì. Il signor Scrooge è appena diventato la signorina Scrooge." Lei aggrottò la fronte.

Marty scoppiò a ridere. "Buon per te, Cassie. Sei coraggiosa."

"Coraggiosa? O stupida? Scegli quello che preferisci."

"Forse è meglio che tu ti trasferisca nella stanza degli ospiti, Flint," disse Marty.

Lei si precipitò fuori dalla stanza e corse su per le scale, sbattendo la porta. Dopo cinque minuti, la porta si riaprì. I vestiti di Flint volarono giù per le scale, uno dopo l'altro, atterrando in un mucchio sul pavimento. Cassie uscì dalla porta. Spalancò la porta della camera degli ospiti, entrò, gettò tutto sul letto e si precipitò fuori.

"Non c'è nessun forse." Lei tornò di sopra, sbattendo di nuovo la porta.

La casa divenne silenziosa.

Nella stanza di Flint, Cassie si lasciò cadere sul letto e guardò fuori dalla finestra. Come cazzo avrebbe potuto farcela? Uno spettacolo dal vivo richiede mesi e mesi di prove. Lei aveva due giorni. *Due giorni!* Lei sbuffò e si ributtò sul letto.

Non c'era tempo di leccarsi le ferite. Il copione sarebbe arrivato da un momento all'altro e lei avrebbe fatto meglio a essere pronta. Entrò nella doccia, sperando di lavare via le sue insicurezze. Lavorando con la regista di una piccola città, probabilmente con dei musicisti amatoriali, come avrebbe potuto farcela? E se non ci fosse riuscita? Tutti avrebbero detto che era troppo piena di sé per dare il massimo per lo spettacolo.

Ahah! Cassie dava sempre il massimo per ogni spettacolo. Scosse la testa mentre l'acqua calda le scorreva addosso. Non sapeva esibirsi in nessun altro modo. Era per questo che era così stanca alla fine del suo spettacolo. Non era ancora completamente guarita? Non era ancora pronta per tornare a Hollywood e per esibirsi in modo professionale.

Chiuse la doccia e si mise addosso un soffice asciugamano. Ripulendo lo specchio appannato con la mano, guardò il suo viso struccato. Aveva sperato di restare fino a Natale. Non aveva detto a

Flint che il negozio era finito. Lui non gliel'aveva chiesto e lei non aveva tirato fuori il discorso.

Se gliel'avesse detto, avrebbe dovuto venderlo e tornare in California. Forse non? Non avrebbe avuto alcun motivo di restare. E lui non aveva preso nessun impegno serio con lei. Inoltre, quanto poteva credere a un uomo che aveva lasciato tre donne sull'altare?

Si asciugò e indossò un paio di leggings e un maglione. Mentre si asciugava i capelli, suonò il campanello. Lei fece un respiro profondo ed espirò. Guardandosi allo specchio, mormorò: "Comincia lo spettacolo!" Poi corse giù per le scale.

Quando Flint aprì la porta, Cassie saltò gli ultimi due gradini. Una giovane donna dai capelli scuri entrò in casa insieme al vento freddo.

"Ciao, sono Cassie." Lei le porse la mano.

"Sono Mindy. Piacere di conoscerti."

La donna aveva una busta nascosta sotto il braccio.

"Caffè? Cioccolata calda? Tè?"

"Cianuro?" ribatté Mindy.

Capitolo Sedici

"**N**on è così male." Cassie prese il cappotto di Mindy.

"È facile dirlo adesso. Ma quando rileggi le battute e vorresti solo imprecare, dimmi che non ti piacerebbe un cocktail di cianuro."

"Cucina? Soggiorno?" domandò Flint.

"Oh, meglio aprire il copione sul tavolo della cucina. E il caffè è perfetto." Mindy sorrise.

Flint preparò le bevande, poi si sedette. Cassie gli lanciò un'occhiataccia.

"Come? È un problema se sto qui?"

Mindy lanciò uno sguardo inquisitorio a Cassie. "Ok, ok. Immagino che lo sia. È casa tua."

Flint sorrise.

"Posso anch'io?" domandò Marty.

Cassie alzò la mano. "Aspettate un attimo. Questo non è uno spettacolo. È un incontro di lavoro."

Quando lei vide l'espressione triste sul viso di Marty, cedette. "Ok, ok. I fratelli McKay possono ascoltare. E ho detto 'ascoltare.' Non parlare. Non aggiungete il vostro contributo. Questo è un incontro tra due professioniste."

I due ragazzi annuirono.

Cassie lanciò un'occhiataccia a Flint. "E tu ti occuperai dei rinfreschi."

"Va bene."

Mindy tirò fuori il copione dalla busta. "La prima cosa che faremo è cambiare la pubblicità. Ho bisogno di una tua bella foto e di un tuo primo piano per il programma. È troppo tardi per cambiarlo per domani sera, ma quello nuovo sarà pronto lunedì." Mindy si rivolse a Flint. "Voi potete stamparlo per noi domenica?"

"Certamente." Marty annuì.

"Abbiamo deciso di chiamarti Miss Scrooge, perché introdurre un marito, anche morto, a questo punto, significherebbe cambiare le battute di tutti. Con l'aiuto di alcuni stagisti, Drew sta esaminando la sceneggiatura per vedere se cambiare qualcos'altro."

"Mi invecchierete?"

"Sì. È un problema per te?"

Cassie scosse la testa. "Non l'ho mai fatto prima. Ma va bene."

"Bene. Abbiamo alcuni studenti di trucco che si sono offerti volontari." Mindy scorse la prima scena. "Va' a pagina cinque."

Mindy lesse tutte le parti. Dopo alcune pagine, consegnò la parte di Scrooge a Cassie. Imbarazzata davanti a Flint e Marty, lei iniziò a parlare.

"Non sono abituata ad avere un pubblico quando non so cosa fare. Potreste mettere le vostre sedie dietro di me, così mi dimenticherò che siete lì, oppure uscire dalla stanza?"

Mindy si alzò in piedi. "Perché non andiamo a provare in teatro? Non è caldo e accogliente come questa cucina, ma è un posto intimo."

"Me ne vado, me ne vado." Flint alzò le mani. "Non è necessario."

"L'idea di Mindy è perfetta. E possiamo fare delle modifiche mentre procediamo. Andiamo." Cassie si diresse verso l'armadio dei trasporti.

"Buona fortuna, piccola," disse Flint, cercando di baciarla. Ma lei si allontanò.

Cassie si sedette sul sedile del passeggero del SUV di Mindy.

"Non hai idea di quanto ti sia grata per aver accettato di farlo."

"Io non ho idea di come farò a imparare tutto entro dopodomani."

"Non preoccuparti. Sarò dietro le quinte e ti suggerirò le battute ogni volta che ne avrai bisogno. Forse possiamo preparare un gobbo con le tue battute? Troveremo una soluzione."

Cassie fece un gran respiro. "Flint mi aiuterà con le battute."

"Non deve lavorare?"

"Gli ho detto che resterà a casa a lavorare con me finché non le avrò imparate. Lui ha acconsentito."

"Grazie a Dio. Avere un allenatore aiuta."

"Un allenatore? Lui è già abbastanza autoritario."

Mindy si mise a ridere e scosse la testa. "Uomini."

Sarebbe riuscita a farlo senza l'aiuto di sua madre? Caroline Wells aveva sostenuto sua figlia dal primo giorno. Era stata in ogni set, in ogni teatro e in ogni location con sua figlia. Cassie aveva contato su sua madre per renderle le cose facili ed essere la sua cheerleader. Questa volta sarebbe stata da sola.

Caroline non avrebbe mai raggiunto Cassie per tenerle la mano. E quando avrebbe saputo cosa stava facendo sua figlia probabilmente avrebbe avuto un infarto. Farsi truccare per apparire vecchia e brutta? Caroline non l'avrebbe mai approvato. Cassie non aveva intenzione di dirlo a sua madre. Il numero di messaggi era ormai diminuito a quattro al giorno. Caroline aveva accettato che sua figlia si prendesse una pausa e Cassie non avrebbe sconvolto le cose con la verità.

Il teatro era freddo. Cassie si tenne il cappotto addosso mentre passeggiava lungo il corridoio. Ovviamente, il palcoscenico era notevolmente più piccolo di quelli di Broadway. Si prese mentalmente a calci per non averlo immaginato. Lo spettacolo avrebbe avuto un'atmosfera più intima, perfetto per la storia di Scrooge.

I pesanti tendoni rosso scuro non aggiungevano calore alla sala. "Si muore dal freddo qui dentro," disse Cassie.

"Non posso permettermi di riscaldare la sala senza persone. Drew dice che è uno spreco di denaro e ha ragione."

"Nessun problema. Cominciamo." Lei si abbottonò il cappotto.

Cassie salì i quattro gradini a destra del palco, mentre Mindy salì le scale a sinistra. Pagina dopo pagina, Cassie leggeva le battute di Scrooge, mentre Mindy recitava il resto.

"E le canzoni?" Cassie si mordicchiò il labbro. Era passato un po' di tempo dalla sua ultima lezione di canto o persino dalle prove musicali.

"Il pianista verrà questo pomeriggio. Ho le canzoni in un libro separato. È sul pianoforte."

"Ok. Lasciamolo per dopo."

Mindy sollevò i pollici.

"Consegna!" risuonò una profonda voce maschile.

Le donne si voltarono e videro Flint che camminava lungo il corridoio, con due borse in mano.

"Laura e Amy del Cozy Café hanno donato il pranzo. Ti sono molto grate, Cassie, per quello che stai facendo. Sembra piuttosto spettacolare. Sandwich al manzo, insalata di patate, insalata di cavolo e i famosi scones di Laura per le pause. Oh, quasi dimenticavo. Due fette di quella torta al cocco che ti piace così tanto."

"Wow." Le venne l'acquolina in bocca.

"E qui ci sono due thermos di cioccolata calda. Ho pensato che bere troppo caffè non ti avrebbe aiutata a ricordare le battute."

Le donne raggiunsero Flint nella buca dell'orchestra. Lui appoggiò le borse sul pianoforte. Cassie abbracciò il suo uomo. "Sei fantastico. Grazie. E, per favore, ringrazia Laura ed Amy da parte nostra."

"Ti sostengono tutti. Sono grati che tu abbia accettato di fare lo spettacolo."

"Spero di non deludere nessuno."

Mindy scartò un sandwich. "L'intero cast verrà domani per una prova generale con Cassie."

"Come se la sta cavando?" chiese Flint, aprendo la borsa delle bevande.

"Benissimo. È entrata nella parte. Una vera professionista." Mindy diede un morso al suo sandwich.

La fame strinse lo stomaco di Cassie e lei si buttò sul cibo.

"Grazie per aver portato da mangiare. Non c'è bisogno che tu ti trattenga."

"Cerchi di liberarti di me, eh?"

Lei annuì mentre masticava.

"Lo immaginavo." Lui sorrise e si voltò verso la porta.

"Flint è un bravo ragazzo." Mindy prese due sedie.

"Lo so. È solo un po' restio a impegnarsi."

"Tre tentativi falliti parlano da soli." Mindy aprì il suo contenitore di insalata di patate.

"In ogni caso, non abbiamo una relazione a lungo termine."

"No?" Mindy le lanciò uno sguardo interrogativo.

"Tornerò a casa dopo lo spettacolo di Natale."

Mindy spalancò gli occhi. "Peccato. Mi piacerebbe avere una donna del tuo calibro qui in città."

"È impossibile che io resti con Flint a tempo indeterminato." Cassie diede un morso al suo gustoso sandwich.

Mindy annuì. "Lo capisco."

Non mi ha mai chiesto di restare. Si è solo limitato a fare un commento sulla mia partenza, come se fosse triste o qualcosa del genere. Cassie sospirò. Meglio progettare di andare avanti.

DOPO AVER MANGIATO, Cassie e Mindy continuarono a provare. Nonostante il freddo del teatro, Cassie iniziò a sudare.

"Non lo so, Mindy. Tutto questo mi sembra un po' ridicolo. Non riuscirò mai a memorizzare tutte queste battute."

"Puoi portare il copione sul palco con te, se ne hai bisogno. Lo faremo sembrare un libro. Ad esempio, il libro dei conti di Ebenezer o qualcosa del genere. Stai andando alla grande."

"Alla grande? Sto affogando."

Mindy prese Cassie per le spalle. "Non mollare. È troppo presto. Continuiamo. Possiamo interrompere alle cinque. Tornare a casa, andare a cena."

"Dopo cena, potrò ripassare le battute con Flint."

"Benissimo. Allora ci vediamo qui domani qui alle nove? Troppo presto?"

"Niente affatto."

"Ci sarà anche il resto del cast. Penso che invertiremo i ruoli di Nancy e Don. Don avrebbe interpretato te da giovane. Nancy può interpretare te la giovane e Don sarà il tuo ragazzo. Facciamo una pausa. Devo chiamarli."

"Questo non mi riguarda, vero?"

"No. Dovrai solo guardare."

"Bene. Posso ripassare le mie battute."

"Se posso farti scendere dal palco, lo farò."

Cassie mise una mano sul braccio di Mindy. "No, va bene così. Lasciami sul palco. Avrò il libro di Scrooge. Posso darci un'occhiata e prepararmi per le scene successive."

"Ebenezer. Merda! Abbiamo bisogno di un nuovo nome per te!"

"Va' a chiamare Nancy e Don. Penserò a qualcosa."

Mindy lasciò il palco. Cassie prese il telefono. "Mamma lo saprà." Telefonò a sua madre.

"Cassie! Tesoro! Speravo che chiamassi. Hai prenotato un volo per tornare a casa?"

"Non ancora. Ho avuto un piccolo intoppo."

"Intoppo?"

"Sì e ho bisogno del tuo aiuto per una cosa."

Cassie raccontò la storia a sua madre. "Quindi ho bisogno di un nome femminile per Ebenezer."

"Non riesco a credere che tu abbia accettato di farlo."

"Mamma. È già troppo tardi."

"Ma, Cassie. Stai sprecando..."

"Voglio farlo, mamma. Ora aiutami a trovare un nome adatto."

"Ti pagano milioni per fare teatro dal vivo."

"Mamma!"

"Ok, ok. Mmm. Vediamo. Eleanor."

"Perfetto! Grazie, mamma."

"Tornerai a casa per Natale, vero?"

Cassie esitò. Non aveva programmato di tornare a casa. "Beh. Lo spettacolo andrà avanti fino alla mattina di Natale."

"Cassie!"

"Devo andare adesso." Lei concluse la conversazione. Il senso di colpa ebbe il sopravvento su di lei. Non stare con i suoi genitori a Natale? Brian probabilmente sarebbe partito. Non avrebbero sentito la sua mancanza, vero? Ma non riusciva a scrollarsi di dosso la sensazione che li stesse abbandonando. Cazzo! Perché la vita doveva essere così complicata?

"Ok. Nancy e Don verranno stasera alle otto. Penso che sarà uno scambio facile. Continuiamo."

Cassie prese il copione e salì le scale fino al palco. "Dove eravamo rimaste?"

"A inventarci un nome per Ebenezer."

"Oh, sì. Ho chiamato mia madre e lei mi ha suggerito Eleanor."

"Perfetto!"

Le prove continuarono. Cassie si obbligò a non pensare a sua madre e si concentrò sullo spettacolo. Dopo un'ora, arrivò il pianista. Provarono le canzoni per tutto il resto del pomeriggio. Alle cinque, Mindy accompagnò Cassie a casa.

Quando aprì la porta, l'odore di qualcosa di buono la accolse. Dopo il pranzo abbondante, come poteva avere di nuovo fame? Ma ce l'aveva.

Era proprio affamata.

Marty le disse: "Dammi il cappotto. Ho una tazza di tisana pronta per te. La cena sarà a tavola tra dieci minuti. Com'è andata?"

Lei barcollò fino alla cucina.

Flint aveva in mano una tazza e un piattino. "Ecco. Mindy mi ha detto che avresti cantato per tutto il pomeriggio. Mi ha detto che avresti potuto averne bisogno."

Cassie prese la tazza e si lasciò cadere su una sedia.

"Allora, com'è andata?" Flint si appoggiò all'arco della porta.

"Oh, mio Dio. Non so un cazzo. Mi ci vorrà un'eternità. Puoi ripassare le battute con me stasera?"

"Certo."

"Ci sono anch'io. Posso fare tutto quello che serve." Marty tirò fuori una teglia dal forno.

"Ha un profumo delizioso. Ho molta fame."

"Dopo tutto quello che hai mangiato a mezzogiorno?"

"Lo so. Davvero. Pensavo che non avrei avuto più fame per tutta la vita."

Mentre Marty distribuiva le porzioni del piatto caldo, raccontò le sue novità. "Ho fatto tutte le modifiche nelle locandine e nei programmi. Li manderò in stampa domani."

"Faresti meglio a parlarne con Mindy. Ha invertito i ruoli di Nancy e Don."

"Grazie per i primi piani. La chiamerò domani mattina. Dovrebbe comunque vedere la versione finale prima della stampa."

Cassie divorò il suo cibo. La tensione le si accumulò sulle spalle e sul collo. Ce l'avrebbe fatta? Finì la cena a tempo di record.

"Andiamo, Flint. Abbiamo del lavoro da fare." Lei si alzò in piedi e si diresse verso il soggiorno. Spostando da una parte il divano e il tavolino, creò uno spazio aperto.

"Ecco. Tu reciterai tutte le altre parti. E io cercherò di ricordare le mie battute. Suggerisci se mi dimentico qualcosa, ok?"

"D'accordo. Posso sedermi?"

"No! Alzati." Lei alzò la voce.

"Va bene. Va bene. Non arrabbiarti. È la prima volta che lo faccio."

"MEZZANOTTE. È ORA DI interrompere," disse Flint, spegnendo la luce del soggiorno.

Cassie salì a fatica le scale, borbottando, con la testa colma di dialoghi e istruzioni di scena. Un pulsare persistente alla base del cranio trasmetteva dolore in tutto il suo corpo. Parlando con una voce graffiante, lei lo guardò con un'espressione stanca.

"Sarò fortunata se domani non avrò la laringite."

"Starai bene. Andiamo. Ti farò un massaggio alla schiena."

Flint accese lo scaldasonno per preriscaldare il letto. Si spogliarono in silenzio. Cassie indossò un leggero negligé. Le spalline sottili riuscivano a malapena a far sì che il negligé le coprisse il seno. Non le importava. Voleva solo mettersi a dormire.

Lui tirò giù le coperte e lei si mise a letto. Distesa sulla pancia, con il viso rivolto verso di lui, lei emise un gemito.

"Andrà tutto bene," le disse lui, rimanendo in boxer. Si distese accanto a lei e tirò su le coperte. Avvicinandosi, si strofinò le mani prima di toccarla. Lei era distesa con la testa sul cuscino e le braccia lungo i fianchi.

"Non posso farlo. Perché ho detto che l'avrei fatto?"

"Sì che puoi farcela. E ce la farai. Vedrai. Non riesco a credere che questa sia la peggiore performance di emergenza che tu abbia mai fatto. Puoi avvicinarti un po' di più?"

"No. Non posso. Non riesco a muovermi. Non dovresti dormire nella stanza degli ospiti?"

"Ok, ok. Mi avvicino io. Se vuoi il massaggio, devi permettermi di restare nel mio letto." Lui tirò giù il lenzuolo è la trapunta fino al centro della sua schiena, poi le abbassò le bretelle sulle braccia. Flint le appoggiò le mani sulle scapole e le spostò verso il basso, facendo pressione.

"Oh, mio Dio." Cassie chiuse gli occhi. "È bellissimo." Le sue mani calde sulla pelle le distesero i muscoli. Lei si rilassò. Una sensazione di sollievo si insinuò dentro di lei. Lui le massaggiò la schiena, poi il collo e le spalle, poi giù fino alla vita, poi di nuovo in su.

Lentamente il suo tocco la calmò abbastanza da farla addormentare. Lei chiuse gli occhi e perse conoscenza. Verso le tre e mezza, un brutto sogno svegliò Cassie. Il sudore le imperlava la fronte. Quando lei si sedette, Flint si agitò. Una voce profonda e assonnata ruppe il silenzio.

"Qualcosa non va? Tutto bene?"

"Un brutto sogno." Lei si distese, ma la tensione si accumulò dentro di lei.

"Non riesci a dormire?" borbottò lui.

"Ho paura."

"Come?" Flint spalancò gli occhi.

"Ho paura," sussurrò lei.

"Di cosa?"

"Dello spettacolo."

"Davvero? Sarai fantastica."

"E se non lo fossi? Tutti si aspettano che io sia fantastica. Ma non ho abbastanza tempo per imparare la parte."

"Quello che ho visto sembrava perfetto."

"Mi abbracci, per favore?" gli chiese con un filo di voce.

"Certo, tesoro," le rispose lui dolcemente. La prese tra le braccia e se la strinse al petto. Lei gli mise una gamba sopra l'anca e gli appoggiò una mano sui pettorali. Cassie sollevò la testa vicino al suo collo. Il calore del suo corpo la circondava. La tensione si allontanò dal suo corpo mentre ascoltava il battito regolare del suo cuore. Il suo ritmo la fece addormentare.

Poi sentii Flint sussurrare qualcosa.

"Cassie. Piccola.

È ora di alzarsi."

Lei spalancò gli occhi. L'orologio segnava le sette.

"Devo proprio? Non puoi dire a tutti che sono morta?" Lei si tirò le coperte sopra la testa.

Flint tirò giù la trapunta.

"Andiamo, piccola. Non c'è nulla di cui aver paura. Proviamo le tue battute."

"Va bene. Va bene. Arrivo."

"Possiamo iniziare adesso, mentre ti vesti." Flint le diede la prima battuta.

Cassie rispose. Continuarono a leggere le battute, botta e risposta. Poi lei si lanciò in un breve monologo. Flint la corresse. Lei si infilò i leggings mentre recitava. Lui rispose. Lei frugò nel suo armadio finché non trovò una camicia di flanella turchese a fantasia scozzese. Lei la tirò giù dalla gruccia, continuando a recitare le sue battute. Indossò una maglietta dalla testa.

"Battuta!" Lei si fece scivolare la camicia calda e morbida sulle spalle.

"Niente reggiseno?" Lui le guardò il seno.

"Non guardare. Non c'è tempo per il sesso. Battuta!"

Continuarono, fermandosi di tanto in tanto per rinfrescare la memoria di Cassie. Interruppero per scendere in cucina a fare colazione.

Marty era ai fornelli. "Omelettes di bacon e cheddar. Hai bisogno di fare una bella colazione. Manca poco alla serata di apertura."

Cassie si strinse le braccia intorno alla vita. "Non ricordarmelo."

"Hai ancora tempo."

Flint lanciò un'occhiataccia a suo fratello.

Quando il cibo fu pronto, mangiarono in silenzio, tranne Cassie. Lei continuava a recitare le sue battute tra un boccone e l'altro. Alle otto, sentirono suonare un clacson. Marty guardò fuori dalla finestra. "Mindy è qui."

"Vado." Cassie si mise in bocca un muffin e afferrò il suo cappotto.

"Buona fortuna." Flint le diede un bacio sulla guancia.

Cassie si gettò tra le sue braccia. "Sei il migliore," gli sussurrò prima di uscire dalla porta.

Capitolo Diciassette

Flint osservò la macchina di Mindy portare via Cassie.

"È tremendamente spaventata."

"Non lo saprà nessuno." Marty mise la padella nel lavandino.

"So che può farcela. Ma deve essere lei a saperlo."

"È una professionista. Sono sicuro che tutti abbiano paura prima di uno spettacolo." Marty aprì l'acqua.

"Sì, ma nessuno ha così poco tempo a disposizione per provare. Ha ragione, tutti si aspettano che lei sia perfetta. E fantastica."

Marty annuì. Flint guardò il cielo e appoggiò la tazza.

"Non è giusto."

"La vita non è giusta," rispose Marty.

"Non fare il filosofo con me." Flint mise la tazza nella lavastoviglie.

"Ascolta." Marty chiuse l'acqua. "Questo significa trarre il meglio da una brutta situazione. Penso che tutti sappiano che Richard è in ospedale e Gil ha l'influenza. Nessuno si aspetta che lei sia perfetta. Non può fare i miracoli."

"Non è vero. Lei è Cassandra Wells, una star del cinema e del teatro. E tutti supporranno che abbia imparato le sue battute per osmosi in cinque fottuti minuti. Avranno delle aspettative." Flint aggrottò la fronte.

"Forse. Forse hai ragione. Sarà all'altezza dell'occasione." Marty riprese a lavare una padella.

"Spero che tu abbia ragione. Ieri sera—"

Marty alzò la mano. "Fermati."

"Non parlerò di sesso. Inoltre, non abbiamo fatto sesso ieri sera. Avresti dovuto vederla. Si è rannicchiata accanto a me come un animale ferito."

"Non è abituata al fallimento o a performance di scarso livello."

"Oh, so che non fallirà. Ma può essere all'altezza di aspettative così elevate?" La tensione si accumulò nelle spalle di Flint. "È una gran cosa. Una grande sfida."

"Sei preoccupato per lei?" Marty sollevò un sopracciglio mentre guardava Flint.

"Un po'. Forse."

"Oggi verrai in ufficio?"

Flint scosse la testa. "Inoltre, è sabato. Vado a teatro. Cassie ha bisogno di tutto il supporto possibile."

"Ok."

"Prepara quei programmi in tempo, ok?"

"Ho tutto sotto controllo."

Flint diede una pacca sulla schiena a suo fratello. "Grazie."

Marty sorrise.

Flint si spogliò e si infilò sotto la doccia calda. Il calore e il rumore dell'acqua erano piacevoli. Perché gli importava così tanto di Cassie? Lei avrebbe venduto il negozio e sarebbe comunque ripartita presto. Si insaponò i capelli, poi li risciacquò. Ovviamente gli importava. Era stata così vulnerabile con lui la sera prima che gli aveva toccato il cuore.

Flint non l'aveva mai vista così aperta. La ragazza dalle risposte taglienti e lo spirito indipendente si era sbriciolata come un pezzo di pane bruciacchiato. E che cosa aveva fatto lui? L'aveva confortata e aveva amato ogni minuto del tempo trascorso con lei. Quella era la sua occasione, la sua prima occasione per sostenerla.

E allora? Lei sarebbe ripartita aspettandosi che la seguisse? Non aveva alcuna intenzione di diventare il signor Wells. Ancora una volta, il suo cuore era combattuto: innamorarsi di Cassie Wells e farsi calpestare il cuore o fingere che non gli importasse e lasciarla andare? Cazzo, fingere non aveva ingannato nessuno in passato, vero? Quindi forse avrebbe fatto una mossa con lei, promettendole di impegnarsi per vedere se sarebbe rimasta.

Lei aveva detto di essere pronta a sistemarsi. Si lamentava dei viaggi, della stanchezza e del fatto che il pubblico "ti valuta sono in base all'ultima performance." Secondo Cassie, lei era pronta per un'altra vita. Flint serrò le labbra. Era ora di agire o di tacere: farle una proposta, smascherarla o in qualunque altro modo volesse definirla.

Lui fece un respiro profondo e chiuse l'acqua. Spalmandosi la crema da barba, decise di avere una faccia totalmente liscia. Mentre si radeva, canticchiò una delle canzoni della commedia. Cassandra Wells poteva trovarsi di fronte alla sua sfida più ardua, ma anche lui. Flint McKay, stava affrontando la sua, nel tentativo di renderla sua per tutta la vita.

Si vestì e guidò fino al teatro. Quando aprì la porta, Mindy decise di fare una pausa. Cassie non si fermò. Continuò a parlare.

"Prova costumi!" urlò una donna da dietro le quinte.

"Andiamo, Cassie." Mindy l'ha accompagnata dalla donna che aveva in mano un enorme vestito.

Quando Mindy tornò sul palco, Flint si avvicinò.

"Ciao, Flint. Che cosa c'è?"

"Sono qui per aiutare. Qualsiasi cosa di cui abbiate bisogno. Commissioni? Qualcosa da risolvere? Qualsiasi altra cosa?"

Mindy gli sorrise. "Stupendo. Sono sicura che avremo bisogno di qualcosa. Siediti. Ma, per favore, non interrompere."

Flint sollevò i pollici. "Ehi, qui per la prova costume?"

"Sta per iniziare."

L'uomo al pianoforte fece un esercizio. Il trio di archi si accordò e Flint si sedette in prima fila.

NEL CAMERINO, CASSIE si spogliò per la guardarobiera. Le passò il vestito sopra la testa e glielo allacciò sulla schiena.

"Mmm. È un po' grande."

"Un po'?" Cassie scoppiò a ridere.

Rimase ferma mentre la donna metteva uno spillo qui e faceva una piega là. Mindy entrò.

"Marty ha preparato questo per me ieri. È un libro. Vedi? Un libro di conti.

"Va bene. Grandioso. E ora?" Cassie fece scorrere la mano sul nuovo libro dall'aspetto antiquato.

"Aprilo."

Quando lo fece, trovò il copione al suo interno.

"Ecco. Potrai usarlo come supporto. Tenerlo con te tutto il tempo. E consultare tutte le pagine che vuoi quando avrai bisogno di aiuto con le battute."

"È fantastico."

"Nessuno tranne te, io e Marty sapremo cosa c'è davvero in questo libro."

Cassie abbracciò Mindy. "È fantastico."

"Stai facendo un ottimo lavoro."

"Ho già imparato quasi tutte le canzoni. Devo esercitarmi."

"Subito dopo le prove. Ma non voglio che ti sforzi la voce."

"Ho dormito bene. Mi sento bene."

"Dormito con Flint? Ci scommetto." Mindy lanciò un sorriso malizioso alla sua protagonista.

"No, no. Non è come pensi." Lei arrossì in viso. "Mi ha fatto un magnifico massaggio alla schiena. Ha funzionato molto bene."

"Ci scommetto."

Cassie diede delicatamente a Mindy un pugno sul braccio e scoppiarono a ridere.

"Ti dispiacerebbe stare ferma, così posso sistemarlo? Non ho molto tempo per apportare modifiche."

"Oh, mi scusi."

"Non vi interromperò."

Cassie accarezzò il libro. "Grazie mille per questo. Mi sento già meglio."

"Bene. Sarai fantastica. Me lo sento."

"Grazie mille, Mindy."

"No. Grazie a te!" Le donne si abbracciarono brevemente mentre la guardarobiera aggrottò la fronte.

Cassie si tuffò nel copione, cantando e continuando a ripetere le sue battute mentre la guardarobiera esaminava l'abito.

"Solo questo vestito e una camicia da notte. Togliamolo e vediamo se la camicia da notte deve essere sistemata."

Cassie posò il libro e alzò le braccia sopra la testa. Mentre continuava a preoccuparsi, lei non smise mai di lavorare sulle sue battute.

Quando tornò sul palco, l'intero cast si era riunito. Durante le prove, Cassie si immerse nel personaggio. Raddrizzando la schiena, si mise nei panni di una donna più anziana altezzosa, orgogliosa, avara e con un atteggiamento superiore. Attraversando il palco, si impaurì per i fantasmi del Natale e non sbagliò nemmeno una battuta.

"Gli addetti al trucco arriveranno alle sei. Dovranno passare del tempo con te."

Guardando in sala di tanto in tanto, notò che Flint pendeva da ogni parola che le usciva dalla bocca. Durante la pausa, Mindy lo mandò a ritirare i programmi.

Cassie si meravigliò della sua capacità di affrontare quell'orrenda situazione senza che sua madre le tenesse la mano. Flint le aveva dato il suo sostegno e stava funzionando. Lui era magnifico, molto più di quanto lei avesse mai immaginato.

Basil non era mai stato un uomo che accettava di restare in secondo piano. No. Lui voleva essere una star ventiquattro ore su ventiquattro. Flint non era così. Lui restava in disparte e partecipava solo quando era necessario. Il cuore le si riempì di gioia.

Forse era per questo che Basil non le era mancato come si aspettava. Sembrava che Flint entrasse in sordina e si limitasse a prendere il suo posto nella sua vita. Non aveva fatto grandi storie, non l'aveva denigrata e non le aveva detto cosa fare, non in modo fastidioso. L'aveva incoraggiata. La gratitudine le riempì il cuore. Ma era semplicemente grata con un amico o era innamorata di quell'uomo? Lei scosse la testa. Non aveva tempo di pensare all'amore adesso.

"Ok, tutti. La pausa è finita. Ai vostri posti, per favore. Don, mi sembra che abbiamo interrotto alla tua battuta."

Cassie si concentrò sullo spettacolo. Non si accorse che Flint andava e veniva, ma un thermos di camomilla con il suo nome comparve sul proscenio. Una scatola di programmi apparve dietro le quinte. Piccoli ritocchi attirarono la sua attenzione, ma non la sua mente, mentre provava le battute dello spettacolo, totalmente concentrata e migliorando a ogni atto.

Alla fine, Mindy si rivolse al cast.

"Sedetevi tutti. Sedetevi." Le persone si sedettero al loro posto. "Sono le quattro. Andate a casa. Cenate e riposate. Tornate qui domani non più tardi dell'una per un'ultima prova. Venite in costume! Non abbiamo abbastanza spazio per i camerini di tutti. Cassie sarà la prima. Il sipario si alzerà domani alle otto in punto! Avete fatto tutti un ottimo lavoro. Davvero ottimo."

Le persone presero i loro costumi e gli altri effetti personali e si fermarono per augurare a Cassie buona fortuna prima di uscire. Alcune le chiesero un autografo.

"Va tutto bene?" Mindy strofinò il braccio di Cassie. "Vuoi andare a casa?"

"Sì. Penso di sì."

"Va bene. Va' a riposarti. Sarai fantastica. Non preoccuparti."

Cassie accennò un sorriso quando senti una voce profonda.

"Pronta?" Era Flint.

Lei annuì. Lui le porse una mano per aiutarla a scendere le scale, poi le diede il braccio.

"Non parlerò finché non tornerò al teatro domani. Voglio risparmiare la voce. Ok?"

"Tu sai cosa devi fare."

"Grazie."

Lui aprì lo sportello del furgoncino e la aiutò a salire. Cassie appoggiò la schiena al sedile. Il momento decisivo stava per arrivare. Lei sospirò, guardando il freddo paesaggio invernale.

"Marty ha preparato del cibo di conforto. Arrosto e purè di patate. Ti piacciono?"

Lei annuì. "Niente latticini."

"D'accordo. Tè?"

Lei annuì un'altra volta. Lui tolse una mano dal volante per stringere la sua. Lei gli lanciò un sorriso malizioso.

Un'altra prova. Il giorno dello spettacolo era dietro l'angolo. Una sensazione di sollievo ebbe il sopravvento su di lei, mentre la tensione la abbandonava. Ormai era fatta. Che lei fosse pronta o no. I biglietti all'interno del libro la confortavano.

Se fosse stata in difficoltà, avrebbe avuto il libro e un suggeritore dietro le quinte.

Da qualche parte dentro di sé, sapeva di essere pronta. Un sorriso le comparve sulle labbra. Non aveva mai fatto uno spettacolo così serio e non aveva mai interpretato una donna anziana. Se non si fosse rivelato un fallimento totale, quello spettacolo sarebbe stato un altro fiore all'occhiello. E ce l'avrebbe fatta senza Caroline. Una sensazione di fiducia si fece strada dentro di lei.

Quando tornarono a casa, Marty tagliò l'arrosto. Lei consumò il pranzo più abbondante di sempre, poi si distese a riposare. Come un grande e caldo orsacchiotto, Flint la raggiunse. Stretta tra le sue braccia, si addormentò pacificamente.

SERATA DI APERTURA

Nello spogliatoio del teatro, Cassie si tolse la tuta. La costumista la aiutò a indossare la vecchia camicia da notte e poi l'altro abito elaborato sopra di essa. Questo avrebbe reso i cambi di costume più facili e veloci. Poi arrivò il turno dei truccatori. Restando seduta mentre lavoravano su di lei, recitò le sue battute. Le sue dita stringevano il libro come se fosse la sua stessa vita. Forse, dal punto di vista teatrale, lo era. Ripeté i monologhi, borbottando per non interferire con il trucco elaborato applicato dagli studenti d'arte.

Uno dopo l'altro, i membri del cast si fermarono a augurarle buona fortuna.

"In bocca al lupo."

"Forza."

"Senza di te, non ci sarebbe nessuno spettacolo."

L'ultima fu Mindy. "Buone notizie?"

"C'è un tornado che si dirige verso di noi e tutti dobbiamo cercare rifugio?" Cassie guardò la regista con gli occhi pieni di speranza.

Mindy le sfiorò il braccio e fece una smorfia. "Gil, il sostituto, sta migliorando. Tra due settimane, potrebbe essere in grado di tornare a recitare."

"Sostituirete Scrooge a metà spettacolo?"

"Non vuoi andartene presto? Così potrai essere libera per Natale."

"Prima di allora, conoscerò la parte alla perfezione. Avevo programmato di restare fino alla serata di chiusura."

"Beh, adesso, se non vorrai, non sarà necessario."

"Ok. Grazie. Penso."

"Quando le persone hanno saputo di Richard e Gil, ho ricevuto una marea di telefonate di persone che volevano cancellare la loro prenotazione."

"Oh, accidenti. Davvero?" All'idea di un teatro mezzo vuoto, Cassie brontolò.

Mindy appoggiò una mano sulla spalla di Cassie. "Cioè, fino a quando non ho detto loro che tu saresti stata nello spettacolo. In effetti, abbiamo fatto il tutto esaurito. E sono sicura che sia merito tuo. Grazie." Mindy la abbracciò. "Buona fortuna per stasera. So che sarai grandiosa."

Quando finirono, Cassie andò dietro le quinte e sbirciò la folla. Si nascose bene in modo che nessuno potesse vederla e spostò il sipario solo di un paio di centimetri. L'auditorium si era riempito. Aspetta! Un uomo raggiunse la prima fila. Cassie non poteva esserne sicura. Socchiuse gli occhi. Sì, era Flint. Fece un cenno e cinque, no sette, no dieci persone della prima fila si alzarono. Indietreggiarono di tre file. Altre persone si avvicinarono e occuparono quei posti. Cassie sollevò le spalle. Era molto strano. Ma adesso aveva altro in mente.

Alle otto in punto, Mindy uscì sul palco. Tutti presero posto. Tranne Cassie, che era nascosta dietro le quinte, pronta per fare il suo ingresso. Mindy annunciò il cambio di programma, poi scese dal palco. I tecnici teatrali accesero i riflettori e alzarono il sipario.

Bob Cratchit era seduto alla sua scrivania. Il cast di supporto pronunciò alcune battute, poi fu il turno di Cassie. Indossando tacchi altissimi per sembrare più alta del suo metro e sessantacinque, salì sul palco. Nel momento in cui comparve sul palco, gli spettatori si misero ad applaudire.

Cassie lanciò un'occhiata al pubblico solo per un momento, ma notò che i posti in prima fila erano occupati da Winnie e dalla sua famiglia. L'emozione si accumulò nel petto di Cassie. Scuotendo la testa, se la scrollò di dosso e pronunciò le sue aspre battute con una severa freddezza degna di qualsiasi Scrooge.

Man mano che la commedia procedeva, lei si sentiva più forte e più sicura di sé. Dopo aver dato una sbirciatina al libro quattro volte durante il primo atto, ne ebbe bisogno solo una volta nel secondo. Con la guida del direttore della piccola orchestra, la sua voce risuonò chiara e vera.

Le parole scorrevano incessantemente, come se stesse facendo quello spettacolo da mesi. Ovviamente, prese appunti mentali sui suoi punti deboli, giurando di risolverli in tempo per lo spettacolo successivo.

Osservando la sua nuova famiglia che batteva le mani più forte di tutti, le si scaldò il cuore. Di tanto in tanto, quando faceva uno sforzo in più per far sì che le sue parole raggiungessero il retro del teatro, guardava verso Flint, in piedi sulla porta. Lui sollevò i pollici. Come poteva sbagliare qualcosa con tutto quel sostegno? Questo le dava sempre più sicurezza.

Quando calò il sipario, gli applausi furono fragorosi. Fece cinque inchini, con una standing ovation alla fine, e ricevette un mazzo di rose. I suoi occhi si riempirono di lacrime mentre si inchinava, poi fece un passo indietro per presentare il cast di supporto, il direttore con la sua orchestra e la regista.

Quando il sipario si abbassò, Mindy corse ad abbracciarla. Gli altri membri del cast si congratularono con lei. Nel suo camerino, si lasciò cadere su una sedia mentre i truccatori rimuovevano con cura il loro lavoro. Qualcuno bussò alla porta.

"Avanti."

"Sei stata fantastica. Incredibile! Non ho mai visto una performance così meravigliosa. Hai recitato meglio che a Broadway!" Era Flint. I ragazzi si allontanarono e lui la prese tra le braccia, baciandola sonoramente. "Sono così orgoglioso!" I suoi occhi brillavano di rispetto ed entusiasmo. "Levati questa roba dal viso. È ora di festeggiare."

Dopo pochi minuti, Cassie indossava di nuovo la sua tuta. Lui l'aiutò a salire sul furgoncino e si diresse verso il ristorante di Homer. Quando lui aprì la porta, il posto era pieno! Le persone si alzarono ad applaudire. Winnie si precipitò verso di lei.

"Sei stata grandiosa!"

"Grazie. Ho visto te e il resto della famiglia in prima fila. Vi ringrazio tantissimo per essere venuti. È stato molto importante per me vedere i vostri volti sorridenti."

"Non ce lo saremmo perso per nessun motivo al mondo. Sei una star, tesoro. E siamo tutti orgogliosi di te."

Appeso dietro il bancone c'era un enorme striscione: *Congratulazioni, Cassie.*

Flint la condusse a un tavolo dove li attendeva un piatto con un enorme hamburger, patatine fritte, insalata di cavolo e una coca cola gigante. Lei prese la bevanda e ne bevve la metà in circa tre secondi. Poi si guardò intorno.

Flint scivolò sulla sedia accanto a lei e le mise un braccio intorno.

"Non so che cosa dire." I loro sguardi si incrociarono. "Grazie. Sei meraviglioso."

"Ti amo tesoro. Non c'è niente che non farei per te," le rispose.

Le lacrime iniziarono a scenderle lungo le guance. Sembrava che lei avesse aspettato tutta la vita per sentire quelle parole.

Capitolo Diciotto

C ome ogni volta che si esibiva in teatro, Cassie non sentì la stanchezza prima delle due. Chiusero il locale di Homer, poi si precipitarono sul furgoncino, inseguiti dal gelo del freddo invernale. Mentre attraversavano le strade deserte di Pine Grove, guidati dalla luce della luna e dai fari, lei sospirò. Non riusciva a smettere di sorridere.

"Come ti senti?" Flint la guardò per un secondo.

"Felice. Stanca."

Lui sorrise.

Lei lo guardò. "È incredibile quello che hai fatto."

"Io? Io non ho fatto niente."

"Tu hai fatto sedere Winnie e la sua famiglia in prima fila."

"Allora?"

"E hai organizzato la festa da Homer. E scommetto che anche pagato tu per questo. Vorrei rimborsarti."

"Lascia perdere. L'hai già fatto. Hai ripagato tutta la città."

"Grazie. È stato magnifico. Non me l'aspettavo."

Lui sorrise. "Già. Eri così sorpresa."

Lei ridacchiò. "Lo ero."

"Sono rimasto colpito da quanto hai lavorato duramente."

"La gente pensa che recitare sia semplice. Non sanno quante ore ci vogliono per mettere su uno spettacolo."

"Tu sei una professionista."

"Dovrei esserlo dopo sedici anni, non credi?"

Lui parcheggiò ed entrarono in casa in silenzio.

"Probabilmente Marty sta dormendo," disse Flint, girando delicatamente la chiave nella serratura.

Lei annuì. Appesero i loro cappotti e salirono le scale in punta di piedi. Tutto quello che Cassie voleva era spogliarsi con Flint. Si spogliarono in silenzio. Louis spense la luce e si misero a letto. Cazzo! Le lenzuola erano congelate. Cassie rabbrividì e lo strinse a sé. Stringendosi a lui, il desiderio la travolse. Credeva che la stanchezza le avrebbe fatto passare la voglia di fare l'amore, ma si era sbagliata. Lei allungò la mano per toccargli il cazzo. Ovviamente, nemmeno lui era stanco.

"Stai scherzando?" La sua voce vibrò su di lei.

"Non scherzo mai sul sesso."

Lui la baciò, prima delicatamente, mordicchiandole il labbro inferiore, poi più appassionatamente. Cassie gli intrecciò le braccia intorno al collo. Le aprì le gambe si posizionò in mezzo a loro. Lei sollevò le ginocchia, facendo scivolare i piedi sul lenzuolo.

Le mani di Flint le accarezzarono il busto, seguite dalla sua bocca. Lei chiuse le ginocchia intorno a lui, tenendolo stretto.

"Sei in trappola!" Lei si mise a ridacchiare.

"E lo adoro," rispose lui. Lui si appiattì, afferrandole le cosce. Seppellì il viso sulla sua vagina.

Cassie inarcò un po' la schiena, gemendo. "Sì!"

Lui si diede da fare a leccarla finché lei non iniziò a contorcersi. "Fallo, fallo!"

Lui si mise a ridere e si sollevò per sedersi.

"No, aspetta!" Lei si avvicinò a lui e gli prese il cazzo prima in mano e poi in bocca. Quando lo sentì sibilare, le venne quasi da sorridere. Facendo scorrere la bocca su e giù su di lui, succhiò un po' più intensamente.

"Oh, cazzo!"

Lei continuò velocemente. Quando lui le appoggiò la mano sulla testa, lei accelerò.

"Basta. Basta. Ferma. Ti prego!" la implorò lui. Lei si sedette e si asciugò la bocca con il dorso della mano.

"Pronta?"

"Sì."

Poi si mise sopra di lei, sollevandole le gambe sul petto, e si tuffò dentro di lei. Le chiuse gli occhi ed emise un gemito. "Cazzo. È stupendo."

"Oh, piccola, piccola," gemette lui sul suo collo, continuando a tirarlo fuori e a spingerlo dentro. Lui iniziò lentamente, aumentando il suo calore. Ma mentre il desiderio cresceva sempre di più, lei lo implorava di darle di più.

"Più veloce. Più forte."

Quando lei gli diede il via libera, Flint si lasciò andare. Aumentò il ritmo e l'intensità.

"Oh, Dio," mormorò lei, mentre il suo bisogno cresceva. Il caldo divenne insopportabile subito prima che lei perdesse il controllo. Ogni muscolo del suo corpo si contrasse ed ebbe un orgasmo, mentre una sensazione di puro piacere le attraversava tutto il corpo. "Cazzo," gemette lei, con la fronte imperlata di sudore.

Lui ridacchiò e rallentò, ma solo per un attimo.

"Oh, Gesù, Cristo." I suoi fianchi mantennero un ritmo costante per alcuni secondi, poi si fermarono. Flint chinò la testa, seppellendo il viso sul suo collo, ed emise un gemito. Lei gli strinse i fianchi. Il sudore scorreva tra i loro petti quando lui raggiunse il suo orgasmo.

Sentiva il suo respiro caldo sopra di lei. Lui alzò la testa e le diede un bacio sulla fronte.

"È stato fantastico."

"Il finale perfetto per una giornata perfetta." Lui si sedette e le spostò i capelli dalla fronte.

"Ti amo," gli disse.

Il silenzio riempì la stanza.

"Non dirlo se non lo pensi davvero." Lui si appoggiò sulle anche.

"Ma tu mi piaci. Ne sono sicura. Anche tu l'hai detto. Lo pensi davvero?"

"Penso di averti sempre amata. Da quando avevo diciotto anni, ma ero troppo stupido per capirlo."

"Davvero?"

Lui annuì. "Ma tu non lo provi da sempre."

"Non lo so. Ogni volta che pensavo a te, provavo una sensazione di calore. Ho sempre saputo, in fondo alla mia mente, che tu eri un posto sicuro per me. Se fossi stata nei guai, avrei potuto presentarmi alla tua porta e tu mi avresti accolta."

"La tua prova d'amore?"

"Qualche volta."

"Sei stata nei guai?"

Lei scosse la testa. "Ma non si sa mai. Avendo una vita pubblica come la mia, piccolo errore può farti finire in grossi guai."

"È molto stressante."

Gli occhi le si riempirono di lacrime. "Oh, sì." L'emozione la soffocò.

"Ehi, ehi. Non piangere. Non sei nei guai. Ci sono io."

Lui si diresse verso il bagno. Quando tornò, si mise accanto a lei e la prese tra le braccia. "Vieni qui, piccola. Non c'è niente di cui aver paura."

Lei si rannicchiò tra le sue braccia calde, appoggiandogli la mano sul petto. La sua presenza la calmava.

"Domani sarà una lunga giornata."

"Dobbiamo dormire," disse lui.

Flint tirò su le coperte e appoggiò il mento sulla sua testa. Intrecciati insieme, i due innamorati si addormentarono profondamente.

CASSIE SI SVEGLIÒ DA sola alle otto. Sbadigliò e si stiracchiò prima di voltarsi a guardare Flint. La sera precedente si erano detti "ti amo" per la seconda volta. Che cosa significava? Dove stava andando la loro relazione? Sebbene Cassie si fosse innamorata di quella cittadina, lo spettacolo della sera precedente aveva solo sottolineato il fatto che anche il suo cuore stava a teatro.

Si rannicchiò sotto la trapunta e si strinse a Flint per allontanare il freddo.

"Non accendete mai il riscaldamento in questo posto?"

"È acceso. Ci vuole un po' per riscaldare il secondo piano."

"Stronzate. Mi prenderò la polmonite." Cassie saltò giù dal letto, prese una vestaglia e scomparve nel bagno.

Quando uscì, con la vestaglia allacciata in vita e un asciugamano a turbante sulla testa, tornò in camera da letto. Flint aveva fatto il letto e aveva indossato la sua tuta.

"Gesù, ragazza. Sei stata lì dentro un'eternità."

"È difficile lavare via l'odore del mio amore," disse lei, lanciandogli un'occhiata sensuale.

"Non provocarmi. Tocca a me andare in bagno."

"Devo comunque ripassare alcune battute. Mmm. Sento odore di bacon." Indossò una tuta da corsa verde smeraldo e un paio di calze, poi si diresse al piano di sotto. Marty era davanti ai fornelli.

"Bacon?" Lei si sedette.

"E French toast."

"Oh, mio Dio. Adoro i French toast! Sei un tesoro." Gli diede un bacio sulla guancia mentre si avvicinava a prendere il caffè. "Un'altra tazza, Marty?"

"Grazie."

Il caffè le riscaldò il corpo. La felicità scorreva nelle vene di Cassie. Prese il suo copione dal tavolo dell'ingresso e lo aprì sul tavolo della cucina.

"Ripassi le battute?"

"Sì. In alcuni punti mi sono confusa."

"Io non me ne sono accorto."

"Un paio di volte sono riuscita a recuperare."

"Pensavo che fossi fantastica."

"Grazie."

Marty mise la pancetta su un tovagliolo di carta per scolarla, poi girò il French toast. Lo scricchiolio delle vecchie scale e il rumore di un passo pesante attirarono l'attenzione di Cassie. Flint comparve davanti alla porta. Lei sospirò, vedendolo così sexy con un maglione blu aderente e un paio di jeans. Ricordando la loro calda notte insieme, lei sorrise. Niente di meglio di una grandiosa notte d'amore per essere felici il mattino dopo.

"La colazione ha un ottimo profumo." Flint si riempì la tazza. "Altro caffè?" Tenendo il bricco del caffè, si fermò accanto a Cassie. Lei annuì.

Mentre mangiavano, lui ripassò le battute insieme a lei. Marty li ascoltò. Alle nove, Flint accompagnò Cassie a teatro.

"Ho delle cose da fare. Torno più tardi."

Cassie indugiò nel furgoncino. Lo guardò, gli prese la testa tra le mani e gli diede un bacio lungo e intenso.

"Come mai questo bacio?" Lui spalancò gli occhi.

"Perché ti amo."

Il suo sorriso la riscaldò. "Anch'io ti amo, tesoro. Buone prove. A dopo."

Lei entrò rapidamente in teatro per allontanarsi dall'aria gelida.

"Mindy! Aumenta il riscaldamento! Giuro di poter vedere il mio respiro."

Mindy comparve da dietro le quinte. "È acceso. Ci vuole un po' a riscaldarsi."

"Perché avete tutti gli impianti di riscaldamento lenti in questa città? Stamattina stavo morendo di freddo a casa di Flint."

"A volte, l'inverno tira fuori il meglio di noi stessi." Mindy si tirò su la cerniera del maglione. "Cominciamo. Ho notato che alcuni posti hanno bisogno di lavori."

"Solo alcuni?" Cassie sollevò un sopracciglio. Il suo cellulare iniziò a squillare. Era sua madre.

"Ciao, mamma. Sono alle prove. Puoi aspettare?"

"No, non posso aspettare. Mi ignori da settimane ormai."

"Ok, ok. Che cosa c'è?"

"Dobbiamo parlare dei contratti. Ci sono delle opportunità che non credo tu voglia perdere."

"Mamma, sono a teatro. La regista mi sta aspettando. Non posso proprio parlare di contratti in questo momento. Il teatro sarà chiuso domani. Possiamo parlare nel pomeriggio?"

Silenzio.

"Domani pomeriggio? Ok. Come vuoi. Stasera farai di nuovo Scrooge?"

"Sì."

"Ho letto una recensione online. Ben fatto, tesoro. Ottima recensione."

"Davvero? Dove? Mandami il link."

"Pensavo che dovessi provare."

"La regista vorrà sicuramente fermarsi per leggere una buona recensione."

"Ok. Ci sentiamo domani."

Cassie terminò la conversazione e salì sul palco. Mentre stava per iniziare, il suo telefono squillò. Lei lo controllò. Eccola lì, una recensione del Times Herald Record.

"Mindy, la nostra prima recensione!"

Le due donne si strinsero davanti al telefono. Cassie lesse ad alta voce.

Dicono che la necessità sia la madre dell'invenzione. Quando al teatro di Pine Grove si presenta un'emergenza, che mette fuori gioco l'attore principale e il suo sostituto, la regista teatrale Mindy Winslow aguzza l'ingegno. Invece di annullare lo spettacolo del musical Canto di Natale, tratto dall'opera di Dickens, la signora Winslow cambia le carte in tavola.

E ci regala un Ebenezer Scrooge in versione femminile. E chi potrebbe interpretare quella parte? Addirittura la bella e talentuosa Cassandra Wells!

Un vero lampo di genio. Invece di privare il pubblico di questo stimolante spettacolo natalizio, siamo stati testimoni di un'esibizione incredibilmente professionale basata su questo classico di Natale. Invertire qualche altro ruolo e sostenere la signorina Wells, l'attrice ha potuto esibirsi in una performance di prim'ordine nei panni di Eleanor Scrooge. L'intero cast è stato all'altezza, ma nessuno ha raggiunto il livello della signorina Wells. Con un trucco che la faceva quasi sembrare vecchia e brutta, la signorina Wells ci ha donato una performance emozionante e intensa nei panni del vecchio avaro pentito. Siamo rimasti tanto piacevolmente sorpresi da restare quasi senza parole.

Ben fatto, signorina Winslow e signorina Wells: il vostro modo di pensare fuori dagli schemi ha funzionato magnificamente. Non perdetevi questo spettacolo. È difficile che possiate assistere di nuovo a un simile spettacolo di Natale.

"Fantastico!" Il cuore di Cassie si riempì di orgoglio.

"Stupendo! Tua madre deve essere entusiasta."

Cassie annuì. Di tutte le buone recensioni che aveva ottenuto finora nella sua carriera, nessuna poteva competere con quell'emozione.

"Torniamo al lavoro. Ora abbiamo una reputazione da mantenere!" Mindy batté le mani e gli attori aprirono i loro copioni.

L'ESIBIZIONE DI LUNEDÌ sera aveva superato quella di domenica. Ancora una volta, lei e Flint erano rimasti svegli fino a tardi per festeggiare e fare l'amore. Tutte le barriere tra di loro erano crollate. Erano diventati inseparabili. Avendo finito i lavori al negozio, Cassie accettò di firmare i documenti per concludere la vendita.

Martedì mattina si riunirono nell'ufficio di Drew.

"Mi dispiace che faccia così freddo qui. Abbassano i riscaldamenti durante il fine settimana." Lui accese una stufetta.

Cassie si strofinò le mani. "Nessun problema. Mi sto abituando al fatto che Pine Grove si trovi nella calotta polare."

Drew spiegò tutto e prese le tende e dei fogli di carta. Cassie firmò un assegno di trentacinquemila dollari, lo stesso prezzo che Flint aveva pagato. L'accordo si concluse rapidamente.

"Dove andrai adesso?" Drew raccolse i documenti e li mise in una cartella.

Cassie si mise l'atto di vendita nella borsa. "Tornerò al teatro."

"Altre prove?"

Lei annuì. Flint le prese la mano mentre si dirigevano verso il furgoncino. Durante il tragitto verso il teatro, Cassie si chiese come sarebbe andata la conversazione con sua madre. Caroline aveva qualcosa in cantiere e Cassie si sentiva nervosa.

Flint parcheggiò vicino all'ingresso.

"Dovrebbe fare abbastanza caldo lì dentro, dato che ieri c'è stato uno spettacolo." Flint chiuse lo sportello del furgoncino.

"Non lo so. A Mindy piace abbassare il riscaldamento per risparmiare denaro."

Flint la fermò all'ingresso del teatro. "Che cosa hai intenzione di fare ora che il negozio è legalmente tuo?"

I loro sguardi si incrociarono. "Non lo so."

Lui scosse la testa. "Almeno sei sincero."

Entrarono dentro. Cassie percorse il corridoio per unirsi a Mindy e alle prove in corso.

"Cassie, aspetta!" urlò Mindy.

Ma fu interrotta da una voce familiare.

"Cassie. È un piacere vederti."

La giovane attrice si girò di scatto e vide sua madre che si alzava da un posto sul retro dell'auditorium.

"Mamma!" Cassie spalancò gli occhi e la bocca.

"Sì."

"Che cosa ci fai qui?"

"Hai accettato di parlarmi questo pomeriggio. Ho pensato che fosse meglio parlare di persona."

"Oh, mio Dio. Mamma." Cassie si lasciò cadere sul pavimento e incrociò le gambe. "Il tuo tempismo non potrebbe essere peggiore."

"E se tu mi avessi parlato almeno una delle diecimila volte che ti ho chiamata, che ho lasciato dei messaggi in segreteria e ti ho inviato messaggi, non sarebbe stato necessario."

"Come sei venuta? Quando?"

"Ho preso un volo ieri sera e ho noleggiato un'auto. Sto in albergo."

Cassie era terrorizzata. Questo non prometteva niente di buono.

Caroline si guardò intorno. "Le dispiacerebbe se passassi un'ora o due da sola con mia figlia?"

Mindy sollevò le spalle. "Certo che no. Fate pure."

Cassie si alzò e raggiunse sua madre. "Flint, questa è mia madre, Caroline. Mamma, lui è Flint McKay."

Lui le porse la mano e lei gliela strinse, mantenendo sempre un'espressione corrucciata.

"Sono sicura che voi due vi state divertendo molto, ma Cassie ha una carriera e degli impegni. Spero che te ne renda conto prima di progettare di seppellirla in questo villaggio."

Flint si irrigidì al tono di voce di Caroline. "Penso che quello che Cassie decide di fare nella sua vita dipenda solo da lei, non è d'accordo?"

"Non necessariamente."

"Immagino che dovremo concordare di non essere d'accordo." Flint guardò la sua donna. "Se non hai bisogno che ti dia un passaggio, andrò in ufficio."

"Mamma ha la macchina. Grazie, comunque. Andremo all'albergo. Ci rivediamo qui?"

"Certo. Piacere di averla conosciuta." Con un'espressione impassibile, Flint fece un cenno con la testa a Caroline e si diresse verso il parcheggio.

"Andiamo. Ho il GPS. Immagino che tu non conosca le strade di questo villaggio."

"Ti sbagli. Le conosco. Posso darti indicazioni."

Rimasero in silenzio per tutto il tragitto. Una volta dentro, Cassie si diresse verso un divano nell'atrio, di fronte all'enorme camino.

"Ho una suite. Parliamo di sopra."

Cassie seguì sua madre. Una volta dentro, lei fu felice di vedere il caminetto acceso in salotto. C'erano delle porte finestre che conducevano a una terrazza che dava sui Catskills ghiacciati dalla neve. Lei si mise davanti alla finestra.

"Chiamerò il servizio in camera per farci portare qualcosa da mangiare. Sai come si accende questo coso?" Caroline indicò il camino e prese il telefono.

Cassie accese il fuoco mentre sua madre ordinava. "No, mamma. Niente insalata. Prenderò un sandwich con bistecca e formaggio e una ciotola di zuppa. Oh, e anche un tè freddo."

Caroline spalancò gli occhi. "Davvero? Così ingrasserai." Ma lei ordinò ciò che voleva sua figlia. Grata di non dover litigare con sua madre per il cibo, Cassie sospettava che Caroline si stesse comportando bene per ammorbidirla riguardo a qualcosa. Cassie si sedette accanto al camino, riscaldandosi le mani.

Dopo quindici minuti, qualcuno bussò alla porta. Il cameriere appoggiò il cibo sul tavolo accanto alla finestra. Le donne si sedettero.

CAROLINE PREPARÒ UNA tazza di caffè e poi si tuffò nella sua insalata. Era molto magra, forse per fare da esempio a sua figlia? Cassie tagliò a pezzi il suo sandwich con bistecca e formaggio e lo divorò.

"Ne ho bisogno per tenermi in forze per recitare."

"Congratulazioni, a proposito. Per un'altra performance eccezionale."

"Grazie. Perché non andiamo al sodo? Che cosa vuoi, mamma?"

"Voglio che torni a casa per Natale."

"Non se ne parla."

"Perché no? Non vuoi stare con la tua famiglia per Natale?"

Cassie socchiuse gli occhi. "Di certo vuoi parlarmi di qualcos'altro oltre al prosciutto al forno e ai biscotti di pan di zenzero, mamma. Di che cosa si tratta? Non voglio fare prove a Natale. O frequentare lezioni di ballo o di canto. Voglio stare proprio qui, con i miei nuovi amici, a cantare canti natalizi, bere cioccolata calda e scambiarci regali." Cassie diede un morso al suo sandwich.

"Oh, un Natale vecchio stile? Ah, stare con la gente di campagna, che banalità! Sai che non trascorriamo il Natale in quel modo."

Con un pezzo di sandwich in mano, Cassie si alzò dalla sedia e andò alla finestra. "Noi nemmeno lo festeggiamo il Natale. Vediamo, come abbiamo trascorso il Natale in passato? Mmm. Partecipando a qualche festa di lusso per creare nuovi contatti? Fatto. Mandando regali a persone influenti che potevano ingaggiarmi per un nuovo film o un nuovo spettacolo? Fatto. Organizzando una bella cena in un ristorante elegante per le persone 'giuste'? Fatto. No, grazie. Ci sono già passata. So già come funziona."

"Tu volevi questa vita. Volevi diventare un'attrice. Ed essere la migliore. Io ho fatto solo tutto il possibile per assicurarmi che tu studiassi e avessi tutte le opportunità per realizzare il tuo sogno. Adesso sono un mostro?"

Cassie finì di mangiare il sandwich che aveva in mano prima di parlare.

"Hai ragione. Questo è quello che volevo a sedici anni. A venticinque. Ma non a trenta."

"Avresti potuto vivere una vita meravigliosa se avessi semplicemente accettato di seguire Basil per un po'. Avresti potuto rilassarti a Londra come moglie di un famoso attore. Prenderti del tempo libero. Ma gli hai voltato le spalle. Perché?"

"Basil aveva occhi solo per sé stesso. Io volevo di più. Non era amore, mamma. Era comodo ed era positivo per la sua carriera e lui pensava che lo fosse anche per la mia."

"Perché non hai detto niente? Da come ti comportavi, pensavo che fossi pazza di lui. Ti ha fatto qualcosa?" Caroline iniziò a infastidirsi, ma Cassie la mise educatamente a posto.

"No, non ha fatto niente. Basil è innamorato di sé stesso e non rimane nulla per nessun altro. Io volevo di più. Ho bisogno di qualcosa in più."

E l'hai trovato con quel campagnolo di Flint?"

"Non chiamarlo così."

"Ok. Scusami."

"Sì. È un uomo meraviglioso e si prende cura di me."

"Tu sei un'ottima fonte di reddito."

"Mamma! Che cosa orribile da dire! Non lo conosci nemmeno."

Caroline socchiuse gli occhi. "Quanti soldi gli hai prestato?"

"Non gli ho prestato niente. Nemmeno un centesimo. Anzi, vivo a casa sua, e senza pagare l'affitto!"

Caroline fece una smorfia.

"E ho ricomprato il negozio da lui."

"Scommetto che ha ottenuto un bel profitto da te. Quanto hai pagato?"

"Ti sbagli. Non ho pagato neanche un centesimo in più di quanto aveva pagato lui. E l'avvocato l'ha confermato."

"Quanti soldi?"

"Trentacinquemila, sempre che siano affari tuoi."

"Quel boscaiolo non è molto brillante, vero? Probabilmente avrebbe potuto ottenere tre volte tanto da te."

"Non chiamarlo così. Non è un boscaiolo e non è uno stupido. A Flint non importano i soldi." La rabbia le si accumulò nel petto.

"Senti, ho già accettato una mezza dozzina di inviti per tuo conto. Devi tornare a casa."

Cassie scosse la testa.

"E poi c'è quella piccola questione di girare la versione cinematografica di *Shooting Star.*

"Non voglio farlo."

"L'avevi promesso. E hai firmato il contratto. Quando hai firmato per fare lo spettacolo di Broadway, l'accordo sul film faceva parte del contratto. Hai già ricevuto un bonus per questo. Devi farlo."

"E se non lo facessi?"

"Perderò un sacco di soldi e anche tu."

"Ma tu hai molto denaro."

"E non farai mai più un altro film."

"E allora?"

"E ti faranno causa. E anch'io ti farò causa per violazione del contratto."

Silenzio.

Cassie spalancò gli occhi. "Non lo faresti."

"Mettimi alla prova." Il volto di Caroline divenne una maschera fredda e impassibile.

"Sono tua figlia."

"Questi sono affari, Cassie."

Il dolore le strinse il cuore. La sua voce si affievolì finché non fu a malapena udibile. "Mi porteresti in tribunale? Tua figlia?"

"Se fosse necessario. Questi sono affari. Non permetterò che la mia reputazione vada in fumo perché tu hai perso la testa per uno stallone di campagna."

"Non è così."

"Davvero?" Caroline sollevò un sopracciglio. "Torna con me per Natale a fare il film, altrimenti cercati un avvocato. La scelta è tua." Caroline prese una forchettata di insalata.

Cassie rabbrividì al tono gelido di sua madre. "Hai vinto."

"Bene."

"Ho due condizioni, mamma."

"Non mi pare che tu sia nella posizione di imporre condizioni su questo accordo."

"Vuoi andare in tribunale? I giornalisti avranno una giornata campale."

"Ok. Spara. Che cosa vuoi?" Caroline aggrottò la fronte e le rughe sul suo viso si accentuarono. Lei cambiò posizione sulla sedia.

"Voglio rimanere per fare lo spettacolo. L'ho promesso. Tornerò il giorno prima di Natale, punto. E, dopo aver finito il film, strapperò il mio contratto con te."

"Mi stai licenziando?" Lei spalancò gli occhi.

"Sì. Non avrò più bisogno di un agente. Mi riprenderò la mia vita."

"Vedremo. In questo momento non accetto nulla. Potresti cambiare idea alla fine del film. Verrò a prenderti."

"Non sono più una bambina, mamma. Ho trent'anni. Posso tornare in California da sola. Non ho bisogno che tu venga a prendermi."

"Non mi importa, tesoro. Mi occuperò di tutti i preparativi, come faccio sempre."

Cassie sospirò. La decisione era presa. "Abbiamo finito?"

"Non hai finito il tuo sandwich."

"Lo incarterò e lo porterò con me."

"Se insisti. Devo chiamare tuo padre. Sarà molto felice di sapere che verrai a casa per le vacanze."

"Lo sarà davvero?"

"Oh, sì. Non vede l'ora di partecipare alla festa al Beverly. Quel vecchio albergo è stato recentemente restaurato ed è un posto 'in' dove organizzare eventi. Siamo stati invitati e lui ha deciso di comprarsi un nuovo smoking per l'occasione."

"Bene, urrà."

"Ho comprato anche dei vestiti nuovi per te. Ma vedendo come stai mangiando in questi giorni, potrei doverli cambiare con delle taglie più grandi."

"Fallo pure, mamma. Adesso porto una quarantaquattro. Fallo pure."

"Una quarantaquattro? Bene, che cosa ne farò adesso di tutti quegli abiti di taglia quaranta?"

"Dalli via. Non mi interessa." Cassie controllò l'orologio. "Adesso devo andare. Non dire a nessuno del nostro accordo, ok?"

"Vuoi scherzare? Dire a qualcuno che ho dovuto minacciare mia figlia di una causa legale per farla tornare a casa per Natale? Neanche per sogno. Nemmeno a tuo padre."

"Oh, lui lo capirebbe."

"Cassie, spero che tu sappia che ti voglio bene e che sto facendo tutto questo per te." Caroline strinse le mani. La sua espressione si addolcì, quasi convincendo Cassie. Forse anche sua madre era un'attrice?

"Mamma, hai smesso di fare qualcosa per me molto tempo fa."

"Mi dispiace molto che pensi questo."

"Anche a me. Ciao." Cassie si diresse verso la porta.

"Hai bisogno di un passaggio?" Caroline la accompagnò alla porta.

"Prenderò un taxi o Jess mi darà un passaggio."

"Ok. Ci vediamo il ventiquattro." Caroline tornò a tavola per finire il suo caffè.

Cassie uscì, sbattendo la porta alle sue spalle. Gli occhi le si riempirono di lacrime. Che cosa aveva fatto? Aveva ceduto al suo ricatto. Sarebbe andata via per mesi per fare quel film. E si sarebbe persa il Natale con Flint, Mindy e tutte le persone di Pine Grove. Lei sospirò.

Intrappolata in una vita che aveva accettato molto tempo prima, non vedeva alcuna via d'uscita. Non fino a dopo il film. Voleva davvero licenziare sua madre? Quella donna aveva fatto un ottimo lavoro durante la sua carriera. Ma Cassie non voleva più la sua vecchia vita, no? La testa le faceva male. Le cose erano state così semplici. Pensava di avere le risposte. Ma adesso? Non ne era così sicura.

Capitolo Diciannove

Flint guardò Cassie allontanarsi nella Mercedes noleggiata da sua madre. Un'auto di lusso si faceva notare molto a Pine Grove. Proprio come Caroline Wells, che indossava casualmente un cappotto di visone. Flint aggrottò la fronte. Solo per istinto, non si fidava di lei.

Si fermò in ufficio ma non riuscì a concentrarsi, quindi tornò a casa. La fame gli faceva brontolare lo stomaco. Controllò l'orologio. Sì, era l'una ed era già passata l'ora di pranzo. Riscaldò la zuppa e preparò un sandwich con burro d'arachidi e confettura.

Dopo aver preparato un bricco di caffè fresco, se ne versò una tazza e, trascurando il freddo, uscì sulla veranda, osservando la strada e aspettando che lei tornasse. Dopo quindici minuti, immaginò di essersi congelato le palle, così tornò dentro.

Divorò il cibo e poi mise in ordine. Una macchina si accostò al marciapiede. Vide Jess Lennox al volante. Cassie scese e corse su per i gradini. Flint era in piedi nell'ingresso anteriore. Lei si fermò, lo fissò negli occhi, scoppiò in lacrime e si gettò tra le sue braccia.

Mentre lei singhiozzava sul suo petto, lui le strinse le braccia intorno e le diede un bacio sui capelli.

"Che cosa c'è? Che cosa è successo? Qualcosa non va?"

Ma Cassie non si fermò. Dolore e confusione si mescolavano nel suo cervello.

"Qualcuno ti ha picchiata? Ti hanno aggredita? Hai avuto un incidente d'auto?"

Lei scosse la testa, si allontanò da lui e indietreggiò. Lui si mise una mano in tasca, prese un fazzoletto e glielo porse. Lei si asciugò il viso.

Lui aggrottò la fronte. "Tutto bene?"

Il dolore le offuscò gli occhi. "Non posso. Non posso parlarne." Corse su per le scale nella loro stanza e sbatté la porta. Gli vennero in mente un milione di domande, ma sapeva che era meglio non disturbarla quando era così arrabbiata.

Mezz'ora dopo, la curiosità ebbe il sopravvento su di lui. Salì le scale ed entrò nella loro stanza, dove la vide nascosta sotto la trapunta, pacificamente addormentata.

Per quanto volesse sapere cosa fosse successo, non aveva voglia di svegliarla. Invece, accese il caminetto del soggiorno, prese il giornale locale, riscaldò il caffè e si sedette comodamente sul divano.

"Pazienza, Flint. Quando hai a che fare con le donne, devi essere paziente." Una perla di saggezza da parte di suo padre e, nonostante Flint immaginasse che lui si riferisse al sesso, quel consiglio si adattava anche alla sua situazione attuale.

Marty lo chiamò al telefono.

"Ho un'emergenza per un lavoro di stampa. Puoi preparare la cena?"

"Nessun problema."

"Nel frigorifero, ci sono verdure e carne macinata. Inventati qualcosa. Devo andare."

Poi mise giù il telefono. Flint finì il suo caffè ed entrò in cucina. Forse era pronto a improvvisare qualcosa in cucina? Se non ci fosse riuscito, ci sarebbe sempre stata la pizza. Prese gli ingredienti dal frigorifero e accese la radio. Le note di "Mistletoe and Holly" gli sollevarono il morale. Cucinare era un buon modo per evitare l'inevitabile. Se l'incontro tra Cassie e sua madre fosse andato bene, la sua ragazza non avrebbe avuto bisogno di piangere.

Mentre cucinava e cantava, uno scricchiolio rivelatore lo avvertì. Una donna scalza, avvolta nella sua vestaglia come un grande sacco a pelo, scese le scale. Attraversò la cucina e lo guardò con gli occhi gonfi. Il suo naso rosso gli ricordava Rudolph, ma tenne quel commento per sé stesso.

"Dobbiamo parlare," gli disse.

Le due parole più temute da qualsiasi uomo. Lui appoggiò il coltello.

"NON QUI. VOGLIO ANDARE al negozio. Adesso è mio."

"Ma non c'è niente lì."

"Vero. E dobbiamo provvedere a riempirlo."

"Hai intenzione di rifornire adesso il negozio?"

Lei annuì. "Perché no? Non c'è momento migliore. Così avrò qualcosa da fare."

"È di questo che volevi parlarmi?"

"Aspetta che arriviamo lì. Torno subito."

Flint continuò a cucinare. Cassie ritornò dopo quindici minuti. Indossando un paio di leggings e la sua camicia di flanella e senza trucco, era adorabile, reale e totalmente vulnerabile.

"Andiamo." Lei prese le chiavi del furgoncino.

Flint mise la teglia nel forno e la lasciò al caldo, poi si lavò le mani e la raggiunse. L'apprensione gli fece bruciare la bocca dello stomaco. Voleva credere che sarebbe stata una buona conversazione, ma la sua testa non avrebbe permesso al suo cuore di andare in quella direzione. Andarono al negozio in silenzio. Una volta entrati, Cassie corse verso il termostato e aumentò la temperatura.

"Si congela qui dentro." Flint non si tolse il cappotto.

"Dovrebbero esserci delle sedie sul retro."

Lui si guardò intorno. I costruttori avevano fatto un ottimo lavoro. Il negozio aveva un aspetto magnifico, fresco e pulito, come una lavagna vuota in attesa che qualcuno scrivesse qualcosa. Capiva il desiderio di Cassie di riempirlo di cose. Ma se lei avesse fatto chi l'avrebbe gestito? Lui la seguì.

Lei inserì la spina della nuova macchina del caffè e vi aggiunse l'acqua e il caffè macinato.

"Le nostre prime tazze di caffè."

"Di che cosa volevi parlarmi?" L'impazienza lo stava divorando.

"Adesso ti racconto."

Flint si alzò in piedi. "Ascolta, Cassie. Così mi uccidi. Di qualsiasi cosa si tratti, non deve essere nulla di buono. Quindi sputa il rospo. Andiamo al dunque."

Lei si voltò a guardarlo e gli mise una mano sull'avambraccio. "Mi dispiace. Non volevo farti preoccupare."

"Beh, lo stai facendo. Quindi sputa il rospo." Lui tornò a sedersi al suo posto.

Cassie prese le tazze. "Ho avuto una discussione con mia madre oggi."

"Lo so." La tensione gli risalì dallo stomaco alle spalle. "Arriva al punto."

"Pare che non mi ricordassi che, quando ho firmato il contratto per girare *Shooting Star* a Broadway, ho anche accettato di fare il film. Con un contratto scritto."

"Che cosa?"

"Già. Inizieranno le riprese a gennaio. Devo essere disponibile per provare i costumi e fare le prove subito dopo Natale."

Lui si alzò dalla sedia. "Partirai subito dopo Natale."

Asciugandosi una lacrima dalla guancia, Cassie distolse lo sguardo. "Prima di Natale."

Doveva aver sentito male. Lei aveva promesso di restare per Natale, avevano dei progetti, lui aveva dei progetti, moltissimi progetti. "Stai scherzando, vero?"

Lei lo guardò. "Guardami in faccia. Ti sembra che io stia scherzando?"

Lui si lasciò cadere, quasi mancando la sedia.

"Mia madre mi sta costringendo a tornare prima di Natale. Ha detto di volermi lì con la famiglia. Ma questa è un enorme bugia. Non gliene importa niente. Mi vuole lì per fare il film. Così il produttore non le farà causa."

"Le farebbero causa?"

Cassie annuì. "Sì. A lei e a me."

"Merda." Il sudore gli coprì la fronte. "Super merda. Merda. Merda. Merda."

"Lo so. Voglio passare il Natale qui con te."

"E come farai con *Canto di Natale*?"

"Resterò fino al ventiquattro, per la fine dello spettacolo."

Lui si mise la testa tra le mani. La notizia era peggiore di quanto avesse immaginato. Lui alzò lo sguardo. Vaffanculo. Quanto tempo sarebbe stata via? "Quanto durano le riprese?"

"Non lo so. Non possono prevedere queste cose. C'è sempre qualcosa che va storto e le riprese di solito durano più a lungo del previsto."

"Ma potremo trascorrere i weekend insieme? Posso raggiungerti per vederti?"

"Gireremo in Brasile. È estate laggiù. È economico e possiamo girare all'aperto."

"Cazzo. Fanculo. Mi dispiace." Le lacrime gli pungevano gli occhi, ma lui si sforzò di trattenerle. Non avrebbe mai pianto, soprattutto non davanti a lei. Il dolore gli trafisse il cuore. Era stato tremendo quando aveva pensato che lei volesse andarsene, ma dava che avesse cambiato idea. La sua espressione triste, la sua fronte corrucciata e i suoi occhi umidi confermarono la sua sensazione che lei non voleva tutto questo.

"Dovevo dirtelo. All'inizio, non volevo farlo."

"Te ne saresti andata senza dirmi niente?" Lui si alzò in piedi.

"Ehm, sì. Ma ho cambiato idea. Inoltre, è un segreto troppo grande da mantenere. Per favore, non dirlo a nessun altro."

"Devo dirlo a Marty."

"Va bene, a Marty sì. Ma a nessun altro. Per favore."

"Te lo prometto."

"Grazie. Dovremo sfruttare al massimo il tempo che ci rimane."

"Tre settimane?"

"Meno."

Quando lui fece un respiro profondo, sentì un dolore al petto.

"Cominciamo a rifornire il negozio. Ti va di aiutarmi?"

Lui si sedette. "Da dove vuoi cominciare?"

"Penso che potremmo trovare dei cataloghi molto interessanti online. Ho lasciato il laptop nel furgoncino."

"Vado a prenderlo." Flint si alzò in piedi.

Il tramonto rosa e arancione si prese gioco di lui con la promessa di una luminosa giornata di sole all'orizzonte. D'ora in poi, lui non avrebbe avuto molti giorni di sole e lanciò uno sguardo rabbioso alla malvagità della natura. Dopo aver recuperato il computer, lui sbatté lo sportello del furgoncino. Fermandosi, appoggiò la fronte sul freddo finestrino del passeggero. Alcune lacrime si rifiutarono di essere trattenute e caddero sul terreno gelido. Che cosa avrebbe fatto? Non aveva tempo di pensare. Doveva darsi una mossa e fare quello che lei voleva finché sarebbe rimasta con lui.

Ma lui? Flint si mordicchiò il labbro inferiore. Ce l'avrebbe fatta. Avrebbe trovato una soluzione e si sarebbe comportato da uomo. Quando si risollevò, decise di sfruttare al meglio ogni giorno che gli restava con lei. Avrebbe vissuto due vite in poche settimane. Si asciugò il viso con una manica, sospirò e si avviò verso la porta principale. Quelle settimane avrebbero dovuto essere indimenticabili. Non aveva idea di chi lei potesse incontrare dopo aver lasciato Pine Grove, quindi adesso doveva trarre il massimo da ogni minuto.

Aprì il computer. "Lo metto sulla scrivania."

"Perfetto." Lei si mise dietro di lui, appoggiandogli la mano sulla spalla. Il suo dolce profumo gli danzava sotto il naso. Chiuse gli occhi e inspirò, poi le prese la mano e la baciò. Avrebbe ricordato il suo profumo per sempre.

MENTRE FLINT USCIVA per riscaldare il furgoncino, Cassie chiuse il portatile. Fece qualche passo di danza nel negozio, brevemente, cantando una canzone dello spettacolo di Dickens. Immaginò lo spazio pieno di merci colorate, alti barattoli di vetro pieni di caramelle sul bancone e coloratissime stoffe di lana e cotone, dal rosso brillante ai tenui colori pastello, disposte una accanto all'altra. Si immaginò un congelatore pieno dei migliori gusti di gelati locali, due scaffali di libri, di cui dorsi promettevano intriganti misteri e storie d'amore e scatole di pasta e di riso, barattoli di frutta e verdura e vasetti di salsa per spaghetti che riempivano gli scaffali.

Anche se faceva ancora freddo — lei aveva abbassato il riscaldamento dato che se ne sarebbero andati — una folata di aria calda la circondò. Forse era lo spirito di Gram? Sua nonna non sarebbe stata contenta di come lei e Flint avevano salvato il suo negozio?

Ma adesso? Cassie sarebbe partita presto e quelli bellissimo posto sarebbe tornato vuoto. Cassie si mordicchiò il labbro. Flint le tenne il cappotto.

"Sarà grandioso. Ma ho bisogno di qualcuno che lo gestisca." Lei infilò le braccia nelle maniche.

"Non guardare me. Ho già un lavoro."

"Lo so, lo so. Ma se ti viene in mente qualcosa, fammi sapere."

Lui annuì. "Andiamo, il furgoncino è caldo e la cena è pronta."

Lei si sedette accanto a lui e guardò fuori dalla finestra. Erano le cinque ed era già buio. Mentre tornavano a casa, luci grandi e piccole, intermittenti e fisse, brillavano dietro le finestre. In tutte le case, c'era un albero di Natale visibile dalla strada. Alcune case erano piene di luci lampeggianti che adornavano porte e finestre, mentre altre avevano una semplice candela in ogni finestra. Lei sospirò. Era arrivata la migliore stagione dell'anno e lei sarebbe partita troppo presto.

A casa, Flint andò in cucina, Cassie accese il fuoco, poi si diresse verso l'armadietto dei liquori.

"Vuoi qualcosa da bere?"

"Sì. Doppio."

Lei annuì. Dopo essersi versata un bicchiere di vino rosso, gli versò due dita di scotch prima di dirigersi verso la cucina.

"Con ghiaccio?" Lei lo guardò. Lui annuì, quindi aprì il congelatore e mise un paio di cubetti di ghiaccio nel suo drink.

Lui prese il bicchiere e si sporse per baciarla intensamente. "E non dimenticarlo mai."

Lei gli strinse le braccia intorno, poi Marty entrò in cucina.

"Devo prendermi una casa tutta per me," borbottò Flint, staccandosi da lei per prendere un piatto dal forno.

"Bella accoglienza! Ho lavorato come un mulo per sostituirti. La cena è pronta?" Marty appese il suo cappotto.

"Sì, sì. Non arrabbiarti." Flint mise sul tavolo il cibo caldo.

"Va bene, ma solo per stavolta." Marty ridacchiò mentre si sedeva.

Durante la cena, Flint gli raccontò le novità di Cassie. I tre rimasero in silenzio. Quando finirono di cenare, Cassie e Flint si rannicchiarono accanto al fuoco. Marty andò nella sua stanza.

"Niente fuoco nel camino in California a Natale. E sarà estate in Brasile." Lei sospirò.

"Ti mancherà?"

"Mi mancherà tutto di Pine Grove."

"Avrai comunque tempo di vedere alcune cose. Martedì prossimo ci saranno i canti natalizi. Il teatro sarà al buio."

"Tu ci vai?"

"Ogni anno. E non azzecco nemmeno una nota."

Lei scoppiò a ridere.

"C'è dell'altro." Flint snocciolò una lista di attività.

"Natale in campagna. Bello." Dopo aver finito il suo vino, Cassie preparò una tazza di tè caldo per riscaldarsi. "Fa ancora freddo qui."

"Non lo renderò tropicale. Dovrai abituarti. Fa freddo a Pine Grove."

"Ok, ok. Non tagliarmi la testa."

Le mise un braccio intorno e la strinse a sé. "Mi dispiace. Sono ancora arrabbiato perché te ne andrai."

"Siamo in due."

"Puoi ancora fare qualcosa, anche se ti esibisci di sera, giusto?"

"Certo."

"Bene. Aggiorniamo il calendario con gli eventi ai quali potrai andare. Ok?"

Lei sorrise. "Ok."

Flint mise della musica natalizia sul suo telefono e mise una coperta addosso entrambi. Dopo poco tempo, si addormentarono. Alle due, Marty svegliò Flint.

"Andate a letto."

"Mmm? Eh?"

"Andate a letto."

Flint, appena sveglio, annuì e sbadigliò. Si mise Cassie sulle spalle mentre lei rideva e salì al piano di sopra. Dopo essersi distesi sotto la pesante trapunta, si riaddormentarono.

TRE GIORNI DOPO, FLINT accompagnò Cassie a teatro per le prove e andò nel suo ufficio.

"Mi prenderò qualche giorno libero." Appese il cappotto e guardò suo fratello.

"Come mai questa novità?"

"Va bene, va bene. Non ho fatto la mia parte. Lo ammetto. Ma ci sono dei motivi."

"Io conosco il motivo. Una bella biondina. Punto." Marty aggrottò la fronte.

"Sei geloso? Non sei tu quello che mi ha detto di darmi una mossa con lei e smetterla di cercare una sostituta?"

"Ma non ti ho detto di mettere in pausa la tua vita, Flint. Abbiamo un'azienda da gestire. E adesso anche una bocca in più da sfamare."

"Oh? Si tratta di soldi? Vuoi chiederle l'affitto? Perché sono sicuro che lei può pagare qualsiasi cifra. Qual è il tuo problema, Marty?" Flint si sedette su una sedia accanto alla scrivania di suo fratello. Marty prese una penna e iniziò a giocherellarci.

"Non lo so. Non mi piace questa storia. Lei se ne andrà e tu sarai a pezzi."

"Spero di no."

Marty alzò la testa di scatto. "Non te l'ha detto ieri?"

"Quello che voglio dire è, beh, spero che lei torni."

"È realistico? E se lo farà per quanto tempo si fermerà? Trascorrerai la tua vita in bilico tra stare con lei e stare lontano da lei?"

"Spero di no."

"Volevo che tu trascorressi alcune notti con lei e della togliersi dalla testa, in modo che potessi trovare una ragazza del luogo e farti una vita." Marty posò la penna.

"Sembra che non succederà. E tu?"

"Lasciami fuori da tutto questo. Stiamo parlando di te." Marty si alzò in piedi.

"Non ho più niente da dire. Non c'è nessun motivo di parlarne fino alla morte. Non sappiamo che cosa succederà in futuro, quindi non ha senso fare ipotesi. Sto cercando di vivere un giorno alla volta."

"Buona fortuna, allora."

"Sì. Lo so. Tienimi aggiornato." Flint controllò l'orologio. "La prima consegna per il negozio è prevista tra tre ore. Devo essere lì."

"Immagino che starai fuori dall'ufficio finché lei non se ne andrà." Marty sospirò.

"Cercherò di stare qui il più possibile."

Marty annuì. Aprì il cassetto della scrivania e tirò fuori una cartellina. "Ecco i conti."

Flint si sedette e accese il computer. "Dammi."

Marty porse la cartellina a suo fratello.

"Fratello, questa roba si è accumulata."

"Perché non ti porti il laptop al negozio? Puoi lavorare su alcune di queste cose mentre aspetti le consegne."

"Ottima idea."

"Non possiamo lasciare che si accumulino."

"Lo so, lo so. Me ne occupo io." Flint si mise la cartellina sotto il braccio e si diresse verso la sua scrivania.

Si voltò indietro. "Grazie."

Dopo due ore di lavoro burocratico, si alzò e si stiracchiò. Dopo aver indossato il cappotto, si diresse verso il suo furgoncino. "A stasera."

Con il cellulare all'orecchio, Marty annuì. "Le mando subito il programma di lavoro, signor Samson."

L'aria gelida colpì il viso di Flint. Lui si affrettò verso il suo veicolo e accese il riscaldamento. Il negozio era tanto freddo da poterci conservare la carne. Flint alzò il termostato, poi mise diversi per di legno nella stufa.

Adorava la vecchia stufa. Ricordava i giorni invernali in cui si fermava là davanti a riscaldarsi e finiva per comprare un fumetto o qualche caramella. Dandogli di nascosto qualcosa in più, Gram lo faceva sentire speciale. Lui si scaldava le mani davanti alla vecchia stufa prima di sfidare i brividi del vento gelido per tornare a casa.

Flint aveva fatto riparare e sistemare la stufa per poterla utilizzare. Questo conferiva al negozio un vecchio stile di campagna. Un furgoncino si fermò all'esterno. Due uomini scesero e aprirono lo sportello posteriore.

Mentre i tronchi dentro la stufa prendevano fuoco, l'aria si riscaldava. Flint aprì la porta agli uomini, che scaricarono cinque scatole giganti. Firmò i loro commenti e se ne andarono. Lui fece un respiro profondo e guardò le scatole.

"Queste scatole non si svuoteranno da sole." Andò dietro il bancone, prese il suo coltellino e aprì le scatole. Vi trovò scatole di cereali e cibo in scatola. Dopo aver pulito gli scaffali, vi sistemò il cibo, poi ruppe le scatole.

Aprendo una bottiglia di Coca Cola, si appoggiò allo schienale della sedia e ne bevve un grosso sorso. Sì. Nelle settimane successive, la sua vita sarebbe stata così. E poi c'erano le scartoffie del negozio, un conto in banca da aprire e le società di carte di credito da contattare. Aggrottando le sopracciglia, portò le scatole sul marciapiede per il ritiro dei rifiuti. Flint sarebbe stato impegnato, troppo impegnato per pensare alla partenza di Cassie. Lui sospirò. Perché niente nella sua vita andava come previsto?

Capitolo Venti

Martedì mattina, il suo giorno libero, Cassie si svegliò con il sole, sorridendo. Tiro giù le coperte e si sedette sopra Flint. "Andiamo! Alzati!"

"Eh? Ma che cosa...?"

"È martedì. Andiamo al negozio." Lei afferrò la vestaglia e corse in bagno.

"Perché? Che fretta c'è?"

"Hai detto che è arrivata della roba. Voglio aprire le scatole e sistemare tutto."

Lui scoppiò a ridere. "L'ho già fatto. Una buona parte, almeno. Beh, forse un po'. Vacci tu. Non hai bisogno di me." Lui si girò dall'altra parte.

Cassie gli saltò addosso, a cavalcioni sui fianchi. "Forza, pigrone. Alzati!"

"No!" Lui si tirò le coperte sopra la testa. Ma lei le tirò giù, poi si abbassò per baciarlo sul collo.

"Smettila. Mi fai il solletico!"

"Non finché non ti alzerai."

"Ah, davvero?" Lui la prese e la girò. Lei fece un urletto di gioia. Lui le fece il solletico sui fianchi e una pernacchia sul collo. Cassie urlò dalle risate finché non riuscì più a respirare. Lui si fermò, sporgendosi su di lei, e la baciò. Lei si ammorbidì, stringendogli le braccia intorno al collo.

"Sei pazzo, lo sai?"

Lei annuì.

"E io amo tutta la tua follia." Lui le diede un altro bacio. Flint sollevò le ginocchia, una alla volta, e le incastrò tra le sue gambe.

"Oh? Capisco."

"Ci sono molti modi per svegliarsi."

"E tu scegli questo?"

Lui annuì.

"Ottima scelta."

Cassie sollevò i piedi e le ginocchia. La camicia da notte succinta le scivolò sui fianchi. Gli occhi di Flint brillarono di passione mentre si sedeva sulle anche. Lui si abbassò finché la sua lingua non toccò la sua carne.

Lei inarcò la schiena e gemette. Prima che il calore si sentiva dentro diventasse insopportabile, lui entrò dentro di lei. Iniziarono a muoversi al loro ritmo. Lei chiuse gli occhi. Afferrò le sue spalle forti, affondando le dita nei suoi muscoli. Gli mise una gamba intorno ai fianchi mentre lui si tuffava dentro di lei.

Lo strofinii dei suoi peli sui suoi capezzoli li fece indurire e le provocò i brividi lungo la schiena. Il cuore le si riempì di gioia. Lo voleva e aveva bisogno di lui con ogni fibra del suo essere. Il desiderio crebbe dentro di lei, accumulandosi sempre di più fino a esplodere. Lei contrasse i muscoli, stringendosi intorno a lui. Mormorò il suo nome mentre muoveva i fianchi.

"Oh, piccola. Oh, piccola," rispose lui.

Lei gli passò le unghie lungo la schiena sudata mentre lui appoggiava la fronte sulla sua. Il sudore si accumulò tra i loro corpi. Facendo scorrere le mani verso il basso, lei afferrò i potenti muscoli del suo sedere mentre si fermava per l'ultima spinta intensa. Il suo forte gemito le fece vibrare il petto e il collo. Cazzo, le piaceva quando il suo bellissimo uomo veniva dentro di lei.

"Oh, mio Dio. Tu sei, tu sei..." Lui si fermò per riprendere fiato.

"Sono cosa?"

"Ti amo." Lui alzò le mani, incrociando il suo sguardo. Il suo sorriso sbilenco sembrava incerto.

"Anch'io ti amo. Buongiorno." Lei gli accarezzò la guancia.

"Il modo migliore per svegliarsi." Lui spostò le coperte e si alzò dal letto. Le guardò il suo magnifico culo mentre lui si dirigeva verso il bagno.

Dopo una doccia veloce insieme, che in realtà fu tutt'altro che veloce, si vestirono. Lei si asciugò i capelli mentre Flint friggeva le uova.

"Marty ha lasciato un biglietto. È andato in ufficio presto. Ha un lavoro da consegnare oggi."

"Lavora molto." Cassie si sistemò i capelli.

"Sta lavorando molto più di me in questi giorni."

"Mi dispiace." Cassie gli appoggiò una mano sul braccio. "È colpa mia. Puoi smettere di aiutarmi con il negozio."

"Mi piace darti una mano al negozio. Inoltre, tra poco il negozio sarà completamente pieno di merce. Il conto in banca è stato aperto e mi hanno detto che tra due settimane emetteranno un numero di conto commerciante per la carta di credito. I moduli per il nome commerciale e per le tasse statali sono già compilati."

"Drew è un tesoro."

"Tu hai salvato sua moglie." Flint si mise a ridacchiare.

"Adoro quello spettacolo. È divertente."

"E hanno venduto tutti i biglietti fino all'ultimo giorno."

Le sorrise: aveva ancora un po' del suo potere da star.

Flint fece tintinnare le chiavi del furgoncino. "Andiamo al negozio. Stasera ci saranno i canti natalizi."

"Oh, giusto."

"Tu verrai?"

"Non me li perderei mai."

CASSIE APRÌ LA PORTA del negozio. Flint sollevò due delle quattro scatole accatastate all'esterno.

"Immagino che avremmo dovuto arrivare qui prima." Lei entrò dentro.

Lui li mise giù e tornò a prendere gli altri. Cassie aprì una finestra e alzò il riscaldamento.

"Riscaldamento e finestra aperta?" Lui inarcò un sopracciglio mentre appoggiava la grossa scatola sul pavimento.

"Bisogna cambiare l'aria."

Aprendo la prima scatola, Cassie tirò fuori grosse calze di lana grigie e beige, bicchieri, solenni ombrelli neri e rosso brillante, scatole di farina d'avena e piccole esche da pesca. Mangiucchiandosi un'unghia, esaminò la stanza con lo sguardo, alla ricerca di posti per la nuova merce.

"Le esche da pesca potrebbero andare con le tre canne laggiù? E i calzini con le giacche?" suggerì Flint.

"E le altre cose?"

Flint si strinse nelle spalle. "Categoria mista."

"Dove la trovo?" Lei scoppiò a ridere.

"Ovunque tu voglia che sia."

Lavorarono fino all'ora di pranzo, poi si diressero al Cozy Café.

"L'insalata di tacchino con pane di segale è nel menu speciale di oggi. Con una tazza della mia zuppa di piselli." Laura Dailey li accolse.

"Mi sembra perfetto," disse Cassie, fermandosi davanti alla bacheca. Qualcuno aveva appeso un programma delle attività natalizie. Quando i suoi occhi si posarono su quelli si sarebbe persa, lei serrò le labbra e aggrottò la fronte. Andarsene da Pine Grove diventava ogni giorno più difficile.

Flint occupò un tavolo. Il delicato merletto di ghiaccio che decorava la finestra rivelava la bellezza dell'inverno. La zuppa riscaldò i loro corpi. Prima che finissero di mangiare, l'allarme antincendio della città iniziò a suonare. Flint si alzò, diede un bacio a Cassie e uscì di corsa dalla porta.

"Tornerò il prima possibile."

Dopo aver finito il suo sandwich, Cassie ordinò una fetta di torta di mele fatta in casa e una tazza di tè. Erano le tre e il locale si era svuotato. Laura Dailey portò una tazza di caffè al tavolo di Cassie.

"Posso unirmi a te?"

"Con molto piacere." Cassie le indicò la sedia vuota.

"Ti ho vista nello spettacolo di Natale. Sei stata fantastica."

"Grazie."

"Di certo, hai imparato la parte in fretta."

"È il mio lavoro."

"Ho saputo che tra poco partirai."

"Non ci sono segreti in questa città?" Cassie si finse sorpresa.

"No. Non ce ne sono mai stati. Non ce ne saranno mai. Chi gestirà il negozio?"

"A te interessa?" Cassie sollevò un sopracciglio.

"Sono molto impegnata a lavorare qui con Amy. Inoltre, cucinare è la mia passione."

"Hai in mente qualcun altro?"

"Stavo pensando. Voglio dire. Beh, è solo l'opinione di una vecchia ficcanaso."

"No, davvero. Dimmelo." Cassie appoggiò una mano su quella della donna anziana.

Parlarono per un'ora prima che Flint tornasse. Puzzava di fumo e di grasso.

"Un piccolo incendio in casa dei Roberts. Non ha fatto molti danni."

Lei arricciò il naso per gli odori che lui aveva addosso. "Torniamo a casa. Hai bisogno di un bagno."

"Lo credi davvero?" Lui scoppiò a ridere.

"Grazie, Laura."

"Ci penserai?" La donna più anziana li seguì.

"Lo farò." Cassie aprì la porta e Flint la accompagnò di corsa verso il furgoncino.

Tornando a casa, Flint andò a fare una doccia mentre lei riscaldava gli avanzi. Mangiarono rapidamente e uscirono per raggiungere Marty e gli altri cantori alla caserma dei pompieri. Cominciarono lì e proseguirono per la città, fermandosi nelle chiese.

"Cassie, ci guiderai in 'Silent Night'?" Il pastore Thomas della chiesa metodista si fece da parte.

Lei iniziò a cantare, poi gli altri si unirono. Il suo umore si sollevò mentre la sua voce risuonava ovunque. Era passato molto tempo da quando aveva cantato per puro piacere. Colse un bagliore di orgoglio negli occhi di Flint.

Dopo un'ora, i cantori finirono da Homer, dove il proprietario offrì loro nella cioccolata calda. Quando Flint finì di bere, prese Cassie per mano. "Torniamo a casa."

Il caldo del furgoncino non la riscaldò molto durante il breve tragitto di ritorno verso la casa di Flint. Lei si cambiò e si mise a letto.

"Sbrigati. Sto congelando."

Un sorrisino gli comparve sul viso. "Potrei riscaldarti io."

"Tu sei una stufa."

Lui si mise a ridere e scivolò tra le lenzuola.

"Niente sesso finché non mi riscaldo."

Flint le mise le braccia intorno e se la strinse forte al petto.

"Hai deciso cosa fare del negozio?"

"Credo di sì. Laura Dailey mi ha dato un ottimo consiglio."

"Oh?"

"Non voglio dirlo per scaramanzia. Vedrò se riesco a sistemare le cose domani."

"Ah, adoro le donne misteriose."

"Tu adori le donne disponibili."

"Anche."

Poi le si avvicinò e fece l'amore con lei.

QUANDO FLINT SI SVEGLIÒ, Cassie era già al piano di sotto. Sentì il dolce odore del burro fuso e il ricco aroma del caffè. Indosso una tuta e scese le scale.

"Hai iniziato a preparare la colazione?"

"Oggi è il gran giorno."

Lui la guardò sollevando un sopracciglio.

"Il gran giorno?"

"Per sistemare il negozio."

"Che cosa hai deciso?"

"Prima mangiamo."

Dopo la colazione, salirono sul furgoncino di Flint e si diressero verso il negozio. Cassie aprì la porta, accese il riscaldamento e armeggiò con il suo nuovo registratore di cassa.

"Aspettiamo qualcuno?" Flint si appoggiò allo stipite della porta.

Lei annuì.

"È un incontro privato?"

"Rimani, per favore."

"Sei sicura?"

Lei annuì.

Quando suona il campanello, Winnie Briggs entrò nel negozio.

"Beh, per mille tartarughe! Guarda questo posto!" Lei camminò in giro, osservando.

"Ciao, Winnie."

La donna più anziana si avvicinò. "L'hai fatto tu?"

"Sì. L'ho sistemato. Con l'aiuto di Will Lennox."

"È già aperto?"

"No. Tra qualche giorno me ne andrò e ho bisogno di qualcuno che lo gestisca."

"Vuoi assumere qualcuno?"

"Sì. Voglio assumere te."

"Me?" Winnie si indicò il petto.

Lei annuì. "Te."

"Io ho un lavoro."

"Ti piace lavorare lì?"

"No. Ma ho bisogno di lavorare. Non posso lavorare qui gratis."

Lei faticò a tenere sotto controllo il suo entusiasmo, ma lo trovò terribilmente difficile. "Oh, guadagneresti di più di quello che stai guadagnando ora."

"Davvero?"

"Sì." Lei indicò gli scaffali appena riempiti e il resto del negozio. "Vorrei che tu diventassi la socia del negozio."

Winnie spalancò gli occhi. "Comproprietaria?"

Cassie annuì e il suo entusiasmo prese la forma di un enorme sorriso.

"Perché io?"

"Perché tu e io non abbiamo avuto la possibilità di essere una famiglia per molti anni. Non possiamo tornare indietro e non possiamo riavere il passato. Ma potremmo lavorare insieme e condividere questo piccolo negozio. Che ne dici?"

Winnie spalancò la bocca. "Non so che cosa dire."

"Allora di' di sì."

"È per questo sull'insegna c'è scritto Emporio di Charlie?"

Gli occhi di Cassie si riempirono di lacrime. "Lui era mio padre e non l'ho nemmeno mai conosciuto."

Il silenzio riempì la stanza. Flint rimase immobile.

"Io sento ancora la sua mancanza." Winnie si avvicinò a Cassie e la strinse tra le braccia. "Grazie. Grazie mille."

Le due donne si abbracciarono. Le lacrime scesero sulle guance di Cassie. Lei si allontanò per prima, facendo un respiro profondo e tremante prima di parlare.

"Accetterai il lavoro?"

Winnie annuì.

"Bene."

Qualcuno bussò alla porta e furono interrotti dal tintinnio della campanella. Si voltarono tutti verso la porta. Drew Armstrong esitò sulla soglia. "Cassie?"

"Accomodati, avanti. Noi siamo pronti."

Drew appoggiò la valigetta sul bancone e tirò fuori una manciata di documenti. "Ho tutti i documenti proprio qui."

Mentre Drew e Winnie parlavano, Cassie guardò Flint negli occhi. Lei spalancò gli occhi e lui rispose annuendo. Pfff! Non sapendo come lui avrebbe reagito, lei non gli aveva rivelato i suoi progetti. Dentro di sé, sapeva che la sua approvazione avrebbe reso reale quell'idea folle. Lei sospirò.

"Cassie, puoi mettere una firma qui, per favore?" Drew le porse una penna.

Dopo aver apposto la sua firma in tre punti diversi, lei si avvicinò a Flint.

"Allora? Che cosa ne pensi? È una follia?"

"È un'idea brillante. E anche un po' folle."

"La cosa giusta da fare?"

"Certamente." Flint sorrise.

"Probabilmente non si rende conto che, se il negozio andrà bene, tra due anni le passerò la proprietà totale."

"Drew non glielo dirà?"

Cassie scosse la testa. "Non voglio che lei lo veda come un test. Gli chiederò di farlo quando sarà il momento."

"Sono fiero di te. È enorme."

"Grazie."

Flint le mise un braccio intorno alle spalle e la strinse a sé per un abbraccio.

"Ok. Ce l'abbiamo fatta." Drew ripose i documenti nella sua valigetta e la richiuse. "Depositerò questi documenti, ma ora potete considerarvi ufficialmente le comproprietarie di questo negozio. Siete pronte ad aprire?"

Winnie scosse la testa, con un sorriso ironico sulle labbra. "Dovrò dare il preavviso."

"Certo." Cassie accompagnò Drew. "Grazie mille. Mandami la tua parcella."

"Lo farò. Grazie."

Cassie si rivolse a Winnie. "Non posso aspettare due settimane per aprire il negozio. Potresti iniziare subito?"

"Parlerò con il mio datore di lavoro. Mi piacerebbe molto far ripartire questo posto."

"Perfetto." Lei diede un colpetto al gomito di sua nonna con il suo. "Lascia che ti mostri la sistemazione della merce."

Dopo il tour, Flint si abbottonò il cappotto. "Adesso vado in ufficio. Chiamatemi quando avrete finito."

Cassie gli diede un bacio e poi tornò da sua nonna. "Ho finalmente capito come funziona il registratore di cassa. Ti faccio vedere."

"Non so niente su come si gestisce un negozio. Giusto perché tu lo sappia. Non fingerò di saperlo fare."

"Lo so. Nemmeno io. Ma Flint, Marty e Drew hanno detto che ci daranno una mano. Puoi chiamarli e ti aiuteranno con le tasse e le cose online."

"Pfff. Grazie a Dio." Winnie sorrise. "Sarà divertente."

"E molto impegnativo."

"Non è impegnativo quando è il tuo lavoro." Lei fece un sorriso splendente.

Cassie aprì il laptop appoggiato sul bancone. "Questo è il foglio dell'inventario su Excel. Flint mi ha detto che ti mostrerà come funziona. E questo è il listino prezzi." Cassie premette un altro pulsante. "E questi sono i contatti di tutti i fornitori."

"Dove stai andando? Perché non puoi farlo insieme a me?" Winnie sollevò lo sguardo dallo schermo per incrociare quello di Cassie.

"Andrò a fare un film in Sud America. Inoltre, non so niente di questa roba."

"Davvero? Mi fa sentire meglio. In Sud America, eh? Sembra interessante. Ritornerai? E con Flint?"

"Oh, ho in programma di tornare." Cassie si mordicchiò il labbro. "Spero che Flint mi aspetti."

"Lo spero anch'io. Ora continuiamo a lavorare." Winnie indicò qualcosa sullo schermo del laptop. "Che cosa vuol dire?"

Capitolo Ventuno

Flint aggrottò la fronte mentre guidava. Aveva segretamente sperato che Cassie non trovasse nessuno che gestisse il negozio e che dovesse restare e farlo personalmente, fregandosene delle cause legali. Ma non sarebbe successo. Dato che lei non avrebbe gestito, lui aveva approvato la sua decisione di chiederlo a Winnie. Era stata la scelta giusta. Ora bisognava soltanto vedere se quella donna fosse stata in grado di gestire in un negozio o no. Lui e Marty l'avrebbero aiutata.

Lui aggrottò la fronte. Cassie stava davvero per andarsene. E ormai mancava davvero poco tempo. Le luci di Natale alle finestre si prendevano gioco del suo cattivo umore. Perché doveva essere felice? L'amore della sua vita sarebbe andato nelle fauci dell'ignoto, forse per non tornare mai più. Non riuscendo a impedirle di partire, affrontò la sua frustrazione. Battendo il pugno sul volante, il furgoncino slittò leggermente.

"Merda!" Lui schiacciò il freno e diede un altro pugno sul volante. Entrò nel parcheggio e si fermò nel primo posto disponibile. Lamentandosi tra sé e sé per il clima invernale, si diresse verso l'ufficio. Una volta dentro, si tolse il cappotto e lo appese a un gancio.

"Beh, buongiorno anche a te," disse Jane, la loro segretaria part-time.

"Scusa."

"Caffè? Ne ho preparato una caraffa fresca pochi minuti fa."

Il caffè non avrebbe risolto i suoi problemi. Scosse la testa ed entrò nel suo ufficio. Senza volerlo, sbatté la porta e si lasciò cadere sulla sedia. Il cigolio dei vecchi cardini attirò la sua attenzione.

"Ah. L'uragano Flint è arrivato in città." Marty si appoggiò alla porta.

"Sta' zitto, Marty."

"Ooooh. Qualcuno è arrabbiato."

"Non sono dell'umore giusto."

"Beh. Lo capisco, sono comprensivo. Lo capisco. Hai il cuore spezzato. Ma che cazzo ti aspettavi? Pensavi che Cassandra Wells avrebbe rinunciato al teatro e al cinema per fare la casalinga?"

"No."

"Bene. Perché, se tu lo facessi, ti costringerei a fare le cose seriamente."

"È solo che non ci ho pensato. Mi sono fatto prendere dalla... situazione."

"Hai ascoltato il tuo cazzo invece del tuo cervello? Non mi sorprende. E non è la prima volta. Ma, se lei ti lasciasse all'altare e facesse marcia indietro, ti starebbe bene, non è vero?"

"Non ci sarà nessun altare."

"Non le hai fatto la proposta? Prima o poi quell'anello ti farà un buco in tasca."

Le sue dita afferrarono la scatolina nascosta nella tasca dei suoi jeans. "Non sono affari tuoi."

"Ci sono persone in questa città che direbbero che hai avuto esattamente ciò che ti meritavi, ma io non sono una di loro."

Flint lanciò un'occhiataccia a suo fratello. "E perché no?"

"Perché ho sempre saputo che eri innamorato di Cassie. Prima ancora che tu lo sapessi. Secondo te non ho provato a convincerti di non fidanzarti? Per tre volte?"

"E io non ti ho ascoltato."

"No, non l'hai fatto. E adesso? Beh, come dicono le canzoni, adesso sarai tu a piangere."

"La tua comprensione è sconvolgente."

"Che cosa vuoi che ti dica? Quante volte ti ho detto di non lasciarti coinvolgere? Un centinaio? Un migliaio? Mi hai ascoltato? No."

"Non posso farci niente. Il mio cervello era d'accordo con te ogni volta. Ma il mio cuore? Se ne andava per la sua strada."

"E guardati adesso. Arrabbiato, triste, incazzato e totalmente inutile per me e per la nostra azienda."

"Tu pensi solo a questo." Lui sollevò le mani. "E la mia vita?"

"L'hai incasinata. Dovrai trovare una soluzione da solo. Non posso aiutarti."

"E se potessi lo faresti?"

Marty diede una pacca sulla spalla a suo fratello. "Certo che lo farei. Sei mio fratello. Farei qualsiasi cosa per te."

Flint serrò le labbra. "Vorrei crederti."

"Senti, capisco che sei arrabbiato, ma non prendertela con me. Prenditela con te stesso." Marty lasciò la stanza e chiuse la porta alle sue spalle.

Flint guardò fuori dalla finestra. Come al solito, il suo fratellino ci aveva azzeccato in pieno. Poteva solo incolpare sé stesso. Eppure, non riusciva a smettere di amarla. Forse Marty si sbagliava. Forse Cassie sarebbe tornata. Di certo, non sarebbe mai stata una docile casalinga, ma non era ciò che lui avrebbe voluto. Non l'aveva mai fatto e non l'avrebbe mai fatto. Doveva crederci. Lei gliela aveva detto e lui avrebbe dovuto fidarsi.

Prese un mucchio di documenti, ma non riuscì a concentrarsi. Alzandosi in piedi, si avvicinò alla finestra. Pine Grove, un posto tranquillo in cui vivere, aveva catturato il cuore di Cassie. Lei l'aveva detto più di una volta. Se non poteva contare sui suoi sentimenti per lui, poteva contare sul suo amore per la città?

Poi si ricordò della folla fuori dalla porta del palcoscenico. I volti impazienti delle persone che le porgevano carta e penna. Cacciatori di autografi, persone desiderose di portare a casa loro un pezzetto di lei. E lei le accontentava tutti.

Noi aggrottò la fronte. Che cosa voleva? Voleva un pezzo del suo cuore. L'avrebbe conquistato? Improbabile. Tornando alla sua scrivania, si costrinse ad aprire la cartellina e a leggere il primo documento, una brochure di case in vendita.

"Nuovo annuncio. Case da ristrutturare."

Sì. Nuovo annuncio. Il suo cuore. Infranto, da ristrutturare. Lui guardò la foto e si asciugò una lacrima dalla guancia.

23 DICEMBRE

Cassie tirò fuori dal forno gli strati di torta per le feste natalizie. Dato che sarebbe partita il giorno dopo, quella sera si sarebbero scambiati i regali. Poi, mise nel forno un arrosto di manzo e chiuse lo sportello.

Sarebbe stata una cena memorabile. Marty si offrì di preparare i suoi famosi maccheroni al formaggio. Flint decise di occuparsi dell'insalata. E Cassie si sarebbe occupata della carne e del dessert.

Accese la radio e mise della musica natalizia. I canti e le melodie allegre non servirono ad alleggerire il suo umore. Prendendo dall'armadietto gli ingredienti per la glassa, si costrinse a cantare insieme alla radio. Cazzo! Avrebbe fatto di tutto per regalare a Flint un Natale meraviglioso.

Lui era diventato molto silenzioso, serio e distante. L'incertezza sul loro futuro le offuscava il cuore. Lui non le aveva fatto nessuna proposta e non aveva nemmeno parlato di fidanzamento. Voleva che lei tornasse?

Il suo amore per Pine Grove comprendeva anche il gelido inverno. Ma voleva tornare in estate, la stagione che aveva amato quando stava da Gram. Perché tornare? Se Flint non la voleva, non aveva un posto dove andare e nessun motivo per stare a Pine Grove. Avrebbe anche potuto rifugiarsi da sua madre e continuare a inseguire il successo in tutto il mondo.

Spalmando la glassa bianca sulla torta al cioccolato fondente, si mise a pensare alle decorazioni colorate per le torte. Aprì le ante della credenza, ci frugò dentro, ma non trovò né zuccherini né coloranti alimentari. Avrebbe fatto di tutto per rendere la sua torta natalizia.

Mentre aggiungeva la glassa sui bordi, si pose una grossa domanda. Che cosa mi riserva il futuro? Il tempo di vivere era adesso. Allontanò i pensieri negativi dalla mente e canticchiò insieme alla radio.

Quando la torta fu pronta, sbadigliò e salì le scale per fare un pisolino. Rannicchiata sotto la calda trapunta, Cassie sognò a occhi aperti la felicità con Flint, finché i suoi occhi non si chiusero.

"Ehi, dormigliona. È ora di alzarsi." Una mano le scosse la spalla.

Lei vide Flint, sorridente mentre si sedeva sul letto.

"Andiamo, tesoro. È ora di cena."

Cassie si mise a sedere. Coprendo il suo sbadiglio, esaminò il suo viso. Il vecchio Flint era tornato? Forse.

"Mi lavo e scendo in cucina."

Lui si alzò in piedi e le diede un bacio sulla testa. "Ci vediamo al piano di sotto."

Cassie si lavò i denti e indossò il suo pigiama di flanella. Scese i gradini saltellando. Sotto il piccolo albero che aveva decorato c'erano dei regali. La musica natalizia risuonava e c'era un profumino meraviglioso: doveva essere l'aroma dell'arrosto mescolato al persistente profumo della torta.

Flint aprì una bottiglia di champagne. In cucina, Marty stava tagliando l'arrosto. Cassie portò a tavola un piatto di cremosi maccheroni al formaggio e l'insalatiera.

Mentre mangiavano, Cassie lanciò qualche occhiata furtiva all'albero. Il suo sguardo cercò invano una scatolina. Sperava di lasciare Pine Grove sapendo di essere fidanzata. Obbligandosi a sorridere, cercò di nascondere la sua delusione. Sembrava che quello sarebbe stato il suo ultimo giorno a Pine Grove, forse per sempre.

Il suo stomaco si agitò. Rifiutò una fetta di torta.

"Davvero? Hai realizzato questa opera d'arte e ora non vuoi mangiarla? Andiamo, Cassie. È Natale." Marty spinse un piatto verso di lei.

"Scambiamoci i regali." Flint si alzò.

"Io preparo il caffè." Cassie si diresse in cucina.

Flint, Marty e Cassie si sedettero a gambe incrociate sul tappeto e aprirono i loro regali. Le risate per i regali spiritosi, come una cravatta con un toro, si unirono ai ringraziamenti sinceri per pantofole calde, libri, cioccolatini e whiskey.

Alle nove, tutti i regali erano stati aperti. Marty versò un bicchiere di brandy. Cassie sentì una fitta al cuore mentre l'emozione le stringeva la gola. Fece un sorriso forzato e ignorò le lacrime che minacciavano di uscirle dagli occhi. Mentre si sollevava sulle ginocchia per andarsene, Flint le afferrò il braccio.

"Avevo deciso di non farlo. Ma questa maledetta scatolina mi sta facendo un buco in tasca."

I loro sguardi si incrociarono.

"So che abbiamo parlato di frequentare altre persone mentre staremo lontani, o almeno di sentirci liberi di frequentarle."

"Vero."

Flint la trattenne ancora. Marty si fermò sul bordo del tappeto.

"Ma io non voglio. Frequentare altre persone. Quindi, anche se rifiuterai, anche se non lo indosserai mai, devo dartelo."

Lui tirò fuori la scatolina di velluto blu scuro dalla tasca dell'accappatoio. Cassie ebbe un sussulto. Le lacrime che era riuscita a trattenere iniziarono a scorrerle lungo le guance. Il cuore iniziò a batterle all'impazzata.

Flint la aprì, rivelando uno splendido anello di diamanti a taglio rotondo. "Non è il più elegante, né il più costoso. Però, beh..."

"Sta' zitto e chiediglielo!" urlò Marty dall'altra parte della stanza.

"Sposami, Cassie."

"Non dovrebbe essere una domanda?" Marty sollevò un sopracciglio.

"Sta' zitto, Marty." Si concentrò sulla donna che possedeva il suo cuore, che aveva sempre posseduto il suo cuore. Lui si sollevò su un ginocchio. "Vuoi sposarmi? Al tuo ritorno?"

Cassie si lanciò verso di lui, prendendolo alla sprovvista, facendolo cadere a terra e cadendo sopra di lui. "Sì! Sì, lo voglio!"

Flint scoppiò a ridere, stringendole le braccia intorno alla vita.

MARTY PRESE UNA BOTTIGLIA di champagne ghiacciata che aveva nascosto sul retro del frigorifero. Lo stappò, riempirono i bicchieri e fecero un brindisi. "La quarta volta è quella giusta. Alla salute!"

"Non sarò io a tirarmi indietro." Flint fece una risata prima di bere un sorso della bevanda frizzante.

I tre finirono la bottiglia. Un po' traballante, Flint riuscì a portare Cassie su per le scale e a fare l'amore con lei. Appoggiandogli la mano sulla spalla, lei continuò a guardare lo straordinario anello che portava al dito mentre lui spingeva dentro di lei. Come al solito, il corpo di Flint allontanò tutti gli altri pensieri dalla sua mente.

La strana presenza di un anello suo dito la svegliò più volte durante la notte. Lei sollevò la mano alla delicata luce della luna, che faceva capolino dalla sua finestra. Il diamante catturò la luce, riflettendola con uno splendore che rispecchiava i suoi sentimenti.

Stava sognando? Non vedeva l'ora di chiamare sua madre e, quando vide che la radiosveglia segnava le sette, abbassò le coperte, afferrò il suo cellulare e scese le scale.

"Mamma? Ti ho svegliata?"

"Sono le quattro del mattino."

"Oh. Scusa. Indovina un po'?" La sua voce ribollì come un raffinato champagne in un flûte di cristallo. "Mi sono fidanzata!"

"Che cosa?"

"Mi sono fidanzata. Flint e io ci sposiamo."

"Cassie, questo non è un buon momento per scherzare. Davvero. Oggi parti per tornare a casa, vero?" La voce di sua madre non aveva retto l'emozione quando le aveva parlato della proposta di Basil.

"Sì. Allora? Sta per tornare. E allora potremo stipulare l'atto."

Sua madre ridacchiò. "Suppongo che tu abbia già stipulato l'atto."

"Voglio dire, il matrimonio. Comunque. Sai cosa intendo."

"Sinceramente. Pessimo tempismo."

"Non sei felice per me?"

"È questo che vuoi? Hai intenzione di rinunciare a una grande carriera per la quale io stessa mi sono impegnata così tanto per quel... per quell'uomo?"

"Io sono felice, mamma. Non potresti condividere la mia felicità, almeno per un minuto? Non puoi mettere la carriera da parte e condividere questo momento con me?"

"Se tu sei felice, sono felice anch'io. Ovviamente. Non c'è bisogno di dirlo."

"Magari non ce ne fosse bisogno."

"Ok. Hai ragione. Se sei sicura che lui sia l'uomo giusto per te, sono felice. Ecco. Soddisfatta?"

Cassie aggrottò la fronte. La situazione non sarebbe migliorata. "Ok, mamma."

"Ti ha già dato l'anello?"

"È bellissimo!" squittì lei.

"Non puoi indossarlo."

"Che cosa intendi dire?" Cassie spalancò gli occhi.

"La prossima settimana girerai un film. Niente anelli durante le riprese. Ricordi? Niente gioielli. Ti avevo detto di non portartene. Non c'è nessun posto per conservare un diamante durante le riprese. È un diamante, non è vero?"

"Sì, lo è." La delusione le verticò nel petto. "Cazzo. Hai ragione."

"Lascialo da lui."

"Penso di sì."

"Beh, congratulazioni, tesoro. Adesso devo scappare. Ci vediamo dopo." Poi cadde la linea.

"Così avrò un motivo per tornare," si disse lei, continuando a girarsi l'anello intorno al dito.

Tornando in camera da letto, si rivolse a Flint. "Puoi tenere questo per me?"

"Cos...? Eh?" Lui si stropicciò gli occhi assonnati.

"Me l'ha ricordato la mamma. Niente gioielli. Non posso indossarlo durante le riprese e non voglio perderlo o farmelo rubare. Puoi tenerlo per me? Tornerò a prenderlo."

Lui si sollevò. "È pazzesco. Come fanno le star del cinema sposate?"

"Non lo so," gli rispose lei sorridendo, "ma lo scoprirò."

"Ok, ok. Dammelo." Lui tirò giù le coperte e spostò le gambe di lato. Nudo, si diresse verso il cassettone e tirò fuori la scatolina. "Ecco. Dammelo. Lo terremo qui. Nella scatola. Nel primo cassetto. Ok?"

Lei sospirò. Con riluttanza, si tolse il bellissimo anello dal dito e lo rimise nella scatolina. Flint si portò la sua mano alle labbra. "Sarà proprio qui, ad aspettarti."

"Tre mesi." Lei sospirò.

"Sembra un'eternità." Lui ripose la scatolina nell'angolo del cassetto.

"Passeranno velocemente."

"Sì? Lo spero."

Cassie prese la valigia dall'armadio. "È ora di fare le valigie."

"Io preparo il caffè." Flint indossò l'accappatoio sulle sue spalle larghe e scese le scale.

Dopo essersi vestita rapidamente, lei mise la sua trousse da trucco in un angolo della valigia. La tristezza le cadde sul cuore come una pesante coltre. Avrebbe voluto rannicchiarsi davanti al caminetto con Flint, non salire su un aereo per la California, seguito da un viaggio estenuante a Rio. Certo, andare a Rio de Janeiro sembrava entusiasmante, ma non senza Flint. Avrebbe iniziato a lavorare sull'aereo, ripassando ancora le sue battute. Chiuse la valigia e indossò le sue scarpe da ginnastica.

"Pronta?" Flint si appoggiò allo stipite della porta. Senza parole, si limitò a guardarlo, come per imprimersi ogni lineamento del suo viso nella memoria. Il suono di un clacson ruppe il silenzio. Marty si fece avanti e la abbracciò. Lei gli diede un bacio sulla guancia.

"Credo che sia arrivato il momento." Lui afferrò la maniglia del suo bagaglio e si diresse verso la porta. Cassie lo seguì. Lo stomaco dolorante la fece piegare in due per un momento. Partire non era mai stato così difficile.

"Flint, io..."

"Lo so, piccola. Lo so. Nemmeno io voglio che tu parta. Solo tre mesi."

"Poi staremo insieme per sempre," sussurrò lei, appoggiando la mano sulla sua.

"Insieme per sempre," ripeté lui.

Marty aprì lo sportello e mise la valigia nel bagagliaio della limousine.

"Ti amo." Cassie guardò Flint negli occhi. "E lo farò sempre."

"Anch'io ti amo, Cass. Ti scriverò. E-mail, messaggi, Instagram, qualunque cosa. Teniamoci in contatto."

"Farò tutto il possibile. Ma non posso prometterti quando o di poterlo fare tutti i giorni. Non so dove saremo o se avrò Internet. Ma te lo dirò non appena lo saprò."

Flint aprì le braccia e lei volò nel suo abbraccio. Le lacrime le scorrevano lungo le guance; l'emozione le rubò la voce. Lei si mise a singhiozzare sul suo petto. La abbracciò così forte da toglierle quasi il respiro.

"Ti amerò per sempre, Cassie. Torna qui. Torna da me." La sua voce era dolce e roca.

Marty aprì la porta. Flint aprì le braccia e le prese la mano. Si baciarono ancora, poi un'altra volta e un'altra volta ancora.

"Signorina, abbiamo un aereo da prendere."

"Certo." Cassie accarezzò la guancia di Flint e si sedette sul sedile. Poi ritirò le gambe. Flint le chiuse lo sportello. Abbassò il finestrino e allungò una mano. Si strinsero le mani finché l'autista non cominciò a fare marcia indietro.

Il freddo le pungeva il viso. Cassie rialzò il finestrino, ma appoggiò la mano sul vetro. Marty la salutò con la mano, poi rientrò in casa. Flint rimase immobile, con la mano alzata. Lei rimase a guardarlo finché non furono troppo lontani per distinguere i lineamenti del suo viso. Ma lui rimase in piedi sulla scalinata dell'ingresso, come una statua, congelato dal vento gelido. Il cuore di Cassie batteva forte. Quando la macchina entrò in autostrada, lei non riuscì più a vedere nemmeno la casa.

La aspettavano un'enorme avventura e una gigantesca sfida. Conosceva quella parte così bene che non era affatto preoccupata per il personaggio o per le sue battute, ma trovarsi in un paese straniero da sola, lontano da sua madre, da Flint e da tutto ciò che le era familiare la spaventava.

Avrebbe trovato una soluzione, come aveva imparato a fare. Appoggiando la schiena al sedile, si strofinò il dito nel punto in cui aveva indossato l'anello di fidanzamento e si chiese che cosa le riservasse il futuro.

Capitolo Ventidue

C assie si svegliò con il sole. Rannicchiata in un grande letto in una stanza rustica, come una specie di baita, sbatté le palpebre per la luce intensa. Dopo aver indossato la tuta, si avvicinò alle finestre e vide un magnifico panorama e un cartello con la scritta *Pousada Tankamana*. Forse è il nome dell'hotel? Sapeva di essere a Petropolis, in Brasile. Sbadigliando, osservò la stanza, finché non notò una macchinetta del caffè. Sollevò una piccola brocca e prese una busta con il suo nome sulla scrivania all'angolo. Il messaggio al suo interno diceva:

Benvenuta nella pittoresca Petropolis, Cassandra. Per favore, incontriamoci nella mia suite #200 al secondo piano per la colazione delle 8.

Lucas Santiago

Luke era il regista. Cassie controllò l'orologio. Con l'orario brasiliano, aveva solo venti minuti prima dell'incontro. Entrò nella doccia e pensò a Flint mentre si insaponava il corpo. Lasciando asciugare i capelli all'aria, indossò un paio di leggings neri e una tunica turchese a maniche lunghe. Faceva freddo con il condizionatore acceso.

"Benvenuta, Cassie! Che bello vederti! Non è bellissimo qui?" Luke la strinse in un breve abbraccio, ma qualcuno li interruppe bussando alla porta.

"Ah, è arrivata la colazione. Ho ordinato per te. Spero che non ti dispiaccia. Avanti!" Luke si diresse verso il tavolo. Un cameriere portò un grande vassoio e lo appoggiò sul tavolo. Ogni piatto era coperto da una cupola di metallo per mantenere caldo il cibo. Entrambi i piatti contenevano lo stesso cibo: uova strapazzate, bacon e patate. Il dolce aroma pungente del caffè attirò lo sguardo di Cassie su una grande caraffa.

"Caffè brasiliano?" Le venne l'acquolina in bocca.

"Assolutamente. Ecco," disse lui, spostandole la sedia.

La fame le faceva brontolare lo stomaco. "Ha un aspetto magnifico." Lei prese un pezzo di bacon. "Di che cosa volevi parlarmi?"

Lui le fece un sorriso che lei aveva già visto prima. Avendo lavorato con Luke in precedenza, Cassie lo leggeva come un libro aperto. Lui voleva qualcosa, qualcosa che lei probabilmente non voleva dare, fare, vedere o sentire. Lei deglutì. Le versò il caffè per prima. Lei socchiuse gli occhi e appoggiò la forchetta.

"Che cosa c'è, Luke?"

"Il copione è cambiato un po'. Voglio dire, rispetto alla commedia."

"Ok. Sono sicura di poter imparare rapidamente le nuove battute."

"Non sono solo nuove battute." Lui abbassò lo sguardo sul suo piatto prima di guardarla negli occhi.

"E allora cosa?"

"Abbiamo aggiunto una scena di nudo."

Cassie spalancò gli occhi. "Che cosa?"

"Una scena di nudo. Una coppia, in effetti." Lui si mise una forchettata di cibo in bocca.

"Hai aggiunto delle scene di nudo? Questo non era previsto nel contratto."

"In realtà, lo era. Vedi? Proprio qui. Hai firmato. Dove dice che, in caso di scene di nudo, tu accetti di farle." Lui tirò fuori un mucchietto di fogli ripiegati dalla tasca posteriore. "Vedi, proprio qui. Fammi cercare."

Mentre sfogliava le pagine del suo contratto, Cassie si sforzava di non vomitare. Aveva avuto una bella discussione con sua madre sulle scene di nudo. Ne avevano discusso, ma Cassie si era impuntata e aveva rifiutato di cambiare idea.

"Ti chiuderai molte porte per un paio di minuti di imbarazzo."

"Che cosa direbbe papà se potesse sentirti?" La rabbia aveva infiammato il petto di Cassie.

"Ti direbbe che stai rifiutando un sacco di soldi."

"Bene. Ho abbastanza soldi anche così."

"È il tuo funerale."

"È il mio corpo ed è un mio diritto tenerlo coperto."

Sua madre aveva scrollato le spalle. E ora era lì, con il famoso Lucas Santiago, alla ricerca di paragrafi che portavano le sue iniziali. Aveva firmato e siglato tutto quello che sua madre aveva cerchiato sul contratto. Cassie non l'aveva letto. Si era semplicemente fidata di sua madre. Errore numero uno.

"Ecco qui. Vedi. Le tue iniziali. Ottieni un bonus. Altri centomila dollari."

"Grandioso. Davvero grandioso."

"Ho pensato che dovremmo ripassare quelle scene qui, in privato. Così potrò dirti come mi immagino il loro svolgimento."

Le lacrime minacciavano di uscirle dagli occhi. Era stata venduta da sua madre. E Flint non lo sapeva. Aspetta che lo scopra. Merda. Cazzo. L'ultima cosa che voleva era recitare in quelle scene.

"Hai un bel seno. È ora di farlo vedere ai tuoi fan." Lui appoggiò il contratto e il panino che stava mangiando e recuperò un copione dal divano. "Ecco. Rivediamo le scene."

"Le scene? Quante sono?"

"Due? Tre? Non ne sono sicuro. Possiamo aggiungerne un po', se vuoi."

"No! No. Due, ok. Se ho accettato. Ok. Una sarebbe meglio."

"Tieni." Lui sfogliò il copione e si fermò. "È una scena qui con Tom. Ricordi questa scena a teatro?"

"Certo. Ma ero vestita a teatro."

"Nel film non lo sarai. Comunque, era solo una camicia da notte."

"E Tom?"

"Sarà senza camicia."

"Tutto qui?"

"Vuoi stare pelle contro pelle con Tom Reynolds?"

"No, non voglio."

"Ok, allora. Lui avrà un paio di boxer."

Luke entrò nella parte, descrivendo l'emozione e le azioni della scena. Cassie spostò il cibo nel piatto con la forchetta. Lo ascoltava a malapena. Un brivido le attraversò la schiena. Era lì, a un milione di chilometri da casa, tutta sola. A Lucas Santiago non importava niente di lei o dei suoi sentimenti. Tutto ciò che voleva fare era girare il film il più velocemente possibile.

L'unica persona a cui importava di Cassie era a migliaia di chilometri di distanza. I suoi pensieri si rivolsero a Flint. Mentre faceva finta di ascoltare e annuiva in parti inappropriate, cercò di immaginare cosa avrebbe fatto Flint.

Forse si sarebbe alzato per preparare il caffè. Oppure si sarebbe fermato al negozio per vedere come andavano le cose prima di andare nel suo ufficio. Ci sarebbe stato freddo, ma di certo il sole splendeva a Pine Grove. Cazzo, perché non era lì con lui, invece di stare in quel posto, pronta per essere umiliata?

"NON HAI FAME?"

"No."

"Non ti infastidisce un po' di nudità, vero?"

"Certo che sì. Io non faccio scene di nudo."

"Allora perché hai firmato?"

"Mia madre." Lei sospirò. "Mi fidavo di lei."

"Devi sempre leggere qualcosa prima di firmarla." Luke prese l'ultimo boccone del suo cibo.

"Hai ragione."

"Devo confidare in te per questo. Ne ho tutto il diritto. È troppo tardi per riscrivere il film a causa della tua modestia infantile. Spero che tu lo capisca."

"Lo faccio." Le lacrime le offuscarono gli occhi.

"Oh, per favore. Lacrime? Sai che le lacrime non funzionano mai con me."

Lei scosse la testa. "Non voglio manipolarti. Non voglio farlo."

"Lo faremo in un set chiuso. La scena è breve. È la renderò il più semplice possibile."

"Perché stai facendo questo? A Broadway è stato un successo, anche senza scene di nudo."

"Perché la curiosità e le interviste con te su come ci si sente a fare una scena di nudo porteranno molti spettatori. Le persone che hanno già visto lo spettacolo verranno a vedere il film."

"Solo per vedermi nuda?" Il termine sbalordita non si avvicinava nemmeno un po' a come si sentiva.

Lui sollevò le spalle. "Probabilmente."

Un altro brivido le scosse il corpo. "Mi stai mettendo in vetrina."

"Cassie, sei bellissima. Mostralo a tutti. Non sei mai stata in una spiaggia nudista?"

"No."

"Indossato un bikini?"

"Non minuscolo."

"Ok, ma nemmeno grande, immagino."

Lei si appoggiò le mani sulle gambe. "Ma non nuda. Davanti a estranei."

"Andiamo. Sii una donna. Questo film incasserà una fortuna. E tu otterrai un bel bonus per le scene di nudo. Avevo previsto tre scene, ma possiamo ridurle a due. Meglio?"

"Meglio." Aveva lo stomaco in subbuglio. Cassie balzò in piedi e corse verso il bagno. Poi vomitò. Le lacrime le scesero sulle guance mentre era inginocchiata sul pavimento, con la fronte calda appoggiata sulla fresca tazza di porcellana.

Luke bussò alla porta, facendola sussultare.

"Ehi, tutto bene lì dentro?"

"Sì. Esco subito." Lei si alzò in piedi, si lavò il viso e si sciacquò la bocca. Poi tornò al tavolo.

"Come sprecare una colazione costosa."

"Mi dispiace. Non l'avevo previsto."

"Le tue scene di nudo porteranno la tua carriera a un nuovo livello." Lui le mise un braccio intorno e le strinse la spalla.

"Sì, come porn star."

Luke scoppiò a ridere.

"Non è divertente."

"Andiamo. Mostrerà che sei disposta a fare tutto il necessario per renderlo il miglior film possibile. Sei un'adulta e non puoi aver paura di mostrare un po' di pelle."

Lei annuì. Lui era il regista, lei aveva firmato il contratto e non poteva fare niente. "Ho capito." Il cuore iniziò a batterle all'impazzata.

"Brava ragazza. Prenditi il giorno libero. Nuota, prendi un po' di sole, ma non ti scottare. Fa' attenzione. Divertiti. Impara a conoscere Tom Reynolds. Le scene saranno molto più facili se voi due diventate amici."

"Vuoi dire se andiamo a letto insieme?"

Luke scoppiò a ridere. "Non è quello che intendevo, ma adesso che lo dici. Di certo non sarebbe un male."

"Sono fidanzata. Ho un fidanzato a casa."

"Oh, davvero? Non lo sapevo. Congratulazioni. Peccato per Tom." Lui si alzò e si avvicinò alla finestra. "Le prove dei costumi iniziano domani alle nove in punto. Eva ha tutto pronto, deve solo controllare se vanno sistemati. Iniziamo le riprese alla fine della settimana. Ripassa le tue battute. Ci sono alcuni cambiamenti rispetto allo spettacolo teatrale."

"Grazie." Cassie si diresse verso la porta, seguita da Luke.

Lui la abbracciò. "Benvenuta, Cassie. Sarà un film grandioso."

Lei annuì e aprì la porta. La fuga nella calda atmosfera brasiliana la aiutò. Cassie tornò nella sua stanza. Si cambiò e si diresse verso la piscina. Spostando una sedia a sdraio all'ombra, mandò un messaggio a Flint.

Cassie: *Alloggiamo in un bel resort. È caldo e soleggiato. Mi manchi tantissimo. Vorrei che tu fossi qui.*

"Signorina, posso portarle qualcosa?"

Un brontolio nello stomaco ricordò a Cassie che aveva bisogno di cibo. "Posso fare colazione?"

"Certo. E qui con la società di produzione?"

Lei annuì.

"Ah, allora non ci sarà alcun addebito. Che cosa vorrebbe?"

L'attraente cameriere dal meraviglioso accento prese il suo ordine e le lanciò un sorriso meraviglioso.

"Posso unirmi a te?" disse una voce profonda. Cassie alzò lo sguardo e vide gli occhi verde mare di Tom Reynolds.

"Certo, Tom. Prendi una sedia."

"Grazie per aver accettato le scene di nudo."

Lei sollevò un sopracciglio. "Oh? Vuoi vedermi nuda?"

Lui diventò tutto rosso. "No, no. Scusa. Non era quello che intendevo. Voglio dire che questo migliorerà il film. Tu hai molti fan. Sono sicuro che verranno in tanti a vederti al cinema."

"A vedere il mio corpo nudo? Grandioso. Grazie." Le parole le uscirono dalla bocca in tono sarcastico. "Ma non mi fa sentire meglio."

"Farò tutto il possibile per farti sentire a tuo agio. Davvero."

Lei notò l'espressione sincera sul suo viso. Sì. Certo. Tom Reynolds era un attore affermato e quella poteva essere una performance da premio Oscar.

FLINT APPOGGIÒ LA TAZZA di caffè e prese il telefono. Il messaggio di Cassie lo fece sorridere.

Flint: *Niente di entusiasmante qui. Scatta qualche foto e mandamela. Mi manchi.*

Lui aprì su una nuova scheda sul suo computer e cercò Tom Reynolds. Cliccò sull'articolo di Wikipedia che parlava di lui. Lesse e sorseggiò caffè finché la tazza non si svuotò. Cazzo, quell'uomo aveva delle ottime credenziali come attore. Ma era stato sposato tre volte, aveva trentotto anni e non frequentava nessuno al momento. Il sudore imperlò la fronte di Flint.

"Hai già firmato quei contratti?" gli chiese Marty dalla porta dell'ufficio.

"Eh?"

Si avvicinò a suo fratello. "Che cosa stai facendo?"

"Ricerche sulla concorrenza."

Marty si fermò e lesse lo schermo. "Nessuna concorrenza. Lui è un attore. Stanno facendo un film insieme. Fattene una ragione. Di questo passo, diventerei pazzo dopo una settimana. Per favore, leggi i contratti e firmali. Dobbiamo iniziare a lavorare su quei progetti."

"Ok, ok." Flint fece clic su "sospendi" e rivolse lo sguardo al mucchio di documenti sulla sua scrivania.

"Portameli quando avrai finito."

"Lo farò."

Flint si sporse in avanti sulla sedia e prese il primo contratto. Doveva smetterla di pensare a Cassie. Chi sapeva dove l'avrebbe portata quel film? Doveva fidarsi di lei. Tuttavia, saperla così lontana a girare scene d'amore con un altro ragazzo lo tormentava.

Era facile avere fiducia quando si viveva insieme o almeno nella stessa città, nello stesso stato, nello stesso paese? Se avesse potuto vederla ogni giorno, non ci sarebbe stato alcun problema. Ma, aspetta... ehi, la fiducia non era per definizione qualcosa che non aveva bisogno di prove? Lui sospirò.

Obbligandosi a concentrarsi, lesse i contratti, fece delle modifiche su alcuni, firmò gli altri e si diresse alla scrivania di suo fratello. "Ecco. Fatto."

"Grazie. Come va?"

Flint aggrottò la fronte. "Bene. Almeno credo."

Marty lo guardò negli occhi. "È difficile, eh?"

"Puoi dirlo forte."

"È solo per tre mesi." Marty diede una pacca sulla spalla a suo fratello.

"Tre mesi infernali," borbottò Flint.

Tornò nel suo ufficio, cancellò lo schermo con il volto sorridente di Tom Reynolds e prese le chiavi del suo furgoncino. Il suo stomaco gli disse che era ora di pranzo. Sarebbe andato a prendere qualcosa al Cozy Café e a trovare Winnie per controllare il negozio. Almeno avrebbe avuto qualcosa da dire a Cassie nel suo prossimo messaggio.

I raggi del sole splendevano attraverso il suo parabrezza, ma non servirono a migliorargli l'umore. Mentre guidava, la monotonia della sua vita gli balenò davanti. Lei era nell'esotica Rio de Janeiro con un bellissimo attore. Mentre lui era lì, a percorrere strade ghiacciate e scivolose, per spostarsi dall'ufficio al negozio di alimentari. Perché avrebbe dovuto scegliere lui? Non ne aveva idea.

E se Tom avesse deciso di far diventare Cassie la quarta signora Reynolds? Flint non poteva fare nulla per evitarlo. Che cosa avrebbe potuto fare da così lontano? Mentre guidava, si tormentò per pensare a come poter restare nella sua vita.

Si fermò nel parcheggio del Cozy Café ed entrò nel locale. Laura Dailey lo salutò.

"Ciao, Flint. Hai avuto notizie di Cassie?"

"Ciao, Laura. Non molte. Il viaggio è andato bene. Che cosa c'è di speciale oggi?"

Dopo aver ordinato, Flint prese un tavolo con vista sul lago. La fredda luce del sole danzava sulle increspature del lago, sollevate dal vento. Il molo era solido, nonostante il tempo. La sua mente tornò ai pigri giorni estivi, quando lui e Cassie si tuffavano e nuotavano fino alla boa, si schizzavano acqua e si distendevano al sole. Non si accorse che la signora Dailey si stava avvicinando.

Portando due tazze di caffè, Laura si unì a lui. "Mi sembri un po' giù di morale."

"Immagino che mi manchi Cassie."

"È partita per girare un film, vero?"

Lui annuì, bevendo un sorso di caffè.

"Ho saputo che Tom Reynolds è il suo coprotagonista."

"Proprio così."

"Anche lui è single."

"Sì." Il sudore inumidì il labbro superiore di Flint.

"Che cosa pensi di fare al riguardo?" Lei serrò la bocca.

"Io? Che cosa potrei fare? Ero a un milione di chilometri di distanza. È questione di fiducia, Laura."

"Oh, per mille polpette! Fidati di me."

Lo sguardo di Flint incrociò il suo.

"Conosci il vecchio detto 'un cuore codardo non ha mai conquistato una bella fanciulla', vero?"

"Allora?"

"Ho in mente un paio di idee."

Lui aggrottò la fronte. "Davvero?"

"Sì. C'è ancora un po' di romanticismo in questo vecchio corpo."

Lui scoppiò a ridere. "Dimmi, Laura." Lui la ascoltò in silenzio, bevendo il suo caffè e annuendo di tanto in tanto. Quando lei ebbe finito, lui sorrise.

"Grazie. Mi hai dato molte idee su cui riflettere."

Pagò il conto e si diresse verso la città. Parlare ad alta voce lo aiutava.

"Cazzo, non sono morto. Né indifeso. Posso fare molte cose. Giusto? Giusto."

Si fermò davanti al negozio e parcheggiò.

"Puoi dirlo forte." Si sentì più leggero mentre si dirigeva verso la porta d'ingresso. Quando entrò, suonò il campanello. Winnie alzò lo sguardo.

CASSIE SI TOLSE LA tuta e indossò una morbida vestaglia sulle spalle nude. Dopo aver indossato un paio di infradito, si avvicinò alla tenda del trucco.

"Togliti la vestaglia, cara. Vediamo cosa dobbiamo fare per il tuo corpo." Tessa Allan si strofinò il mento e socchiuse gli occhi. Cassie fece una smorfia mentre si toglieva la vestaglia.

"Ecco. Li chiamano 'copricapezzoli', o una stronzata del genere. Dovrai attaccarli nel posto giusto." La donna mise qualcosa nella mano di Cassie.

La tenda si aprì e comparve Lucas Santiago, con il copione in mano. La paura ebbe il sopravvento su di lei.

"Ecco. Ripassa le tue battute. Ti toglierà altri pensieri dalla testa. Il set è chiuso e pronto. Grazie per averlo fatto, Cassie." Le mise il copione tra le mani e se ne andò.

Cassie ripassò le sue battute, ignorando le chiacchiere della truccatrice.

"Sono stata su molti set con scene di nudo. Andrà tutto bene. Finirà prima che tu te ne accorga."

"Spero che tu abbia ragione." Cassie indossò i piccoli copricapezzoli, si mise la vestaglia e si diresse verso il set. Le luci erano accese.

"Tom, avvicinati a lei da dietro. Afferrale le spalle, dolcemente. Will, fa' una ripresa anteriore."

Il cameraman annuì. *Sì, fa una bella ripresa delle mie tette. Un primo piano. Non perderti un capezzolo.*

Il suo corpo si irrigidì.

"Tieni addosso la vestaglia mentre blocchiamo la scena."

"Nervosa?" Tom le prese la mano e gliela baciò. "Non esserlo. Pensa che ci siamo solo noi due."

Una forte luce la abbagliò, facendole distogliere lo sguardo.

"Non puoi vedere oltre le luci. Come se fossimo solo noi due, sai?"

"Grazie, Tom." Lei gli fece un sorrisino. Ma stare nuda davanti a lui non era molto meglio. Mezz'ora dopo, Lucas li chiamò. "Pronta?"

Cassie deglutì e annuì.

"Ok, allora. Andiamo."

L'assistente cameraman si posizionò tra lei e la macchina fotografica e sollevò la lavagna elettronica. "Scena 32, sequenza A, ripresa 1."

Dopo che il tipo batté il ciak e si spostò nell'inquadratura, Lucas disse: "azione."

Lei aprì la vestaglia, la lasciò scivolare giù e la lanciò su una sedia fuori dalla telecamera. Il set divenne silenzioso. Lei spirò, grata per il silenzio. Poteva fingere che non ci fosse nessuno dall'altra parte delle luci. Tom pronunciò la prima battuta.

"Tori, non pensare a Cal. Siamo solo noi due adesso. Solo noi due." Lui le si avvicinò da dietro e le strinse le dita intorno alle spalle.

"Amami, tesoro. Amami come io amo te." Lui recitò chiaramente, con passione.

Un'immagine di Flint le balenò in mente. Lei parlò come se si stesse rivolgendo direttamente a lui.

"Ti amo. Le conosco. Sì, siamo solo noi due adesso. Solo tu e io. Per sempre. Non possono fermarci ora."

"No, tesoro, non possono." Tom la fece voltare e la baciò.

Poi lei si ritrovò nel suo abbraccio, con il viso appoggiato sul suo collo. Cassie fece finta che lui fosse Flint. Tom fece un passo indietro, le mise un braccio sotto la vita e l'altro sotto le ginocchia. Lui la sollevò senza sforzo.

"È ora di andare a letto." La portò a letto e la aiutò a distendersi.

"Ti amerò per sempre, Derek." Cassie lo guardò negli occhi e vide quelli di Flint.

Tom si chinò a baciarle la spalla e si fece strada verso la sua bocca. Si distesero sul materasso e lei lo baciò con tutta la passione che provava per Flint.

"Taglia! Fantastico!"

Tom si allontanò da lei. Cassie afferrò il lenzuolo, coprendosi il corpo.

"Wow. A chiunque tu stia pensando, è un uomo fortunato." Gli occhi di Tom brillarono.

Cassie ridacchiò. "Spero che lui pensi la stessa cosa quando vedrà questo film."

"Voi due siete stati grandi. Quindici minuti di pausa."

Un assistente consegnò agli attori due bottiglie d'acqua. I truccatori ritoccarono il trucco e furono pronti a ricominciare.

"Un'altra scena da girare." Cassie fece un respiro profondo.

"Non è andata così male, vero?" Gli occhi di Tom la supplicarono.

"Sei stato grande. Ma continuo a non capire perché devo essere nuda per farlo. Voglio dire, potrei indossare una camicia da notte, una sottoveste, della lingerie o qualcosa del genere."

"Si tratta solo di marketing." Tom sorrise. "La tua nudità attirerà molte persone al cinema."

"So che alcune persone pensano che sia un complimento. Io no. Mi dà i brividi. La gente viene per vedere il mio corpo. Uh." Lei rabbrividì.

Tom le mise un braccio intorno. "Non vederla così. Pensa a tutti gli uomini là fuori che sono follemente innamorati di te e vedranno il film due o tre volte e compreranno persino il dvd solo per vedere te."

"La fai sembrare una cosa bella e dignitosa. Forse se quello fosse l'uomo che amo, sì. Ma dei completi sconosciuti? Troppo inquietante. No grazie."

"Ho capito."

"Avevi mai fatto una scena di nudo?"

"Primo piano frontale? No. Per gli uomini non è necessario."

"È sessista."

"Immagino di sì. Ma è così che funziona."

Lei sospirò. "Già. Lo so."

"Sei stata grande. La prossima sarà un gioco da ragazzi."

"Faremo anche l'altra oggi?"

"Credo di sì. Luke ha detto che facile fare quelle scene tutte insieme, anche se sono in disordine. Ha detto che è un'enorme fatica smantellare il set."

"Ok. Facciamolo e lasciamoci tutto alle spalle."

Tom le accarezzò la mano. Lei si avvicinò al set della camera da letto e lasciò cadere la vestaglia. *Flint. Spero che tu lo capisca.*

Capitolo Ventritré

Quando Cassie tornò nel suo camerino, c'era un grosso pacco sul tavolo. Tirò fuori un biglietto dalla carta sottile.

Buon primo giorno.
Con tutto il mio amore,
Flint

S orridendo, le strappò la carta, rivelando un sontuoso bouquet di dodici... no, quattordici... no, diciotto rose. Rose, bianche e rosse mescolati insieme in sfumature di colori vivaci e vellutate.

Lei si lasciò cadere su una panchina e guardò i fiori, poi li annusò uno dopo l'altro, inalando il loro dolce profumo. Qualcuno bussò, cogliendola di sorpresa.

"Cassie? Hai lasciato l'orologio..." Tom entrò. "Wow!"

Lei si voltò. "Eh?"

"Il tuo orologio?" Lui glielo porse.

"Oh, sì. Grazie."

"Chi te li ha mandati?"

"Il mio fidanzato. Non è dolce?"

"Fidanzato? Sei fidanzata?"

"Sì." Lei prese l'orologio. "Grazie, Tom. C'è qualcos'altro?"

"No." Lui aggrottò la fronte. "A proposito. Sei stata grande oggi."

"Anche tu. A domani."

Tom sollevò la mano e fece un mezzo sorriso mentre lasciava il suo camerino. Quando la porta si richiuse, Cassie si mise a ridere piano prima di tornare ai fiori. Non sapendo esattamente che ora fosse a Pine Grove, prese il telefono e mandò un messaggio a Flint.

Cassie: *I fiori sono bellissimi. Grazie. Ti amo così tanto!*

Cassie riappese la vestaglia e si vestì. Erano le sette in Brasile e il suo stomaco protestò.

Un esistente fece capolino nel camerino di Cassie. "La cena è in sala da pranzo."

"Grazie." Cassie raggiunse il cast e la troupe. Tom le aveva riservato un posto accanto a lui.

Le giornate passarono senza intoppi. Cassie conosceva le sue battute, faceva il suo lavoro e andava d'accordo con Tom Reynolds. La sera, cancellava la giornata trascorsa dal calendario e mandava a Flint un messaggio di buonanotte.

Ogni settimana, arrivava qualcosa di nuovo. Lui le mandò dei cioccolatini, altri fiori e persino un nuovo libro, *Cuori* infranti, il secondo della serie che lei stava leggendo.

Poi successe. Quando arrivo sul set, i membri della troupe chiacchieravano, lanciando occhiate furtive a lei e a un giornale.

"Che cosa c'è? Di che si tratta?" Lei prese il giornale.

Tom si mise in mezzo. "Niente. Davvero. Non preoccuparti."

"Non dirmi che non è niente. Dai, Tom." Lei allungò la mano. "Dammelo."

Lui la bloccò con la sua spalla sinistra, ma lei lo raggirò, allungandosi alla sua destra e strappandogli il giornale dalle mani. Era una copia di *Celebs 'R Us,* quella schifezza mascherata da giornale.

Il titolo era: *Cassandra Wells e Tom Reynolds. È amore o solo un'avventura?*

Inorridita, passò rapidamente alla pagina in cui la storia continuava. Eccola lì, una sua foto, nuda, con Tom in piedi dietro di lei, che le stringeva le spalle. Sebbene non fosse completamente frontale, i suoi seni erano esposti, tranne per due barre nere che nascondevano i suoi capezzoli. Sentì una fitta allo stomaco e il cuore iniziò a batterle fortissimo. Lei deglutì.

"Non è vero! È una bugia! Come hanno avuto questa foto?"

"Deve essere stato uno stupido bastardo sul set con una macchina fotografica." Tom aggrottò la fronte.

"Come ha fatto ad arrivare al set? Pensavo fosse chiuso!" Aveva la gola così secca che riusciva a malapena a parlare.

"Lo era." Tom scosse la testa. "Non ne ho idea."

I membri della troupe guardarono Cassie con occhiate consapevoli. Non le credevano.

"Questo è la foto di una scena. Questa foto è stata scattata qui, sul set. Non nella mia camera d'albergo o in quella di Tom."

"Quando vi fidanzerete?" chiese qualcuno dal retro.

"Chi l'ha detto?" Lei arrossì inviso e la sua voce assunse un tono furioso. Silenzio.

"Cassie ha detto la verità." disse Tom. "Non abbiamo una relazione. Questa è una scena del film."

"Dov'è Lucas? Come è potuto succedere?" Cassie si mise il giornale sotto il braccio e si precipitò nella stanza del regista.

Quando lui aprì la porta, lei entrò rapidamente, urlando. Lucas diede un'occhiata al giornale.

"Questo?"

"Sì, questo! Chi l'ha scattata? Come hai potuto permetterlo? Pensavo fosse un set chiuso."

Lui sollevò le spalle. "Non ne ho idea. Le persone fanno cose. Giornalacci come questo pagano un sacco di soldi per le foto sexy. Chissà quali bugie ha detto alla rivista la persona che ha scattato la foto!"

"Ma questo è terribile!" Non potendo fermare la diffusione della rivista, Cassie fu presa dal panico. "È una violazione. Una violazione personale." Lei fece un respiro profondo.

"Davvero?" Lui sollevò un sopracciglio. "Io direi che è un'ottima pubblicità. Le persone accorreranno a frotte per vedere questo film. Baderanno per vedere le scene d'amore tra due persone che abbiano una relazione nella vita reale."

"Ma davvero? Grandioso. Davvero grandioso." Lei si appoggiò i pugni sui fianchi. "E il mio fidanzato? Che cosa penserà?"

Ancora una volta, Lucas si strinse nelle spalle. "La vita funziona così quando sei fidanzato con una star. Fammi finire la mia colazione. Ci vediamo sul set. Non ti preoccupare, cara. Questa storia finirà. Vedrai. Anche lui la dimenticherà. Soprattutto quando gli dirai del grosso bonus che hai ricevuto per girare quelle scene."

Prima ancora di rendersene conto, Cassie andò nella hall. La paura le attraversò il corpo. Flint! Doveva parlare con lui prima che vedesse il giornale. Si precipitò nel suo camerino e prese il telefono. Non le importava quanto costasse la chiamata, doveva parlargli.

IRREQUIETO, FLINT DECISE di non fare colazione. Andò al Cozy Café. All'interno, l'odore del caffè fresco calmò il suo umore. Cassie se n'era andata da due mesi e sarebbe tornata tra un altro mese o due. Ogni giorno, lui dubitava della sua decisione di averla lasciata andare ed essere ancora fidanzati. Di notte, prima di mettersi a letto, apriva il primo cassetto del suo cassettone, tirava fuori l'anello e lo guardava. Il luccichio del diamante lo rendeva più sicuro.

Lo sfrigolio del bacon attirò la sua attenzione. Si sedette a un tavolo.

"Bacon e uova strapazzate, grazie, Laura."

"Arrivano subito." Lei portò via la tazza di caffè vuota dal suo tavolo e tornò rapidamente con un'altra tazza piena fino all'orlo. Su un tavolo vicino, lui vide il giornale locale e una copia di *Celebs 'R Us*. Quando Laura appoggiò il suo piatto, Flint prese il giornale. Laura portò via il giornale di gossip.

"Oh, non vorrai mica leggere questa robaccia!" Lei se lo mise sotto il braccio, ma lui riuscì a dare un'occhiata alla prima pagina.

"Non abitualmente. Ma ho visto il nome di Cassie lì sopra."

"No, no. Deve essere un'altra Cassandra." Laura si voltò per andarsene.

Flint fissò la donna più anziana mentre le metteva la mano sull'avambraccio. "Fammi vedere, per favore."

"No. Non l'ho ancora letto. Te lo darò quando avrò finito."

Flint spalancò gli occhi. "Che cosa?"

"Mi hai sentita. Lo finirò tra una settimana o due. Forse tre. Poi te lo darò."

"Che diavolo sta succedendo? Dammi il giornale, Laura."

Lei indietreggiò. Lui si alzò, sovrastandola. "Laura..."

"Non credere a tutto quello che leggi!" La sua voce trafisse il silenzio del locale mentre mollava la presa sul giornale. Flint lo prese e tornò al suo posto.

Il suo sguardo cadde immediatamente sul nome di Cassie, scritto in grossi caratteri rossi Avventura? Lui aggrottò la fronte. Prendendo una forchettata di uova, appoggiò il giornale sul tavolo e lo aprì alla pagina con la sua storia. Per fortuna, inghiottiti prima di arrivarci. Quando vide la sua foto nuda, spalancò la bocca. Si sentì arrossire in viso e appoggiò la sua tazza di caffè.

Laura aggrottò la fronte. "Tutti hanno diritto a un processo prima di essere giudicati colpevoli," borbottò lei, tornando in cucina.

Lui lesse il breve articolo. Se uno sguardo poteva scatenare un incendio, quel giornale sarebbe già diventato cenere. La foto mostrava la testa di Tom appoggiata sul suo collo. Lui non indossava la maglietta e anche lei era in topless. La stava baciando e lei aveva gli occhi chiusi, in totale estasi. Non prometteva bene. Le immagini di solito non mentono, ma non raccontano sempre tutta la storia.

"Deve essere una scena del film."

Ma Cassie gli aveva giurato che non avrebbe mai fatto una scena di nudo in un film. Mmm, allora che cosa poteva essere? Forse esattamente quello che sembrava? Il cibo che aveva mangiato gli si piantò sullo stomaco come un blocco di cemento. Lui allontanò il piatto.

"Posso tenerlo?" Lui guardò Laura. Lei annuì.

"Deve esserci una buona spiegazione." Laura serrò le mani.

"Spero che tu abbia ragione." Lui allontanò il piatto, mise sul tavolo una banconota da dieci dollari e se ne andò.

Anche se di solito si fermava al negozio dopo colazione, quel giorno non lo fece. Mise il giornale sul sedile accanto a lui e si diresse verso la Route 97. Ciò di cui aveva bisogno era una lunga gita in montagna, poi una passeggiata sulla riva del fiume per schiarirsi le idee.

Il dolore gli strinse il cuore. Avevano deciso di comune accordo di frequentare altri, ma di innamorarsi? Non faceva parte dell'accordo. Flint aveva diviso il suo tempo tra i film al cinema locale e la televisione. Abituato a uscire il venerdì sera, obbligo Marty a cenare con lui da Homer ogni venerdì. Altrimenti, avrebbe fatto la vita di un monaco.

Ma sembrava che Cassie non stesse facendo lo stesso. Gli tornò in mente l'immagine del suo viso triste e rigato di lacrime mentre lo guardava dal finestrino della limousine che l'aveva portata via. Cazzo, quello non era il viso di una donna che non voleva andarsene. Tutto in lei l'aveva rassicurato che lo amava e che sarebbe tornata.

Ma adesso? Con quelle prove, se erano ciò che sembrava, la voleva ancora? Gli si spezzò il cuore pensando che lei sarebbe andata via con Tom Reynolds, che forse l'avrebbe persino sposato e non sarebbe mai tornata. Prima di tutto, doveva darle la possibilità di spiegare.

Il suo telefono, appoggiato sul giornale, iniziò a vibrare. Lui lo guardò. Era Cassie. Flint era troppo arrabbiato e confuso per parlarle. Lo lasciò squillare e fece rispondere la segreteria telefonica. Cazzo, lui che cercava sempre la verità voleva farlo anche stavolta? O preferiva nascondersi dietro una comoda bugia per riaverla? Era una follia. Vivere in quel modo non avrebbe mai funzionato. Qualcosa doveva cambiare, se dovevano stare insieme. E quello era un grosso "se."

DURANTE UNA PAUSA, Cassie prese il suo telefono. Mandò un messaggio a Flint.

Cassie: *Dobbiamo parlare.*

Lei aspettò, ma non ricevette nessuna risposta. Tom le si avvicinò alle spalle.

"Dagli tempo. I ragazzi hanno bisogno di tempo per elaborare queste cose." Lui la abbracciò brevemente.

"Ma non ho avuto la possibilità di spiegargli nulla. Non voglio farlo con un messaggio o per e-mail. Ma non risponde alle mie chiamate e ai miei messaggi."

"Fa' un passo indietro. Dagli un po' di spazio. Se ti conosce abbastanza bene da sposarti, non salterà alle conclusioni. Non senza parlarti prima."

"È furioso. Me lo sento."

"Per il suo silenzio?"

Lei annuì. "Flint parla. A volte urla, ma parla sempre. Se non parla, non è un buon segno."

"Dagli un po' di spazio."

"Probabilmente sta saltando a tutte le conclusioni sbagliate. Potrei uccidere Luke." Lei strinse il pugno.

"Non è stato lui."

"Ha detto che è una buona pubblicità. Non ne sarei sorpresa se avesse convinto qualcuno a farlo."

"Quel giornalaccio paga molti soldi per una foto del genere. Diecimila dollari, forse di più."

Lei spalancò gli occhi. "Davvero?"

Lui annuì. "Per qualche verme, ne vale sicuramente la pena."

"Non è una cosa importante per te."

Tom sorrise. "Essere legato sessualmente all'attrice più sexy di oggi? Questo darà una grande spinta anche alla mia carriera."

Alla fine della giornata, proprio prima di andare a letto, il suo telefono suonò. Finalmente un messaggio.

Flint: *Sì. Dobbiamo farlo. Non per messaggio, e-mail o telefono. Di persona.*

Sollevata dal fatto che lui le parlasse ancora, gli rispose rapidamente.

Cassie: *Ok. Finirò qui alla fine di aprile.*

La sua risposta arrivò rapidamente.

Flint: *Tornerai a Pine Grove?*

Cassie: *Sì. Dove vuoi che ci vediamo?*

Lei si strofinò il viso e si lavò i denti con un occhio sul telefono. Quando si mise a letto, ricevette la sua risposta.

Flint: *Ci vediamo a casa mia. Fammi sapere a che ora arriverai e ci sarò.*

Cassie: *Ok. Ti amo.*

Ma il telefono rimase in silenzio. Nessuna risposta. Nessun ritorno "Ti amo" da parte sua. Le lacrime le riempirono gli occhi. Stava succedendo davvero? Lui era la cosa migliore che le fosse accaduta e adesso lo stava perdendo? E che fine aveva fatto la fiducia? Non si fidava di lei? Aveva pensato di scrivergli: "Non è come sembra." Ma aveva cambiato idea. Questo avrebbe semplicemente fatto sorgere delle domande alle quali non voleva rispondere con un messaggio. Lui aveva ragione. Dovevano parlarne di persona.

Lei non voleva e voleva che lui le credesse, che la amasse, che fosse lì per lei mentre affrontava quella merda. Aveva ricevuto telefonate da tutti i generi di giornalisti, ma si era rifiutata di parlare con chiunque. Marty le mandò un messaggio.

Marty: *Non rilasciare interviste. Non parlare con nessuno. Non fare niente. Concedi un po' di tempo a Flint.*

Cassie: *Grazie.*

Il suo era stato il miglior consiglio. Almeno, tenendo la bocca chiusa non poteva peggiorare le cose, giusto? Ma le mancava Flint e le mancava parlare con lui. Non ricevette più fiori e caramelle. I pettegolezzi che giravano sul set dicevano che lui l'aveva scaricata. Per quanto fosse difficile, lei mantenne il silenzio. Aveva troppo da perdere per incasinare tutto con una dichiarazione stupida e sbrigativa.

Nessuno aveva il diritto di sapere nulla, tranne Cassie e Flint. Per fortuna c'era Marty. Almeno avrebbe avuto del tempo con Flint per spiegargli cosa fosse successo. Sperava che le credesse. Comprandosi, lui avrebbe capito che lei stava dicendo la verità. Pur essendo una brava attrice sul palco e sullo schermo, Cassie Wells era una pessima bugiarda e lui lo sapeva.

Si asciugò gli occhi e fece un respiro profondo. Flint avrebbe visto la verità e le cose sarebbero tornate a posto. Doveva crederci.

ERA UNA SOLEGGIATA giornata di primavera a Pine Grove. Quando la neve della montagna si sciolse, le strade diventavano fangose, ma nutrivano i fiori. C'erano narcisi che sbocciavano ovunque. Il freddo pungente dei primi di marzo aveva impedito ai fiori di bocciare, ma ora erano in piena forza e diffondevano ovunque colori vivaci.

Cassie prese una limousine dall'aeroporto fino a casa di Flint. Lasciò le sue borse sui gradini anteriori e andò a fare una passeggiata. La sua casa confinava con il bosco, ma non era nemmeno lontana da Cedar Lake. Fece la conta per decidere quale strada prendere.

Dopo aver scritto a Flint l'orario del suo arrivo, lui le aveva risposto di avere una riunione che l'avrebbe raggiunta il prima possibile. Cammino lungo la strada, in mezzo alle case silenzi, abbracciate dai cespugli e nascoste sui prati perfettamente falciati.

Implorando Lucas, era riuscita a ottenere un dvd inedito della prima metà del film, che includeva le sue due scene di nudo. L'aveva spedito a Flint. Sperava che lui l'avesse visto. Così avrebbe saputo la verità.

Certo, se lui si fosse opposto alle scene di nudo, la loro relazione sarebbe comunque finita. Se invece l'amava davvero, sarebbe stato d'accordo con tutto. E sarebbe stato il suo ultimo film per molto tempo.

Si fermò a guardare uno scoiattolo affamato che scavava nel suo tesoro sepolto. Il canto di una cincia le raggiunse le orecchie. Il sole picchiava forte. Si sbottonò la giacca. Non poteva succedere niente di brutto in una giornata di primavera così perfetta, vero? La cincia rispose alla sua domanda silenziosa. Il suo telefono squillò.

Flint: *Sono qui. Dove sei?*

La paura le attraversò il corpo. Il momento della resa dei conti era vicino. Lei iniziò a correre verso la casa. Una volta tra le sue braccia, tutto sarebbe andato bene, no?

Vedendolo dalla porta d'ingresso, chiamò il suo nome e gli fece un cenno con la mano. Lui alzò la mano, ma non si mosse. Era un brutto segno? Mentre lei si avvicinava, Flint scese le scale, muovendosi verso di lei.

"Flint!"

Mentre lei accelerava, lui aprì le braccia. Lacrime di gioia le si accumularono negli occhi. Lo raggiunse a tutta velocità, facendolo indietreggiare di qualche passo. Lui scoppiò a ridere. Appoggiandogli il viso sulla camicia, gli strinse forte la vita.

"Non riesco a respirare."

Lei allentò la presa, grata di sentire la sua voce. "Scusa."

"Entriamo in casa. Caffè?"

"Certo."

Lui aprì la porta e prese la sua valigia. Dopo averla appoggiata vicino alle scale, lui entrò in cucina. L'aroma del caffè appena fatto la raggiunse. L'odore familiare della vecchia casa la calmò. Tornare a casa era stupendo!

Flint riempì due tazze e le portò fuori. Si sedettero sulle sedie del portico, davanti al cortile. Le mangiatoie per gli uccelli erano appese e piene, fornendo loro la compagnia dei loro amici piumati.

"Non so da dove iniziare," disse lei, poi bevve un sorso di caffè.

"Che ne dici di cominciare dall'inizio? Pensavo che non avresti fatto scene di nudo." Lui aggrottò la fronte.

Cassie tirò fuori tutta la sua forza per trattenersi dal dargli un bacio. Lui l'aveva accolta come una vecchia amica, non come una fidanzata.

"Beh, immagino di aver fatto un casino a non leggere il contratto con i miei occhi. Mi fidavo di mia madre..." iniziò, poi gli raccontò tutta la storia.

Cassie lo guardò negli occhi. Mentre gli raccontava i dettagli, notò le sue reazioni. Sembrava comprensivo, ma solo come amico.

"Quindi sei stata nuda con Tom Reynolds solo sul set?"

Lei annuì. "Lui è anche stato molto gentile a riguardo."

Flint scoppiò a ridere. "Ci scommetto."

"No. Davvero. Non mi ha fatta sentire a disagio e non ha nemmeno guardato le mie parti intime, né niente del genere."

"Scommetto che è stato difficile da fare."

"Io non gliel'ho chiesto e lui non me l'ha detto."

"Spero che tu capisca che non mi piace che tu abbia passato tanto tempo nuda con questo ragazzo." Flint si spostò sulla sedia.

"Lo faccio. Lo capisco. E, a parti invertite, non sarebbe piaciuto nemmeno a me. Ma non è successo niente."

Lui spalancò di nuovo gli occhi. "Volevi che succedesse qualcosa?"

Le lacrime la soffocarono. Lei fece un respiro profondo. "Voglio solo te, Flint. Prima e adesso."

Lui le restituì il dvd.

"L'hai guardato?"

"Sì."

"Che cosa hai pensato?"

"Sono impressionato da quanto migliori un film dopo essere stato montato."

"Andiamo. Sei evasivo." Lei appoggiò la mano sulla sua.

"Ok, sì. Certo. Ho visto le scene di nudo. Ero felice? No. Ero totalmente sconvolto? No. È lavoro. Suppongo sia ingenuo pensare di poterlo evitare per sempre. Non ero preparato. Non me l'aspettavo. Stavo quasi morendo soffocato quando hai lasciato cadere la vestaglia."

"Ho pensato che vederlo fosse meglio di qualsiasi spiegazione."

"Ho capito che la foto sul giornale era stata scattata sul set e non in una stanza d'albergo."

"Ed eri soddisfatto?"

"Intendi dire se ero convinto che non stavi andando a letto con Tom Reynolds? Forse. Voglio dire, anche se la foto era falsa, hai avuto una relazione con lui?"

Lei spalancò la bocca. Non se l'aspettava. Affrontandolo, lei continuò a parlare. "No. Non andavo a letto con Tom. Siamo diventati amici. Amici platonici. Solo amici."

"Hai intenzione di vederlo di nuovo?"

"Forse alla prima del film?" Cassie incrociò le gambe.

"Oh. Sì. Me ne ero dimenticato."

"Sei d'accordo con tutto?" Lei desiderava che fosse così.

"Penso di sì."

"Non è molto positivo, Flint. Non ti sono mancata?" Il suo cuore ebbe un sussulto. Anche dopo aver chiarito le cose, lui non aveva espresso il suo amore e non aveva detto di aver sentito la sua mancanza o di voler continuare. Niente. Si era sbagliata su quello che c'era stato tra di loro?

Lui si alzò in piedi e si diresse verso il bordo del portico. Si schiarì la gola più volte. "Vuoi scherzare? Come puoi chiedermi questo?"

"Come posso *non* chiedertelo?"

Continuando a non guardarla, lui iniziò a parlare. "Mi sei mancata ogni minuto di ogni ora, ogni mattina quando mi svegliavo e tu non eri lì. Ogni sera quando mi mettevo a letto sfinito, correndo in giro come un pazzo per poter dormire tutta la notte senza di te. Cancellato tutte le giornate sul calendario. Posso mostrarti il calendario, se non mi credi. Ogni volta che prendevo la mia tazza di caffè, non riuscivo a smettere di fissare la tua, appoggiata sullo scaffale." Si voltò verso di lei, tutto rosso in viso e con gli occhi pieni di lacrime. "Non riuscivo a smettere di chiedermi se avrei mai più riempito la tua tazza. Se ti avrei mai più rivista. O se saresti sparita."

Cassie inspirò a pieni polmoni. "Flint..."

"Mi sei mancata? Sì. Mi sei mancata. Ogni maledetto giorno." Lui annuì, voltandole le spalle. Lei gli vide sollevare il braccio mentre si asciugava gli occhi con la mano.

L'emozione le attraversò tutto il corpo, impedendole di parlare. Lei si alzò dalla sedia e gli si avvicinò alle spalle, stringendogli le braccia intorno alla vita e appoggiando il viso sulla sua schiena larga.

"Oh, mio Dio. Flint. Mi dispiace tanto. Davvero tanto. Sei il mio cuore e la mia anima. Ora so che lo sei sempre stato e che lo sarai sempre. Ti amo così tanto."

Lui si voltò, prendendola tra le braccia. La sua bocca si appoggiò sulla sua per un bacio affamato. Cassie fece un passo indietro.

"Non ti fidavi di me?"

"Certo che sì. Ma la foto era piuttosto convincente. E conosco la reputazione di Reynolds."

"Forse sono anche quelli tutti pettegolezzi. Non mi è sembrato un ragazzo piuttosto perbene." Tom non ci ha mai provato con me.

"Sono contento di sentirlo e sono contento che sia finita."

"Quindi ti fidavi di me?"

"Non me ne sarei andato senza darti la possibilità di spiegare."

Alla fine, la tensione nel suo petto si allentò.

"Ti amo, Cassie. Ti amo da tanti anni. Marty aveva ragione. È stato a causa tua che ho mandato all'aria quei fidanzamenti. Perché sei sempre stata tu quella che volevo."

Lei gli sorrise. "E ora sono qui."

Lui infilò una mano nella tasca dei pantaloni e tirò fuori la scatolina di velluto blu. "Puoi rimetterlo adesso? E non togliertelo mai più?"

Lei annuì. Flint le fece scivolare l'anello sul dito. Cassie lo fissò e fece un sorriso raggiante.

"Signora McKay." Lui sorrise.

"Sig.ra. Cassie McKay."

Lui ridacchiò. "I stand corrected."

Lei si sollevò in punta di piedi per baciarlo. Lui la strinse al petto, facendo scivolare le mani sui suoi fianchi.

"Vuoi andare di sopra?" sussurrò lui.

"Pensavo che non me l'avresti mai chiesto."

Epilogo

Faceva caldo, anche per luglio. A mezzanotte, Cassie e Flint si diressero verso il molo di Cedar Lake.

Si tuffarono e nuotarono fino alla boa. Sollevandosi sulla scaletta, lei si allungò e fissò la luna.

"Hai già deciso la data?" Flint le prese la mano.

"Sì sì."

"Quando?"

"Gennaio."

Lui le strinse la mano. "Perché aspettare così tanto?"

"Perché ho un nuovo lavoro."

Lui inclinò la testa. "Un lavoro?"

"Sì. In uno spettacolo teatrale."

"Oh oh. Broadway?"

"No."

Lui si sollevò. "Dove?"

Lei si girò. "Proprio qui. A Pine Grove."

Lui aggrottò la fronte.

"Mindy Winslow mi ha offerto il ruolo principale nel suo spettacolo autunnale. Quindi dobbiamo rimandare il matrimonio fino alla sua chiusura. Ti sta bene?"

Lui sorrise, poi le diede un bacio sulla fronte. "Certamente."

"Bene."

Lui le diede un bacio sul naso. "Che gennaio sia."

"Sì. Un piccolo matrimonio. Luna di miele in un posto caldo?"

"Puoi dirlo forte." Lui le baciò il mento. "Qualsiasi cosa per te, che sarai per sempre la mia protagonista."

Stretti l'uno nelle braccia dell'altra, si baciarono al chiaro di luna.

FINE

Se vi è piaciuta questa storia, potreste lasciare una breve recensione?

Libri di Jean C. Joachim

A KING'S CHRISTMAS
THE MANHATTAN DINNER CLUB
RESCUE MY HEART
SEDUCING HIS HEART
SHINE YOUR LOVE ON ME
TO LOVE OR NOT TO LOVE
HOLLYWOOD HEARTS SERIES
SE TI AMASSI
UN AMORE DA RED CARPET
RICORDI D'AMORE
UN AMORE DA FILM
L'ULTIMA CHANCE PER L'AMORE
AMORI E BUGIE
His Leading Lady (Series Starter)
NOW AND FOREVER SERIES
NOW AND FOREVER 1, A LOVE STORY
NOW AND FOREVER 2, THE BOOK OF DANNY
NOW AND FOREVER 3, BLIND LOVE
NOW AND FOREVER 4, THE RENOVATED HEART
NOW AND FOREVER 5, LOVE'S JOURNEY
NOW AND FOREVER, CALLIE'S STORY (prequel)
MOONLIGHT SERIES
SUNNY DAYS, MOONLIT NIGHTS
APRIL'S KISS IN THE MOONLIGHT
UNDER THE MIDNIGHT MOON
MOONLIGHT & ROSES (prequel)
LOST & FOUND SERIES
LOVE, LOST AND FOUND
DANGEROUS LOVE, LOST AND FOUND
NEW YORK NIGHTS NOVELS
LA LISTA DI MATRIMONIO
THE LOVE LIST

THE DATING LIST
<u>PINE GROVE SERIES</u>
UN AMORE IMPREVEDIBILE
CUORI INFRANTI
NEMICI O AMANTI
TU MI APPARTIENI
SOLO UN BACIO
UN DESTINO DA RISCRIVERE
<u>RACCONTI BREVI</u>
UN DOLCE AMORE RIAFFIORATO
HOLIDAY HEARTS
CHAMPAGNE FOR CHRISTMAS
CHRISTMAS DUET
HANUKKAH HEARTS
LA SORPRESA DI BABBO NATALE
L'ULTIMO SLAPSHOT
UN' HOUSE-SITTER PER NATALE
THE HOUSE-SITTER'S COUNTRY CHRISTMAS
TUFFER'S CHRISTMAS WISH
HANUKKAH HEARTS

Notizie sull'autrice

Jean Joachim è un'autrice di romance di successo e i suoi libri sono in cima alla classifica Amazon Top 100 fin dal 2012, negli USA e all'estero. Scrive romance contemporanei, tra cui gli sport romance e la romantic suspense.

Jean ha pubblicato più di 50 ebook, libri cartacei e audiolibri. Scrive a tempo pieno e non sta mai lontana dalla sua scorta segreta di liquirizia nera. Amante dei cani e degli uccelli, adora le cince e i carlini. Ama la musica, soprattutto quella classica, è sposata e ha due figli adulti. Vive a n New York City. Le piacerebbe molto se le scriveste, all'indirizzo: sunnydaysbook@gmail.com

Jean ha scritto più di 60 romanzi, novelle e racconti. Potete trovarli qui:

http://www.jeanjoachimbooks.com.